現代アメリカ小説研究

竹本 憲昭 著

大学教育出版

現代アメリカ小説研究　目　次

序

本書は大学紀要の類に発表した論文を集めて加筆修正したものである。『現代アメリカ小説研究』というタイトルがついているが、論じたのは、現代アメリカ小説の中のごく一部にすぎない。年代的には第二次大戦後、一九四〇年代後半から一九九〇年代までの作品を扱っている。

特にジョン・ホークス（一九二五－一九八）の初期の作品を、重点的に考察している。ホークスは一九六〇年代頃まではそれほど広く知られた作家ではなかったが、七〇年代から少しずつ評価を上げていき、研究書が何冊も出されるようになった。日本においてはホークスの評価がいささか遅れて、一九七九年に、当時の最新作だった『茶番劇』の飛田茂雄による邦訳が、雑誌『海』に掲載されたのが、一般読者に対する最初の本格的な紹介となった（この邦訳は、のちに『激突』と改題されて単行本化される）。一九八三年に翻訳された『もうひとつの肌』が最初の訳本である。八〇年代には、日本人研究者によるホークス作品の論考も発表されるようになっていく。しかし日本におけるホークスの知名度は、一般読者のみならず専門家の間でも、まだまだ低いものであった。

ところが九〇年代の後半になって、ようやくホークスの長編小説が五冊の作品集（『人食い』、『罠　ライム・トゥイッグ』、『ブラッド・オレンジ』、『激突』、『死、眠り、そして旅人』）というかたちで邦訳され始め、二〇〇一年にこの五冊が出揃った。その直前の一九九八年に、皮肉にもホークスはこの世を去っている。しかし彼の死後、作品が速やかに忘れ去られることはないだろう。彼は時代に合った人気作家というタイプではなく、時代を越えた普遍的なものを追究していたのだから。第一章では、ホークスの長編第一作から第四作までと、中篇「シャーリバーリ」を論じている。

第二章は、ノーマン・メイラー（一九二三―二〇〇七）の『なぜぼくらはヴェトナムへ行くのか？』と、ウィリアム・ギャディス（一九二二―九八）を取り扱う。メイラーが一九二三年生まれ、ギャディスが一九二二年生まれで、しかも二人ともハーバード大学で学んでいるにもかかわらず、彼らには共通点がなく、並べて論じられることは稀である。この二作品は、いずれも特異な文体を駆使し、風変わりな青少年を主人公に据えて、資本主義社会を批判している。どちらもこのユニークな作家たちの個性が際立った仕上がりになっており、メイラーとギャディスの作家としての特徴を考えるうえで興味深い。

ノーマン・メイラーは、戦後、現代アメリカ文学の中心的な作家として活躍した、大きな存在であったが、ホークスとは対照的に、時代に合った人気作家という側面を持っていた。特に一九五〇年代後半から六〇年代にかけてのメイラーは、持ち前の過激な言論を通して、体制に反抗的な姿勢を示す若者たちにアピールしていた。長編第一作『裸者と死者』は、新人の小説としては完成度の高いものだったが、以後メイラーは、首尾の整った物語では複雑な現実を表現することが困難だと考え、小説としての完成度を犠牲にしても、現実の社会がはらんでいる問題をより強く表現できるような作品を発表しようと心掛ける。五〇年代に発表された二つの長編『バーバリの岸辺』と『鹿の園』は、物語性が低下したけれども、社会の問題を提起する表現にいまひとつ強度が不足しており、中途半端な出来になってしまった。五〇年代は、小説よりもむしろ「白いニグロ」のようなエッセイに、メイラーらしい過激さがよく表れている。

六〇年代以降は、エッセイやノンフィクションの比重が目に見えて大きくなり、『鹿の園』のあと第四長編『アメリカの夢』が一九六五年に発表されるまで、十年の間隔があいてしまった。しかし『アメリカの夢』と、その二年後に発表された『なぜぼくらはヴェトナムへ行くのか？』は、メイラーが小説というジャンルを崩せるところまで崩した、かなり過激なものになっている。その崩れ方は、六〇年代の革新を求める社会の動きに見合っていただろう。

しかしメイラーは、ここで小説というジャンルの可能性を使い切ってしまったように思われる。もともと小説家として器用なほうではないメイラーは、七〇年代にはほとんど小説を発表することができなくなった。一九七九年にノンフィクション小説『死刑執行人の歌』が発表され、ピューリッツァー賞を受賞するが、この作品は小説と考えないほうがよいかもしれない。賞をとってはいるが、メイラーらしい過激なところはもはや認められず、冗長で退屈な伝記でしかないようにも感じられる。七〇年代以降、反乱の気運も消え去り、過激で濃厚なものが敬遠される世相の中で、メイラーは円熟への道を辿ろうとした。そして残念ながら、それはうまくいかなかった。六〇年代までのメイラーの著作は、全集と、それに続く選集というかたちで、ほとんどが邦訳され、わが国でもよく読まれていた。しかし七〇年代以降、わが国においても彼の存在感は稀薄になっていく。七〇年代以降のエッセイやノンフィクションの著作も、まずまずのペースで邦訳されていたが、『死刑執行人の歌』は、ピューリッツァー賞を受賞したにもかかわらず、すぐには翻訳されることなく、訳書の出版まで二十年近い時間がかかってしまった。七〇年代前半までは、まだメイラーの新作に期待していたわが国の一般読者も、七〇年代後半には新作を早く読みたいという気持ちを失っていったのだろう。

一九八三年に、フィクションの長編小説としては十六年ぶりの新作となる『古代の夕べ』が発表されたが、これもやはり冗長なだけの作品で、邦訳はされていない。『なぜぼくらはヴェトナムへ行くのか?』は、賛否両論あるけれども、いかにもメイラーらしい過激さを備えた小説としては最後のものとなった。

メイラーの作家としての全盛期は、最初の二十年間だったように思われる。しかし、二十年を超えて高いレベルの作品を発表し続けることは、どんな作家にとっても難しいことであろう。たしかに、メイラーは円熟が似合わないタイプの作家であったが、ジョン・バース（一九三〇－）のように最初から老練なところがあった作家も、二十年を超えると作品に図式的なところが目立つようになり、魅力が失われていった。作家が円熟しすぎて、理《り》に落ちるようになってしまえば、作品は力を失うのである。

ホークスの場合、二十年を過ぎて作風もいささか変化し、円熟が感じられるようになったが、その円熟に関しては評価が分かれるかもしれない。本書で扱った作品は、いずれも最初の二十年間のものである。理不尽なものの怪しさを濃密に描いているところに、初期作品の魅力があるのだが、いたずらに難解で訴えたいことがよく分からないという批判も強い。邦訳されたものの中では、『ブラッド・オレンジ』、『激突』、『死、眠り、そして旅人』の三作が、最初の二十年を過ぎたあと発表されたもので、これらは初期の作品群よりも作者の円熟が認められ、理解しやすい。といっても、理に落ちているというほどではないだろう。初期作品の認められる悪夢のような割り切れなさが希薄になっているのは物足りないが、作品としてはこれらのほうが完成度は高いのかもしれない。

著書が初めて刊行された年を一人前の作家と認められた一年目と考えれば、ギャディスが最初の二十年間に発表した作品は、わずかに一冊、第一長編の『認識』のみで、第二長編『ＪＲ』は、その二十年後に発表されている。ギャディスの小説で邦訳されたのは、第三長編の『カーペンターズ・ゴシック』だけだが、彼の代表作は『認識』と『ＪＲ』の二冊と考えるのが順当だろう。いずれも、いわゆる百科全書的な大長編で、実験的な技法が駆使されているので翻訳には大きな困難が伴う。そして、たとえ翻訳されたとしても、広く読者を獲得することは難しいかもしれない。百科全書的な作品を書くポストモダン作家としては、バースとトマス・ピンチョン（一九三七－）がよく知られているが、ギャディスは先駆者的な存在である。ピンチョンは翻訳で全集が刊行されるということなので、今後ギャディスがピンチョンとの関連で注目される可能性もある。もっとも、ピンチョンの人気を支えるサブカルチャーの造詣が、ギャディスには少々不足しているようであるから、ピンチョンと比べるとギャディスはどうしても地味に見えてしまう。いずれにせよ、彼がポストモダニストの先駆者として今後さらに研究され、紹介が進められるべき作家であることは間違いない。

第三章では趣を変えて、ポップ・カルチャーをふんだんに盛り込んだ作品を扱う。アン・ビーティ（一九四七－）は、相当にポピュラー・ミュージックに通じた作家である。そして作品の中で歌手や曲の名前に遠慮なく言及する。『ラブ・オールウェイズ』では特にそれが目立ったので、作品を正面から論じるのではなく、ポピュラー・ミュージックへの言及のしかたを考察し、そこに体制化したかつての反体制の息苦しい決めつけを受け流してしまう、軽やかで風通しのよいミニマリズム的な精神を読み取った。この精神は、良い意味でのオタクに通じるところがある。

そしてウィリアム・ギブスン（一九四八－）の『あいどる』は、日本を舞台にしてオタク趣味の魅力をなかなか巧みに表現している。『あいどる』は、ギブスンの作品の中では評価が高いほうではないけれども、日本人の読者としては、アメリカのSF作家が日本をどう描くか気になるところであり、そうしたローカルな興趣がある。しかもギブスンは、平凡なオリエンタリズムとはまったく異なる、日本ならではのアイドルやオタクに着目した、独自の日本の姿を描いているのだ。オタクといえばとかく否定的な目で見られがちだが、ギブスンはオタクの秘めた可能性を提示しており、われわれがオタクを再評価することを促しているように思われる。

ギブスンは日本での人気が高く、SF作家にしてはそれほど量産していないということもあるが、新作が発表されるたびに間をおかず翻訳されている。いっぽうビーティは、かつてはミニマリストとして、レイモンド・カーヴァー（一九三八－八八）と並んでよく言及されていたが、いまとなってはカーヴァーと比べてかなり印象が薄くなってしまった。一九八九年から九四年までの六年間に五冊邦訳が出たが、その後、新作が訳されなくなって久しい。彼女も九五年の『もう一人のあなた』を最後に作家生活二十年を超え、全盛期を終えてしまったように思われる。

第四章では、『あいどる』に続いて、二つのSF小説が論考の対象になるが、『高い城の男』と『闇の左手』は、すでにSF作品としても、さらにはSFというジャンルを超えた文学作品としても評価が定まった名作であり、それぞれがフィリップ・K・ディック（一九二八―八二）とアーシュラ・K・ル＝グィン（一九二九―）の最高傑作と見なされている。『高い城の男』ではホンモノとニセモノ、『闇の左手』ではジェンダーに注目し、どちらにおいてもその区別が恣意的なものであることを考察した。アプローチとしては目新しいものではない。この章はおそらく本書の中で最もオーソドックスな章である。

なおディックもル＝グィンも、大半の作品が邦訳されている。ディックは量産タイプの作家で、生前は『高い城の男』、『火星のタイムスリップ』、『ユービック』、『アンドロイドは電気羊の夢を見るか？』などの主要作品は邦訳されていたものの、それらも全部で十数冊程度にとどまり、未訳作品のほうが多かった。しかし死後、『アンドロイドは電気羊の夢を見るか？』を映画化した『ブレードランナー』のヒットの影響もあって彼の知名度が高まり、著作が矢継ぎ早に邦訳されていった。いまや未訳の長編は数冊を残すのみとなっている。

第五章では、黒人作家の中でも実験的な作風で知られるイシュメール・リード（一九三八―）とクラレンス・メイジャー（一九三六―）を扱った。リードにはメイラーにも通じる過激なところがあって、それが持ち味なのだが、そのために読者から敬遠されることもある。ホークスほどではないにせよ、彼も日本で注目されるようになるまで長い時間がかかっている。そもそも米国においてさえ、ホークスよりさらに読者層が限られていたので、それもやむをえないだろう。九〇年代に入って、ようやく小説が二冊ほど邦訳された。

メイジャーは、実験的作風といってもリードのように派手なところがなく、専門家の間でさえもいまだにその名が広く知られていない。本書で論じた作家の中で彼だけが、邦訳された小説が一冊もない。実力はあるのだが、運悪く埋もれているように思われる。そのようなメイジャーの出発点である、それほど実験的ではない第一長編を考察してみた。今後、日本でもリードに準じた程度の注目が集まることを望むが、作風が地味なためリードの陰に隠れてしまうようなところがあるので、それも難しいかもしれない。

扱った作家のうち、ディック、ホークス、ギャディス、メイラーはすでにこの世を去った。六〇年代に登場したル＝グィン、リード、メイジャーはむろんのこと、七〇年代からのビーティ、そして八〇年代からのギブスンも、作家生活二十年を超え、全盛期を終えたように思われる（ただしこの中で最も高齢のル＝グィンは、近作『パワー』が二〇〇八年にネビュラ賞を受賞しており、予断を許さない）。この作家たちの新作を心待ちにしていた時期が、懐かしく思い返される。いずれもさまざまな試みを続けてきた個性的な作家である。本書で考察しえたのは、この作家たちの魅力のほんの一部でしかない。

第一章

ジョン・ホークスの初期作品群

一　『ライム・トゥイッグ』と『もうひとつの肌』

ジョン・ホークスは、ジョン・バース、ソール・ベロー（一九一五―二〇〇五）、カート・ヴォネガット（一九二二―二〇〇七）など、現代アメリカ文学を代表する作家たちから高く評価されていたにもかかわらず、比較的読者の少ない小説家である。その理由として、まず挙げられるのが、彼の文章の読みにくさ、難解さであろう。飛田茂雄は「おそらく難解さの主な理由は、ホークスの反写実主義（anti-realism）と没主観（detachment）の手法にある（後略）」[1]と言っている。そしてまた、ホークスの没主観的な態度ゆえに、彼の描く非日常世界において、われわれ読者は地図を与えられることもなく、その世界を形成するホークスの言語によって足をとられ、道を閉ざされ、立脚点を見失わされる。

なぜこのような現象が起こるのであろうか。まずホークスがプロットを、放棄しているとは言わぬまでも、さして重視していないことが、ひとつの原因となっている。ホークスは以下のように述べている。

わたしの小説は高度なプロットをもたないが、むろん構造は入念なものになっている。わたしは、小説の本当の敵はプロットと、キャラクターと、設定と、テーマだという想定のもとに、フィクションを書き始めた。フィクションについての、このようなおなじみの考え方を捨て去ってみると、残ったのは、全体的構想、もしくは構造だったのである。(2)

ホークスが重視しているのは、ひとつひとつの言葉によって紡ぎ出されるイメージ、文体、そして作品の構造である。ホークスは小説を書き始める前、詩作に手を染めていたが、そのため彼の文章は極めて詩的である。個々の言葉の喚起力が強く、またそれはさまざまな意味を担う。文字通りの意味と象徴的な意味が重なり合い、またその象徴される意味が時として揺らぎを見せることもある。作品の構造も、容易に把握でき彼の言語世界の地図として働いてくれるというような図式的なものでなく、言葉の響きや揺らぎと呼応した、さながらプロテウスのように形の定まらないものである。

作品を図式的に解釈するにあたって頻繁に用いられるのが、二つの極を定めて、キャラクター、イメージ、象徴、言葉などの諸要素をそのどちらかに組み込むというやり方である。一方の極が作家によって是とされ、他方の極が非とされている場合もあれば、双方とも是とされ、二極の融合もしくは昇華によって、作者の理想とするものが生み出されてくる場合もある。また、相反する二極を抱えこんだ人物が葛藤に苦しみ、結局折り合いをつけることができず滅びていくという場合もある。最後のケースがホークスの作品に最もよく当てはまるように思われるが、このような図式的解釈には限界がある。

彼は没主観的な創作態度をとる。突き放して言語世界を構築しているので、何が作者によって是とされているのか容易には分からない。また彼の言語世界は、初めから、対をなすはずの二つの極が混然と絡まり合っていることが多い（神と悪魔、自然と文明、生と死、陽と陰、無垢と経験、事実と幻想など）。

この混然とした逆説的な状況を描き出すということが、ホークスの狙いにほかならなかったように思われる。この状況を不条理と呼んでもよい。それは、高度に産業化された現代社会において人間が疎外されがちだという不条理ではなく、人生のはらむ根源的な不条理である。現実というものは、われわれがどのように筋道を立てて把握しようとしても、そこからすり抜けていくものだと、彼は訴えたいのではないだろうか。彼の作品は因果関係が無視された空間を提示する。いわれのない出来事が突然起こるが、その原因をあえて探ろうとしても野暮な回答しか見いだせない。そして現実というものは、そのようないわれのない出来事を不断に供給しているというのが、われわれの実感でもある。つまりホークスは写実主義作家や自然主義作家の描き出す世界よりも、さらに現実に近いものを描き出しているのだ。

ここではホークスの脂の乗り切った時期の、最も注目されてきた二つの作品『ライム・トゥイッグ』（一九六一、邦訳題『罠　ライム・トゥイッグ』）と『もうひとつの肌』（一九六四）を取り上げ、この作家の持ち味を検討していく。

（一）　生から死へ……『ライム・トゥイッグ』

ホークスがプロットを重視していないといっても、彼の作品にプロットがないわけではない。まずこの作品のあらすじを簡単にまとめておこう。

ウィリアム・ヘンチャーは幼いころ母とともに暮らしたことのあるアパートへ戻ってくるが、いまのそこの持ち主はマイケル・バンクスと彼の妻のマーガレットになっている。ヘンチャーはラリーを首魁とするギャングの一味で、彼らはロック・キャッスルという名馬を盗み出して競馬に出場させるという計画を練っており、この馬の仮の持ち主となる人物を必要としていた。そこでヘンチャーはマイケルに目をつけ、彼をこの陰謀に引き込む。しかしヘンチャーは馬を運送する過程で、その馬に蹴られて命を落とす。ラリーたちはマイケルを裏切らせないためにさまざまな手を打つ。マーガレットを誘拐したうえ、シビルという、ラリーの情婦リトル・ドラの妹にマイケルを誘惑させる。

この陰謀には、ほかにスパロー、シック、カウルズ、ニードル、ラブリーといった人物たちが係わっていたが、そのうちのひとりカウルズは、サウナ風呂でラリーたちに殺される（理由は判然としない。いわれのない殺しである）。またシビルにはモニカという幼い娘がいたが、この少女も巡査によっていわれなく射殺される。シビルたちとの乱行のあとで、モニカが殺されるのを目撃したことが契機となって、マイケルは、その日ロック・キャッスルが勝つことによって最終的な目的がとげられることになるラリーたちの陰謀をつぶすことを思い立ち、競技中、走っているロック・キャッスルの前に身を投げ出して、自分の命と引き換えに競馬を中止させる。一味はマーガレットを解放することなく姿を晦まし、刑事が連中の隠しておいたヘンチャーの死体を発見するところで作品は終わる。

読者はまず序章を読んで、語り手でありまた中心人物でもあるヘンチャーがこの作品の主人公だろうと当たりをつける。しかし続く第一章からは、三人称の描写となり、ヘンチャーは脇に退いてマイケルに主役の座を譲り渡す。そして作品の半ばで、死ぬことによって姿を消す。ヘンチャーとマイケルをどう結びつけるかは、この作品を解釈するうえで重要である。一見して共通点のないように思われるふたりであるが、ヘンチャーはマイケルを陰謀に引き込む過程で、彼に「ああ、あんたはおれに似ている」[3]と言う。また次に引用に見られる動作は、マイケルがヘンチャーと対極ではなく平行的な関係にあることを示すものである。「マイケルは立ち、ヘンチャーと向かい合わせるのでなく横並びになるように、自分の椅子を動かした」（三八）。退屈な日常生活に飽きていたマイケルの心の中に秘められている邪悪なものへの志向を体現しているのがヘンチャーであり、いわばヘンチャーはマイケルの影である。[4]

しかしマイケルの夢を邪悪であると割り切ってしまうことはできない。

マイケルは、マーガレットがどれだけ彼の夢を恐れていたか知っていた。彼女の最悪の夢が、ある日の夕暮れ時、限度を超えて刻々と時間がたち、ついには彼の不可解な不在が確実なものとなって、彼がいなくなったと気がつくことだと知っていた。彼の最悪であると同時に最高の夢が、すべての凶暴な夢を具現した馬についてのものだと知っていた。彼は、フラットのドアを開けたままにしておいた。すぐ戻ってくるか、もしくは決して戻ってこないつもりであるかのように。昼間のように明るい月光が差し込んでいるものの、その部屋はがらんとしており、床の中央に馬の丈高い立ち姿が見えた。馬の頭から尾までを覆うシートは、目にかぶさって、銀色の顎から硬直して垂れ下がっていた。ひと目でその馬だと知り、馬のたてる音に耳を傾けた。馬は銀色の糸のような前脚の先の暗いひづめを持ち上げ、そのひづめを打ち下ろして、がらんとしたドリアリー・ステーションの一枚の床板をその一打でこっぱみじんにしてしまった。（三二）

マイケルの夢は最悪であると同時に最高であり、マイケルにとっての善と悪がこの荒馬のイメージの中に混じり合っている。

ここで注目すべきなのは、マイケルのアパートがドリアリー・ステーションと同一視されていることである。ドリアリー・ステーションはバンクス夫妻の住居から最寄りの駅だが、時として駅周辺の地域を意味することもあり、またこの場合のようにバンクスのアパートを指すこともある。つまりこの作品の中ではドリアリー・ステーションという言葉は意味のシフトする動的な言葉なのだ。しかし作用が動的であっても、言葉の文字通りの意味は「ドリアリー（荒涼とした）」にせよ「ステーション（駅）」にせよ静的である。

また読者は、「ドリアリー・ステーションのてっぺんから飛び立とうとしている、馬のように大きい金めっきしたケルビム」（七）を提示される。このケルビムは非常に曖昧なシンボルになっている。馬にたとえられ、また飛び立とうともしていることから、動的な意味を担うと考えられる。しかし、あくまで作り物のケルビムにすぎないのだから、実際には飛べない。だから「大きい」という言葉が静と動のどちらに加担するか決めかねる。「金めっきした」という言葉も、いっぽうではケルビムの天への飛翔を連想させる輝かしさを意味しながら、同時にケルビムが作り物であることを強調している。以上のことから、ドリアリー・ステーションは静と動の中間地帯を表していると判断される。

ドリアリー・ステーションがバンクスのアパートと同一視されるとき、「静」の面が前に出てきている。そしてその床板は「動」を表す荒馬によって踏み抜かれるのだが、ここでドリアリー・ステーションは「静」から「動」へ移行する。

マイケルの馬の夢を実現させるために現れたのがヘンチャーであった。彼は手始めに夫妻を文字通り動かそうとする。

おれは彼らにピクニックに行くようにすすめた。駅の裏の薄汚い公園ではなく、もっと遠くに。ランディングフィールド砲台に行くようにと。そこだったら、二人は枯れた木の下に腰を下ろして、貧相な手を繋ぐこともできるだろう。（一七）

しかし陰謀のまっただ中にあって「動」に加担すべきヘンチャーは、逆に「静」、安寧を求める。夫妻をピクニックにやったあと、ヘンチャーは夫妻のアパートにとどまり、彼らのベッドをわがものと見なして、安らぎを覚えるのだ。

（略）一家の主人のベッドを試し、彼のフラットを一日だけ自分のものにする。夢の実現のための家を構えるとするならば、男は場所を所有しなければならない。（中略）ドリアリー・ステーションの売店に、火事で声帯をやられた男がいて、チョコレートを売っている。彼と話をするのが好きだ。時々、雪の中で冷たい体を横たわらせて悪ふざけをしているやつに出くわすが、そいつにも少し言葉をかけてやりたい。ドリアリー・ステーションにいる、答えてくれはしない子どもら全員に話しかけるのが好きだ。でも、家が最高である。（一七－一八）

ここでもドリアリー・ステーションには、ヘンチャーの話しかけるという行為（動）と話しかけられる生気のない人びと（静）との二つの要素が絡み合っているが、彼にはそのような中間地点のドリアリー・ステーションよりも、安全でひとりきりになれる家（静）のほうが望ましい。

幼少期から家といえるようなものを持たず、母と二人で転々と住居を移し放浪的な生活をしていたヘンチャーは、自分の意志とはまったく関係なく動かざるを得なかった。母のみが自分を繋ぎ止めてくれる支えであったのだが、その母も亡くしてしまう。まるで何の過去も持たないような描き方をされているマイケルの目が、未来にのみ向けられているのと対照的に、ヘンチャーは振り返ってばかりいる。現在の生活も過去の思い出の中に吸収させていく。彼は「おれには自分の割り当てが、自分の記憶がある」（二七）という。幼少期に家も持たず、突き動かされないわけにはいかなかったヘンチャーが過去に求めるものは、もちろん母である。その母とは、自分とともに転々と住居を移す母ではなく、自分の安寧を保証してくれる母、自分の不可避的な動きを食い止めてくれる母だ。

極言すれば、ヘンチャーの憧れているのは、母の胎内にあり未だ世に出ない状態である。これはある意味で死を望むに等しい。そのためヘンチャーがロック・キャッスルに蹴られて死んでも、彼の死は悲劇的に映らない。このようなヘンチャーのバンクス夫妻に対する心情は複雑である。倦怠を覚えるほどの安らぎに浸っている彼らは、憧れと同時に嫉妬の対象にもなる。もともと動きを求めていたマイケルはラリー一味の格好のカモであったのだが、マイケルが選ばれたことについては、ヘンチャーの嫉妬も作用していると考えたい。しかしまたヘンチャーは夫妻の家庭の一員になることを強く望む。早起きして夫妻の朝食をつくるのもそのためである。ヘンチャーは子どものないバンクス夫妻の、子どもの役をつとめる。彼はマーガレットという、母の代わりになる女性を得た。したがって「お母さん、おれはあんたがいなくたってやっていける」（二八）と言うこともできた。

だがヘンチャーにはバンクス夫妻が陰謀の渦に巻き込まれることが分かっている。そしてまた彼の「家」である夫妻のアパートが、手掛かりを残さないためラリーの手下によって破壊される予定であったことも多分知っていただろう。それではなぜ、このような言葉を吐けるのだろうか。

この作品では序章のみヘンチャーが語り手をつとめ、次の章から彼は三人称として現れる。彼の現在と過去を重ね合わせた語りは、一種の独立したパートであり、絶え間なく動いていく現実から彼を保護する働きをもっている。語り終えた時（第一章以降）にヘンチャーはラリーの手足となって動かねばならない。動きたくない彼は、これから起こることには目を閉ざしていたいと思っている。未来よりも過去に生きる彼の生は、この語りの中に見いだされ、語りが終わることは彼が死ぬことに通じる。とすれば、「お母さん、おれはあんたがいなくたってやっていける」という彼の締めくくりの言葉を別の意味にとることもできる。母がいなくてもマーガレットがいる、マーガレットがいなくなっても語りによって創造された安楽な幻想世界に住むことができる、そして幻想が崩れるとき死が究極的な安らぎを保証してくれる、という意味に。

ヘンチャーにとっては、「静」＝「死」、「動」＝「生」ではない。「生」は「静」に、「静」は「未生」に、「未生」は「死」に、「死」は「動」に、「動」は「生」に、それぞれ近似しているといったらよいのだろうか。すべてが、ずれを伴いながら通じ合っているように思われる。特に「死」の持つ意味が曖昧である。安楽の極みであると同時に、もはやその安楽を感ずべくもない地点（文字通りの「死」）だけでなく、外力に突き動かされて、自分を見失った状態も、比喩的な「死」と考えることができる。ヘンチャーは比喩的な死の果てに文字通りの死に辿り着く。

マイケルにとって「動く」ことは冒険、経験、生などを意味していた。動くことなく、言及する価値のあるような過去は持たず、漫然と暮らしているマイケルとマーガレットは、無垢な存在である。マイケルは新奇なものに対する強い欲求を持っているが、その反面、動くことに対して躊躇、怯《おび》えを感じてもいる。マーガレットは、初めから動くことを拒み、何よりも夫の不在を恐れる。毎週水曜日にショッピングに出かける以外に彼女が家を離れて動くことはない。彼女はあらゆる意味でマイケルを家に繋ぎ止めている。マイケルは、ささやかな冒険のつもりで、戸棚の奥に酒を隠し、妻に隠れて時々一杯やっていたが、マーガレットはこのことをちゃんと知っていて、夫の不在時にその酒を自分で飲んだりする。「彼女は戸棚のところへ行き、雑巾とバケツの後ろからバンクスのスピリッツのボトルを下ろして、それをとても小さなグラスに一杯分飲んだ」(六二)。次に示す段落は彼女の極端な静的傾向を物語っている。

以前、ワンピースのドレスを扱う店のマダムが、彼女にピンクのドレスを着せようとした。そのガウンが買われて包まれる直前のところまでいったのだが、マーガレットは結局、自分とその色とのとっぴな組み合わせを拒んだ。以前、イタリア系の理髪師が彼女にキスしようとして、彼女はキスを避けた。以前、マイケルがガラス玉の中に保存された蘭を彼女に与えたのだが、彼女はそれをなくしてしまった。ピンクの服を着て、彼女がどんなに恐ろしく思ったか。理髪師の唇の感触が、どんなに恐ろしかったか。ガラスに入った蘭を彼女の胸にのせたとき、どんなに重かったか。(六五)

ホークスは色に象徴的な意味を持たせることが多いが、ここでのピンクという色は、女らしさ、華々しさ、そして危うさを表している。このマーガレットの嫌う色は、シビルを彩る色でもある。マイケルが初めてシビルと会ったとき、彼女はピンクの飲み物を飲んでいた。「彼女は丈の高いグラスから、ジンをピンクの水で割ったものを飲んでいた。彼の椅子の前には、かき傷のついた金属製テーブルの縁があって、そこに彼のためのもうひとつのピンクのグラスが置かれていた」(九八)。彼のために用意されたピンクの飲み物は誘惑の予兆となっている。性的魅力をふんだんに備えたシビルとは対照的に、マーガレットには、いったいこれが二十五歳の女性かと思われるほど、男性を惹きつける力が欠落している。シビルにはモニカという子どもがいる(父親が誰であるか読者には知らされない)がマーガレットにはいないということも、マーガレットの不毛さを示しているようで注目に値する。

マイケルは、そのようなマーガレットに嫌気がさしたというわけではないが、未知のものに対する憧れが強かったため、シビルやその他の女性の誘惑にのってしまう。

マーガレットが、ヘンチャーのみならずマイケルにとっても、母に相当する安寧を体現した存在であり、マイケルにとって不可欠な人間であったことは間違いない。陰謀に巻き込まれ次々といかがわしいことに手を染めていきながらも、彼は妻のことを一瞬たりとも忘れない。動くことに対する恐れが彼をマーガレットに繋ぎ止めており、またマーガレットがいる限りいつでも彼は動くことを放棄して「家」に帰っていけるのである。そのためにラリーたちにも彼女を誘拐、監禁する必要があった。

自由意志で動こうとしていたマイケルがいつの間にかラリーたちに動かされていくのに対して、当初から頑強に動くことを拒んでいたマーガレットは、自分から離れていくマイケルを追うために動くことを余儀なくされるのだが、結局ラリーたちに動きを封じられてしまう。

マーガレットは姿を消したマイケルのもとへ辿り着くため、ドリアリー・ステーション（静と動の中間点）から電車に乗る。ここでの電車という乗り物のイメージは重要である。電車は動くものであると同時に、定まった軌道を辿ることしかできないという意味で、最も制限された乗り物、動かされるものである。マーガレットも電車同様、動くと同時に動かされることになる。しかし彼女は動くことにより初めて性欲と係わってくる。彼女はピンクの切符を手にして電車に乗り込む。自分にセックスアピールがないために夫が遠ざかっていくという認識があったのだろう。彼女の中に抑えつけられ眠っていた性欲が少しずつ目覚めていく。

電車の中で、待ち受けていたリトル・ドラと会ったマーガレットは、彼女にのせられ（動かされ）、そしてついには監禁され（動きを封じられ）てしまう。だが彼女は隙を突いてマイケルのいる競馬場まで逃げてくる。従来の彼女からは考えられない果敢な行動である。彼女を動かすものは、安寧の場「家」の復元を望む気持ちだけではないだろう。マイケルへの愛に火がついたと考えたい。しかし彼女は再び捕まってしまう。

マーガレットを捕まえたラリーの手下は、彼女を監禁の場所に連れ戻したあと、今度は逃げられないように彼女をロープで縛る。より徹底したかたちで動きを封じるのである。身動きもならぬ彼女をシックが棍棒で殴打するシーンから死の臭いが嗅ぎ取れるためか、彼女が最後には殺されてしまったと判断する研究者が多くいる。(5) マーガレットにとっては、「静」＝「生」であったのだが、ドリアリー・ステーションから電車に乗ったのを契機として、「静」＝「死」、「動」＝「生」というふうに逆転する。

彼女とシビルの娘モニカはパラレルの関係にある（マーガレットが大人になりきれないことを示す）。

彼女はどんなことでもされてしまう子どもだった。そしていまや従順な捕虜となっていた。そして、小さい女の子であるモニカが悪い夢を見て、この時間に目を覚ますと、マーガレットはその夢を自分のものとして引き受けた。あたかも、その子どもをなだめることで、自分自身をなだめられるかのように。（一二六）

マーガレットの繋がれたベッドと、モニカが悪夢に悩まされるベッドは並べられており、動きを封じられ、ついたばかりの火を消されて、再び幼児に等しい存在になった彼女のイメージはモニカのイメージと重なる。多くの研究者が、そうとはっきり書かれているわけでもないのに、マーガレットが最後に死ぬと解釈するのは、モニカが射殺されてしまったからかもしれない。

この作品に限らず、ホークスが子どもを登場させるとき、彼女らはほとんどの場合、犠牲者として描かれている。『人食い』（一九四九）では、少年が変質者に追い回されたあげく、殺され、切り刻まれ、何も知らない少年の伯母の食卓にのぼる。『甲虫の脚』（一九五一）では、作中でほかに大した役割を演じるわけでもない少年が、まるでそれだけのために登場させられているかのように、ヘビに噛まれる。『もうひとつの肌』の少女ピクシーも一種の犠牲者である。彼女は、直接傷を負わされたりすることはないが、他の作品の子ども同様、無力で存在感がなく、周囲の状況に揺さぶられるままであり、母を失ったあと祖父からも見捨てられてしまう。

　したがって子どものイメージを与えられた大人も犠牲者として描かれることが多い。この作品ではマーガレットのほかに、マイケルやヘンチャーもそうである（『もうひとつの肌』のスキッパーにも同じことがいえる）。

　マーガレットがシックに殴打されたその同じ夜、マイケルのほうはシビルたちと乱行にふけっていたわけだが、彼がシビルと飲み屋の後家を相手にしたあと、突然バンクス夫妻の隣人であったアニーが現れてマイケルに身を委ねる。アニーの出現はまったく唐突で説明がつかない。「彼女は二十歳で時間を超越していた」（一五五）という描写をみると、このアニーが色に溺れたマイケルの幻想の産物であると考えたくなってくる。実際に、このアニーはマイケルに対して「あなたは色に溺れてるんでしょう」（一五五）と言うのだ。

　ホークスの作品には幻想として受け取りたくなるような不可解な場面がいくらでも出てくるのだが、もし彼がそれを幻想として描いているとしても、多くの場合、幻想と現実の境界は示されない。どこまでが現実でどこまでが幻想か分からないことがしばしばである。この場合もそうだ。翌日アニーは競馬場に姿を見せてマイケルに話しかけている。しかし、このアニーまでも幻と見なすのは少し無理であろう。マーガレットの死を連想させるモニカの死を目撃したあと、マイケルは、もはや色に溺れていられなくなったのだから。

　マイケルがシビル、後家、アニー、リトル・ドラの四人と狂おしく情を交わすのは、マーガレットとの夫婦生活に愛が薄く（二人の間に子どもがいないのはその表れである）、その反動が現れていると解釈できる。もちろん、マイケルと四人の女との情事は愛とあまり関係ない。歪み爛《ただ》れたけもの並みの欲情が露呈されているだけである。しかし奇妙に抑圧的な夫妻の夫婦生活と比較して、どちらが是でどちらが非であるか定めることはできない。

　われわれはこの作品に理想的な「愛」を見いだすことはできない。しかし、少なくともマイケルはそれを求めている人間のように見える。

ホークスは、自分の作品にピューリタン的ともいえる抑圧性とそれを崩していこうとする破壊性とがあり、この二つの傾向がパラドックスになっていると考えている。マイケルの一連の行動は抑圧を克服しようとする試みである。そのため、実際には、盗まれた馬の名目上の持ち主になったり、放恣《ほうし》な女たちと情を交わしたりすることは、冒険と呼べるようなものではないにもかかわらず、重みを持ち、決して陳腐には感じられない。

マイケルが命を捨てて陰謀を阻止しようとした原因ははっきりと書かれていないが、モニカの死を目撃したことと無関係ではないだろう。前述したように、モニカはマーガレットとパラレルの関係にあり、マイケルはマーガレットの死を予感したと思われる。帰るべき家、従うべき規律を失ったマイケルは、これ以上破壊的な行動を取れなくなる。バランスが崩れてしまったのだ。したがって、彼は再びピューリタン的、抑圧的な態度を見せるようになる。自分の罪を意識し、贖《あがな》いのポーズを見せて、すべてを清算するのだ。

彼は最後に大股で、脚を最大に伸びきらせて走った。目は赤くなっていた。走行のペースがあまりにも速いものだから、もはや動いているようには思われず、その極点において、夢にでも見そうな長い下り坂の永遠の滑降となった。ついには両腕を広げ頭をのけぞらせた走者は倒れていく。彼は倒れつつ、ロック・キャッスルの突進する銀色の姿に向けて腕を振った。彼と衝突して自分自身も倒れてしまうことになりそうなロック・キャッスルに向けて。(一七一)

ここにおいて「動」は「静」に移行し、「静」は「死」につながる。この贖いはヒロイックであるというよりも、いくぶんアイロニカルであるが、ヘンチャーの死に比べてみると犬死の感はより少ない。マイケルの夢とそれを実現するためにとられた行為が非道であると言い切れないのと同様、彼の死もまたプラスともマイナスとも判じがたい。

ギャングの首魁ラリーは、単に悪党と言って済ませられるような人物ではない。彼は悪魔であると同時に天使である。「愛」とはまったく無関係なようでいて、手下のスパローに対しては純粋な愛情を示している。陰謀という動乱の中心に位置しながら奇妙に静まり返っているし、人並みに小さな幸福を夢見たりする。

ささやかな結婚かい。そして船に乗る。枝にライムの実をつけた木々、おれたちを町中あちこち引っ張りまわしてくれるニガーども、北米に中南米。ちゃんとした船旅、バーで過ごす時間がたっぷりあって、銃の撃ち合いや馬どもから解放されている。もしかしたら子どもが一人か二人できてしまうのかもな。先のことは分からない。（一六五）

ラリーはパラドックスのかたまりであり、あまり表面に出ないながらもこの作品のあらゆる要素を集約したような存在に見える。

ロック・キャッスルもまた逆説的な存在である。マイケルの夢を象徴する動的、破壊的な悍馬《かんば》で、ヘンチャーとマイケルの命を奪う荒々しさを見せながら、ラリー同様、時として不気味なほど静まり返る。艀《はしけ》から吊り上げられる時のロック・キャッスルは、まるで彫像のように動きを見せない。野性の極みを思わせる激しさを持ち、抑圧とは縁もないような自然界の権化であると同時に、人間のために走る競走馬として人間の手によって作られた生き物であることが、何度も繰り返して現れる系譜によって強調される。

「（略）アプレンティスの母はリソグラフ、父はコブラーだ。エンペラーズ・ハンドの父がアプレンティス、母はロード・オブ・ザ・ランドが父親であるハンド・メイドゥンだ。ドラフツマンの父がエンペラーズ・ハンド、母はアミュレットが父親であるシャロー・ドラフトだ。キャッスル・チャールの父がドラフツマン、母はコールド・メイソンリーが父親であるライクリー・キャッスルだ。ロック・キャッスルの父がキャッスル・チャール、母はプリビーアンが父親であるワーズ・オン・ロックだ。この名前は、彼の生命の進化でないとするなら、何だというのか。（後略）」（二八）

ロック・キャッスル（岩の城）という名前はこの上もなく静的である。「動」の中にはらまれる「静」は、ロック・キャッスルのみならず、この作品に現れる他の動物、そして乗り物などに見て取れる。またスズメという意味の名前を持つスパローもその名とは逆に、不健全な肉体を持った飛べない人間である。

この作品のタイトルになっている「ライム・トゥイッグ」とは、鳥もちを塗った枝のことだが、その意味するところも結局、以上のような「動」と「静」の絡み合いなのであろう。飛ぶ鳥とそれを捕獲する鳥もちのイメージは、現実の中に見られる「動」と「静」の複雑な絡み合いを示している。ヘンチャーが記憶の中から呼び起こす落ちた軍用機が物語るように、飛ぶものは落ちる危険を常に持つ。しかしまた飛ぶことは大きな魅力でもある。落ちることを恐れて初めから飛ぶことを拒もうとしても、どこからか伸びてくる鳥網や鳥もち竿の恐怖が飛ぶことを促すこともあるだろう。そして、飛んで火に入る夏の虫の運命を辿るのである。登場人物にいやおうなく「動」から「静」、「生」から「死」へと向かわせるこの作品には、希望の光が見えない。

各章の冒頭にシドニー・スライターという競馬ジャーナリストの書いた断片的な記事が付与されている。彼は陰謀の臭いを嗅ぎつけるのだが、合理的に辻褄を合わせようとして、事件の全貌を明かすことができずにいる。最後の第九章だけは彼の記事を含まないが、たぶん彼の無粋な探求姿勢はヘンチャーの死体を発見する刑事たちに受け継がれるのであろう。そして彼らは決して事件の真相に辿り着くことができないだろう。この作品がミステリーのパロディといわれるゆえんである。

スライターの記事やこの終章は、ホークスの、読者に向けての警告であるようにも思われる。野暮な辻褄合わせをしたところで、この作品の深みに入っていくことはできない、という警告のように。

(二) 死から生へ……『もうひとつの肌』

この作品もまずあらすじを簡単に述べることから始めよう。主人公スキッパーは海軍士官であったが、船上でトレムローの率いる叛乱に遭い、トレムローに性的に陵辱されて、それが彼の強いオブセッションとなる。スキッパーの少年時代に父は自殺し、母も消えるように死んでいったが、同じように彼の妻も自殺する。ひとり娘のカサンドラはフェルナンデスと結婚し、ピクシーという女の子を設けるが、フェルナンデスは実は同性愛者であり、妻を捨てて行方をくらます（そして後に男友達とともに何者かによって殺されているのをスキッパーは目撃する）。スキッパーは娘を慰めようとして、かつての忠実な部下、黒人少年ソニーに見送られ、カサンドラとピクシーを連れてニューイングランドの島に渡る。

島での住まいの家主、妖婦ミランダは、何かにつけて彼を屈辱的な目に遭わせ、近くに住むレッドと彼の二人の息子も彼女に同調する。レッドと長男のジョモはカサンドラを誘惑しようとし、ミランダはそれに手を貸すが、カサンドラも積極的に誘いに応じ、スキッパーひとりが、娘を彼らの手に委ねることを拒む。カサンドラが灯台から飛び降りて自らの命を絶ったあと、スキッパーはミランダから受胎二カ月の胎児の死体を手渡され、娘が妊娠していたことを知る。彼は島を出たあとピクシーを妻の親戚に預け、ソニーとともにカリブ海の島へやってくる。この島では彼は牛の種付けを営み、ケイトというソニーと共通の恋人を得て幸福な日々を送る。ケイトが子どもを生むところで物語が終わる。

この物語を語るのは主人公のスキッパーである。彼の語りは年代順に進まず、南の島での幸せな現在と、過去の苦難の日々が、交錯したものとなっている。彼の語りには信用が置けないということが多くの研究者から言われてきた。ホークス自身はスキッパーの信用の置けなさを意識して書いたようだが、そこからアイロニカルな解釈を導き出されることには異を唱えている。しかしスキッパーの胡散《うさん》臭さは、読者が彼を勝利者として受け入れることを到底許さない。といっても彼の語りが無意味であるというわけではない。この作品もまた十分に逆説的なのだ。

「スキッパー」という名前からして彼の胡散臭さを匂わせている。実は、これはソニーのつけたニックネームで、もともとは「船長」という意味での呼び名だったのだろうけれど、スキップする人、つまりとばす人、省く人という意味にもとれる。現在から過去へぽんぽんと飛び移っていく彼の語り口、そしてカサンドラに対して長い間フェルナンデスの死を隠していたという事実などを考えると、彼が語りたくないことを省略しているのではないかという疑惑が生じるのも自然なことである。省略のみならず捏造の疑惑も十分持たれてきた。カリブ海の島は実在せず、スキッパーの幻想の産物にすぎないと考える研究者も少なくない。ともあれ、彼の胡散臭さは心情の屈折に端を発している。まずそこから究明していくことにしたい。

まず父が自殺する。スキッパーは、いわれもなく突然襲ってくる死という得体の知れぬものに対して恐れを抱くことになるのだが、それと裏腹に、死という日常空間からの逸脱に何らかの魅力を感じていると思われるところがある。「わたしは死の種に慣れ親しんできている。いつも死の種に対して特別な好みを持っていた」(6)と彼は言う。彼は死にこだわり、それに呼応するかのように彼の身の回りのものが死んでいく。父の死とともに、彼にとって強烈なオブセッションとなっているのが、トレムローによる陵辱である。スキッパーの内面世界においてトレムローは悪魔に等しい。彼にとってトレムローは死の国への案内人である。この陵辱はスキッパーの死に対する両面的な態度を活性化させた。主に性生活において。

以後スキッパーの性欲は非日常的なものを志向するようになり、いわゆる変態性欲がさまざまな形態をとって現れてくる。一番顕著なのは同性愛で、トレムローによる陵辱と直接結びついている。その他、マゾヒズム、フェティシズム、近親愛などの傾向も見られる。

スキッパーは自分が死に惹かれ、非日常的な性欲を持っていることを隠蔽しようとする。ミランダを悪魔的な妖婦に仕立て、ニューイングランドの島を死の島として措定し、それに対して南の島を生の島、健全な愛の島として紹介する。彼は、死の島での屈辱が自分の意に反してのことであり、自分本来の姿は生の島において純粋な愛を賛美し実行する勇者にほかならないと、聞き手に、そして自分自身に納得させようとする。これが彼の語りの動機だといってよいだろう。

　トレムローやミランダに体現される死の呪力を無効にするためには、それに対抗すべき南の島が地上的であるだけでは不足であった。したがってスキッパーはこの島を特権化し、天上的なものにまで高める。そして自分や周囲の人間を神格化する。彼の胸に彫られたフェルナンデスの名前の刺青は同性愛者の烙印だったが、この島の神聖な陽光がこれをかすれさせる。スキッパーは依然として、ソニーを愛する同性愛者なのだが、二人が神格化されているため、死の臭いが隠されてしまった。

　北の島と南の島はネガとポジの関係にある。それぞれが、読者に与える印象は大きく違っているが、非日常的な空間ということでは同根である。南の島も死と無関係ではない。

　スキッパーたちはケイトの出産を墓地において祝う。彼は死のイメージを排除するのではなく、生のイメージに結びつけ、それに従属させた。そうすることによって、死に対する恐れを克服し、また死に惹かれる自分を正当化した。これをスキッパーの成長と捉えてもよいだろう。彼は、ケイトの背に爪をたてたイグアナを見たとき、最初は躍起になって、これを取り除こうとする。しかし結局、イグアナを放っておくほうがよいということを教えられる。グロテスクなイグアナは死のイメージを伴い、いっぽうケイトの体の中にはこれから生まれてくる子どもが孕まれている。イグアナを無理やり引き離そうとする行為は、生と死を截然と区別しようと試みてきた今までのスキッパーの生き方を物語っている。死と生を結びつけて放っておくことによって、死の非日常性が生に吸収され、生が日常的なものから非日常的なものへと高まっていく、ということを彼はこの島で学ぶ。死を生に取り込みそれを非日常的な次元に置いたことがスキッパーの勝利につながったのだ。


　　そして結局、わたしはミランダに対してささやかで静かな勝利をおさめた。カサンドラに対しても勝利をおさめた。（中略）わたしの陰、わたしの子ども、わたしの記憶、わたしの時間を越えた時間。そしてわたしは放浪する島々と、目に見えない岸辺を与えてくれたことを、神に感謝する。（二〇五）

われわれが彼の語りに説得されるかどうかは別として、少なくともスキッパー自身は自分の語りにおいて死に対する二律背反的な心情を隠蔽し、ついには生の非日常化という操作を通してそれを解消することによって、満足感を得ているのだ。

この作品では『ライム・トゥイッグ』以上に色のシンボリズムが重要な役割を果たしている。[7] 黒という色は、とかくマイナスの意味を負わされやすい色だが、この作品において黒は非常に逆説的な使い方をされている。ミランダの黒いブラジャーが邪悪を表しているのに対し、黒いソニーは常にスキッパーに希望を与える。ソニーに対する同性愛が非日常的であるという意味では、ソニーの黒さとミランダのブラジャーの黒さは共通点を持つ。スキッパーはこれを隠すために、ソニー→コカコーラという連想を確立する。「わたしは、かわいそうなソニーと彼のコカコーラで割ったラムを思い浮かべた」（六三）、「わたしはコークを一息に飲み干した。五杯目の無料のコカコーラだ。そしてソニーを思い浮かべた」（八二）、「それともコークか、カサンドラ。わたしと一緒にソニーに対してささやかな祝杯をあげよう」（八三）。コカコーラという日常的な飲み物を持ち出すことによって、スキッパーはソニーの黒さの非日常性を抑える。

またソニーの黒さを彼はいやというほど強調するのだが、これも同じ役目を果たす。「黒いソニー」と何度も聞かされる読者は、ソニーの黒さに対する感覚を鈍らせてしまう。つまりスキッパーはソニーの黒さを無意味にすることに成功しているのだ。

しかし南の島においては、黒は死の色であると同時に生の色となる。生まれてくる赤ん坊は黒い。

そしてわたしはケイトに赤ん坊を見せてくれと頼んだ。赤ん坊はそこにいた。彼女の乳房の半分ぐらいの大きさで三倍も黒い、初々しい顔。ぐっすりと眠って、愛らしいちょっとしたしかめ面が、その顔をきゅっと閉ざしている。(二〇九)

ここでは生が非日常化されているから黒は生の色となる。ソニーのみならず、ケイト、ジョージー、バーサたちは、この島において黒いがゆえに神聖である。

スキッパーが生を非日常化できるようになったのは、カサンドラの死と関係がある。彼女は、彼が非日常的な世界に飛び込むのを許さない抑圧となっていた。そしてまたスキッパーも抑圧としてのカサンドラの存在を必要としていた。死に対する恐れが、ともすれば非日常的な世界に引きずり込まれていく彼の弱さに対する歯止めを求めていたのだ。読者は、『ライム・トゥイッグ』のマーガレットに見たのと同じような母のイメージを、カサンドラの中に見いだすことができる。スキッパーにとって彼女は、庇護を必要とする不安定な娘であると同時に、聖母マリアであった。彼女には、「ティーンエイジ爆弾の無謀、あるいは緑の目をした、ダイヤモンドのような頭脳を持つ若い既婚女性のつつましい決断」(三三)が認められ、「母のような、娘のような」(九六)ところがある。

スキッパーはカサンドラに「母」になりきってほしいため、彼女の奔放さに警戒する。彼女にしてみれば迷惑な話だった。彼女の奔放さよりもスキッパーの干渉のほうが、よほど常軌を逸している。スキッパーは、自分が抑圧されることを求めて娘を抑圧しているのだ。

カサンドラは、スキッパーに対して冷たい抑圧的な態度をとるとき、父に復讐していると思われるほど残酷になれる。彼女はスキッパーを去勢している呪縛者であり、もはや使用されていない灯台(不能の男根のシンボル)から彼女が身を投げるまでこの呪縛は解けない。

抑圧されて不能者となり、そしてなおも死の非日常性に惹かれるスキッパーの性欲はますます歪んだものになっていくが、カサンドラの苛烈さがこの傾向を助長している。彼女は父の胸にフェルナンデスの名の刺青を彫らせる。のちに彼女は夫の男色の相手について「砲手の助手でハリーという名前だった。彼には傷があったわ。刺青もしていた。(中略)あなたのようにね、スキッパー」(二三－二四)と言う。カサンドラは父が夫に対して心を寄せているのを見破り、復讐のつもりでこのような仕打ちをしたと考えられる。この抑圧的な行為はスキッパーを去勢するのに成功したが、去勢されてもスキッパーの変態性欲は姿を消さない。カサンドラの企ては、結果から見れば逆効果だった。ミランダと対立して日常生活を代表すべき存在であったカサンドラは、次第にミランダに同化されていく。そして、抑圧によって死の世界から身を引こうとしていたスキッパーは、逆に抑圧のために深みにはまっていく。

おとなしく刺青を彫られる苦痛に耐えるスキッパーは、かなりマゾヒスティックである。もちろん彼は被虐の喜びをストレートに表現せず、隠そうとしている。しかしわれわれは彼が自分の屈辱を語るその語り方に、彼の被虐願望を見るのだ。

同性愛者の刻印を押されたスキッパーは、死の島においてジョモに同性愛的な関心を払う。ジョモの鉤のついた義手に対する彼のこだわりは、きわめて執拗である。見慣れぬものの後ろに死を垣間見るスキッパーは、ジョモの違和感を与える義手に吸い寄せられていく。

抑圧は生と死を分断するのではなく、生から死を導く役割を果たしている。ニューイングランドの島は抑圧の支配する空間であった。そして抑圧を全面的に排除した空間が、カリブ海の島である。抑圧がないのだから、ここは人間の住むところではない。獣か神の住むところである。神となったスキッパーは死を生の中に取り込み、勝利を得るのだ。

愛を求め、人間を愛することこそ生きることにほかならないと考えるスキッパーは、結局ケイトという伴侶を得て理想的な愛を獲得し、自分を勝利者と見なす。しかし、抑圧を消去し死の非日常性を呼び込んだこの天上的な愛が、本当に理想的なものなのか、読者は疑問に思わずにはいられない。

スキッパーはこの島で牛の種付けをしているから、この仕事に就いていると言う。しかし実際には、この仕事はいわば愛の操作である。彼は自分が愛を賛美しているから、彼は雄牛の精液を冷やす。

そして慎重に、両膝をついて微笑みながら、わたしはカバンから小さいガラスびんを取り出し、手の上にのせて重さを量った。手にのせても何ほどのものでもないが、生命なのだ。生命の種なのだ。そして、それを慎重に氷の上にのせた。（一六七）

ここからは、物理的にだけではなく心情的にも冷ややかなものが感じ取れる。それぞれの牛が名を持ち人格化されているだけに、この操作の冷ややかさがひとしお強く読者に違和感を与える。そして、スキッパーが独裁者であるかのように見えてくるのだ。

物語の中のスキッパーが神とすれば、語り手としてのスキッパーはさしずめ教祖ということになるだろう。彼の語りを信じるか信じないかは、読者次第である。

二　「シャーリバーリ」

「シャーリバーリ」（一九四九）の原稿は、ホークスが一九四七年の秋、ハーバード大学のアルバート・ゲラードが担当する創作クラスに参加することを認めてもらうために書いたものである。そしてゲラードは、この中篇小説に公刊される価値があると判断したという。ゲラードのクラスで書かれた彼の代表作のひとつ『人食い』（一九四九）と同じ年に発表されたこの作品は、さほど注目されていないが、ホークスの小説家としての原点という意味においてのみならず、一篇の独立した小説としても、少なからぬ価値を持っているように思われる。

ホークスの初期作品では、理に落ちたプロットを排斥しようとする姿勢が顕著に認められ、とりわけ『人食い』はその筋の辿りにくさが難解と評されもするのだが、「シャーリバーリ」はさらにその上をいく。現実と幻想が境界線を失ってないまぜになり、何が起こっているのか定かではない。結局、事実上何も起こらなかったのかもしれないという印象さえ与える。しかしプロットの欠如を補って余りあるほど、詩的言語やそれによってつむぎ出される多様なイメージが彩りのあるテクストを作り出し、作品を厚みのあるものにしている。

ホークスがこの小説を書き始めたのは、ソフィー・テイズウェルと結婚する直前であり、未知の「結婚」というものに対する彼の複雑な感情が執筆の動機となっていると思われる。とはいえ、自伝的な要素が作品に入り込んでいる気配はなさそうだ。小説家ホークスの真骨頂ともいうべき、作品世界と距離を置く突き放したような筆法は、「シャーリバーリ」において、もうすでに完成度の高いかたちで認められる。ホークス個人の結婚とは切り離された、一般的な「結婚」、それがこの作品で扱われる題材なのだ。むろんホークスのことであるから、一般的な「結婚」を一般的に描くはずもない。この作者にふさわしく、結婚の負の面が、シニカルに、グロテスクに、そしてユーモラスに描かれるのである。

主人公はヘンリー・ヴァンとその妻エミリー、どちらも四十歳でありながら子どものようにたよりなく、エミリーが間もなく初産を迎えそうだということが、両者にとって必ずしも喜ばしくない大事件と受けとめられている。生まれてくるかもしれない子どもと、過度に干渉する夫妻の両親たちが、二人の結婚生活に影を落とし、ヘンリーとエミリーの間に通い合うはずの愛情が歪んだものとなっているようだ。エミリーが初産を迎えるにしてはかなり高齢であることを除いて、設定としてはありきたりである。見るべきところは、夫妻の不自由がいかに表現されるかだろう。「シャーリバーリ」は四部構成になっており、順に「求婚」、「独身の男たち」、「結婚式」、「リズム」というタイトルがついている。第一部の「求婚」で描かれるのは、主としてヴァン家で開かれるパーティの模様である。作品のタイトル「シャーリバーリ」は、通常は新婚のカップルに対して結婚に異を唱えるかたちでなされるふざけたお祭り騒ぎという意味を持ち、作中で延々と続くパーティを指し示しているのだが、このパーティにはたしかに冗談めいた軽やかさが感じられるものの、グロテスクな面がとかく目立つ。参加者の異様な側面が強調されるのだ。

だが、第二章で夫妻がパーティの客たちを迎える場面に先立って、第一章ではこの二人が眠っている場面から書き起こされる。冒頭の段落は以下のようになっている。「かれらは別々の部屋に寝ていた。どっしりした犬が、その間のスペースをパトロールした。犬の大きな目は、闇の中でチラチラ光り、鼻はドアからドアへとクンクン匂いをかぎ、かすかなうなり声がもれる」。[1]この二人が結婚してからどのくらい年月が経っているのか定かではなく、別の部屋で寝ていること自体それほど奇妙なものともいえないかもしれないが、闇の中で目を光らせて両者の間を切り裂くように歩き回る大きな犬の存在が、夫妻の愛情を抑圧するものであるかのように表現されていることは印象的だ。

弱肉強食をテーマとした『人食い』においては、殺されて肉を食われる少年が狐に見立てられるいっぽうで、強そうな犬が人間であるかのように描かれ、人間と他の動物の境界線が曖昧なものになっているが、「シャーリバーリ」にもいくらか似通った手法が用いられている。『人食い』の犬ほどでないにせよ、「シャーリバーリ」の犬にも人間並みの意思が備わっているように感じられるだろう。この強い犬に管理されているかのような夫妻は、「四十歳のコクマルガラス」（五三）と、小さなカラスにたとえられて、その弱さが強調されるのだ。『人食い』で殺される鶏と、弱い鳥類という意味で、響き合っている。もっともこの鶏は人間が見立てられたものではなく本物の鶏なのだが、執拗に描かれる鶏殺しの場面は、狐に見立てられた少年が狩られる場面とともに、『人食い』において強い印象を残すものである。鶏と少年が二重写しになっているともいえるだろう。

カラスにたとえられるヘンリーも、四十歳であるにもかかわらず子どものようにたよりないことはすでに述べた。

そして、ホークスの作品に登場する子どもは、攻撃誘発性を持つかのごとく何らかのかたちで犠牲者となることが多い。ヘンリーは四柱式ベッドの片隅で丸くなって寝ている。いたいけな子どもの寝姿、さらには胎児の形象さえ連想されるだろう。夢の中で彼は「解説者」と言葉を交わす。この解説者は、ヘンリーの人格の一部分であるにはちがいないけれども、現実から逃避しようとするヘンリーを戒めるという役割をになっているようだ。解説者は、馬屋の干し草の上に体を横たえているひとりの女性に、ヘンリーの目を向けさせる。

解説者　「彼女は何をしているのか。」
ヘンリー「馬丁と愛し合ってるんだ。ぼくが彼の仕事をやってる間に。」
解説者　「違いに気がつかないか。」
ヘンリー「うん。彼女は赤ん坊を抱いている。」
解説者　「きみはいま何をしなければならないのかね。」
ヘンリー「そいつをバケツの中に入れて、出させないようにしておかなくては。彼女が愛の営みを続けられるように。」（五二）

このくだりはかなり意味深長である。ヘンリーが見ている女性はエミリーのようである。彼女が馬丁と愛し合い、その間、ヘンリーが馬丁のやるべき仕事を押しつけられるということから、何が読みとれるだろうか。彼女は自らすんで馬丁に身をまかせているのか、それとも馬丁の強引さに屈服したのか、どうやら前者の可能性が高そうだが、いずれにしてもヘンリーは二人の行為を妨げる意志を毛頭持たず、そのうえ邪魔になる赤ん坊を始末して彼らの営みをより容易にしてやろうと考える。これは負け犬根性の表れとみるべきかもしれない。弱者ヘンリーは強者の馬丁によって妻を奪われ、内心では屈辱感を抱きながらも、馬丁に対して力ずくで立ち向かっていくことが到底できないとあきらめているために、二人の下僕のような立場に甘んじるのだ。エミリーは自分よりも馬丁のようなたくましい男にふさわしいと自らに言い聞かせることにより、彼は妻への愛情を弱めようとしている。

しかしそれとは逆に、妻への愛情が弱くなっているからこそ、彼女を他の男に委ねてしまいたいと願うともいえるだろう。ヘンリーの妻に対する愛情が弱まる最大の原因は、彼女が子どもを産もうとしていることである。精神的に未熟なヘンリーにとって、子どもの誕生は重荷であり、また従来の夫婦関係を脅かすものでもあった。

子どもが重荷だという気持ちが、夢の中においては、馬丁とエミリーにとっても子どもが邪魔になるだろうという配慮に形を変える。だが、本当はヘンリーが最もこの子どもを邪魔に思っているのだ。だから赤ん坊をバケツの水に浸し、あわよくば亡き者にしようと考えるのである。しかし彼にはそれが難しいことも分かっている。解説者から、赤ん坊の反抗を封じることができると思っているのかと問われたヘンリーは、否と答えざるを得ない。赤ん坊がバケツから飛び出し、噛みついてくるのを、彼は防ぐことができないのだ。それほどまでに彼は弱い。大きな犬や馬丁に勝てないのはまだしも、赤ん坊すら力で抑え込むことができないのだから、どうしようもない。

むろん、ここでの赤ん坊の凶暴性は、自分の子どもが生まれてくることに対するヘンリーの恐怖感が反映されたものである。噛みついてくる赤ん坊に対処し切れないヘンリーは「ぼくは逃げていくよ。走って、走って」（五二）と言うのだが、これは父としての責任を回避したいという気持ちの表れにほかならない。しかし、解説者は彼を逃がしはしない。

解説者　「ヘンリー、それならきみを溺れる赤ん坊に変えてしまうぞ。」
ヘンリー「ぼくは溺れている。助けて、助けて。」（五二）

ここでヘンリーは赤ん坊に成り変ってしまう。彼の丸くなった寝姿に対応した変身である。そしてこの赤ん坊は、バケツから飛び出し加害者に噛みつこうとするだけの強さを持ち合わせない。助けがなければ溺れるほかないのだ。

夜が明けて鶏が鳴き、犬は鎖につながれる。強者が露骨に弱者を制圧する夜間に比べて、昼間は弱者にもいささかの権利が認められるらしい。犬に取って代わった鶏は「朝霧の中の薄汚い小さな鶏」（五二）と表現されており、小さいカラスに喩えられた夫妻と同じく弱者の側に属する。

この鶏のみすぼらしさは、たとえ犬の管理下から脱したとしても目を覚ました夫婦の気分が冴えないことを暗示している。朝食時にまだ悪夢を引きずっているヘンリーは、エミリーの飲むジュースが入ったグラスに目を留めるのだが、そこに認められるのは、「あちこち口紅で汚れたふちと、緑の乳濁液の中に浮遊する気持ちの悪い藁のような物質の断片」（五二―五三）である。口紅と藁のような物質は、夢の中で馬屋において馬丁と愛し合うエミリーの淫らな姿が彼の脳裡に刻みこまれているために、ことさら気にかかるのだろう。夫から恨みのこもった目で見つめられる妻は気まずさを感じずにいられない。そして「彼らはいやおうなく、相手を否定的な目で見つめ合うことになってしまったようだ」（五三）ということになる。

ヘンリーは、妻を責めつつそれが不当であることも分かっており、彼女への愛情を伝えたいと思う。エミリーは、夫のことを野蛮で無知で利己的な男だと考えながらも、彼を子どものように抱きしめてやりたいと望んでいる。しかし二人の間の溝が埋まることはない。鎖につながれた犬が依然としてその溝に向けて目を光らせているかのように。弱者という意味で似たもの同士の二人ではあるが、わだかまりの解けぬまま「二人の違った人間」（五四）として、パーティの客たちを迎えることになる。

延々と続くことになるパーティに参集した来客たちは、夫妻にとっては概して気心の知れない連中であり、二人は緊張を強いられてなおさら不自由を痛感する。エミリーは自分が妊娠していることを必ずしも全面的に喜んではおらず、それを「重大な秘密」（五六）と見なして公表を控え、悶々として、パーティを楽しむどころではない。ヘンリーの不自由な気持ちは閉じこめられた蝶のイメージによって表現される。「彼はシャツの下に蝶を感じた。(中略)蝶たちは羽を激しくはためかせた」(五六)。飛びたくとも飛べず必死にあがくはかない蝶の姿は、生まれてくる子どものみならず、結婚に伴って押しつけられてきたあらゆる責任から逃れようとしてそれがかなわないヘンリーの心理を表象したものなのだ。

しかし、ヘンリーは子どもを産もうとするエミリーを疎ましく思いながらも、他の女性に心を移すことができない。それは、第二部で家から逃げ出した彼が、エミリーによく似た女性を見かけてしきりに気にしていることからも明らかである。だが、彼のエミリーに対する執着は、必ずしも積極的な意味を持たない。彼は他の女性に対してまったく色欲を感じないわけではないのだ。淫らなものに対する彼の関心はむしろ強いと言ってもよいだろう。エミリーのグラスについた口紅に目を留めたとき、彼は嫌悪感だけを抱いたのではなさそうだ。夢に見たエミリーの淫らなふるまいも、夫妻としての静かな愛情を弱めると同時に、激しい劣情を促しうるものである。この夢からは、マゾヒズムやスワッピングに通じる倒錯の匂いさえ嗅ぎ取れるのではないだろうか。とはいえ、ヘンリーは淫らな性の世界に足を踏み出すことをためらっている。未知なる危うきものに向き合うには、彼は臆病でありすぎるのだ。

パーティの客のひとりである緑の服を着た大胆な女性は、ヘンリーに対して挑発的な態度をとるが、彼はその誘いにのるだけの胆力を持たない。次の、彼女にセロリを食べさせる場面は、情欲を感じつつも萎縮せざるをえないヘンリーの内面を表現したものである。

まだ午後四時だというのに、セロリの茎はパーティが終わったあとの萎びた外観を呈していた。陰鬱で生気がない。わけもなくますます神経質になってきたヘンリーは、わりと新鮮なのを一本引き抜いて、大きな目を見開きながら、その女性に差し出した。彼女は口を開けた。彼はその上下の唇の間に、卵形の先端を入れた。垂れ下がった黄色い葉のついた海綿状の茎が伸びている。(五八―五九)

猛々しい女性を前にして、ヘンリーは男根を噛み切られることを恐れているかのようだ。セロリを食べた彼女は、ほかに何かないかとねだるのだが、ここでは食欲と性欲が一体化していると考えてよいだろう。彼女が本当に欲しているのはヘンリーなのだ。

彼はトマトジュースを二つのグラスに注ぎ、彼女とともにそれを飲むが、このトマトジュースは両義的である。まず、朝食のときにエミリーが飲んでいたジュースを思い出させる。エミリーのジュースは緑色で、グラスに口紅が付着していた。それに目を留めて淫らなものを感じたヘンリーが、緑の服を着た女性に与える赤いトマトジュースには、彼の色欲がいささかなりとも反映しているのではないだろうか。しかし客観的に見れば、トマトジュースは健康的な飲みものである。それは酔いをさますものでもあるので、酔いたいと思っている女性にとっては興醒めだろう。彼女は大いに皮肉をこめて「健康な少年と健康な少女」（五九）と言う。特に「少女」という言葉を強調して。地の文でも「少女」と表現されるこの女性は実際ヘンリーよりもかなり若いはずだが、大人の女性として扱ってもらえないことを不満に思っているのだ。むろん彼女には、それは自分に女性としての魅力がないからではなく、ヘンリーに一歩踏み出す勇気がないためだと分かっているのだろうけれど。

彼女の飲むトマトジュースが朝食時のエミリーのジュースを連想させることから、この「健康な少女」はエミリーをも指示するように思われる。四十歳の夫妻が「健康な少年と健康な少女」であるということは、逆に不健全であると言わねばならない。

夫妻の性的抑圧は二人の弱さにも起因しているのだが、親たちの影響が大きい。パーティの客としてやってきた二人の両親は、彼らにとって最大の精神的負担となっているようだ。ヘンリーの父は牧師、エミリーの父は将軍、どちらもその職業が抑圧的な性質を持つ。前者については「ほぼあらゆることに腹を立てる牧師の父、（中略）誰よりもヘンリーが嫌いだった」（五七）と述べられており、ヘンリーにとっては義父の将軍よりもむしろこの実父のほうがけむたく感じられる相手である。ヘンリーの母ビーディはどちらかといえばもの静かな女性のように見受けられるが、エミリーの母は夫の将軍以上にやかましい。「将軍夫人」と自称する彼女は、いわば虎の威を借る狐で、いくら強がってみてもしょせん空威張りのように見えなくもないけれど、ヘンリーとエミリーの結婚生活を管理したいという四人の思惑が一致しているので、彼女のかなり差し出がましい言動に歯止めがかけられることはない。将軍は妻の態度に不愉快なものを感じているのだが、それにもかかわらず、ヘンリーとエミリーを一人前の大人として尊重することは憚られ、結果的には妻の思い通りに行動することとなる。

四人が集まり、エミリーの母はヘンリーが投機で失敗していることを指摘して、彼を戒め懺悔させようと提案する。ちょうどその時ヘンリーが親たちのいる部屋を訪れるのだ。彼は以下のように親たちの前ではこれまでにもまして弱々しい。

　無数の手が同時に彼に伸びた。
　彼はひょろりとした、茶目っ気のある、臆病な、小さい少年だった。その口はねじれていた。ヘンリーは弧を描いてその部屋に入り、遠い壁に向かって曲がっていった。父の椅子の後ろを通って、ゆっくりと集団に近づいた。うろたえた顔で。彼はこの人たちの前でどうふるまったらよいのか良く分かっておらず、いつも何らかの演技が期待されているように感じていた。（六六）

エミリーの母から話があると言われて、ヘンリーは内心で自分はいつも聞く耳を持たねばならないのかと思いはするが、むろん口に出しはしない。義母から投機のことをとがめられても甘受するばかりである。しかし、ヘンリーにとってこの非難はそれほどわずらわしいものではなかった。それだけのことかと拍子抜けしたようにもみえる。おそらく、彼は義母がエミリーとの性生活について口出しすることを予測していたのであろう。

続いてエミリーがこの部屋にやってくる。ここで彼女は親たちに自分が妊娠していることを告げるのだが、親たちの反応は以下のように描かれている。

ビーディは、とりとめなくブツブツつぶやいていた。将軍は背筋をぴんと伸ばして座り、牧師は天井に入ったいくつかのひびを神妙に見ていた。その深くなってきている裂け目を。

将軍夫人はとても穏やかに語った。「ああ、わたしたちはとても幸せです。」(六八)

彼らの反応には喜びよりも戸惑いが顕著ではないだろうか。ヘンリーとエミリーに子どもができるということ、さらには二人に性生活があったということを、彼らは信じたくないのであろう。エミリーの父の「ぴんと伸ばして」という姿勢と、ヘンリーの父の見つめる「深くなってきている裂け目」は、男根と女陰を連想させる。信じたくなかったものが存在したことを告げられて、認識を改めることをためらっているからこそ、父たちには性を確認するような仕草が必要だったのかもしれない。

エミリーの母は孫の生まれることを口先では喜んでみせる。しかし、彼女を筆頭とする管理好きの親たちが、孫の誕生に伴う世代交代を容易に認めるはずはない。子どもであるヘンリーとエミリーに親としての特権を与えることは、自分たちの聖域を脅かしうるのだから。そして、そのとき彼らは老いの自覚を迫られるだろう。老いて子に従うなど考えもしないこの親たちは、いまの地位にしっかり踏みとどまろうとする。

エミリーが子どもを産むことを望まないという点では親たちと共通しているヘンリーは、逆に自分の居場所が失われたように感じ、踏みとどまるだけの力を持たない。パーティの客のひとりである親友のゲイラー・バスティーニと酒を酌み交わし愚痴をこぼしてみても、虚しさはつのるばかりである。ネズミのようなむさ苦しいゲイラーはヘンリーを慰めようとしつつ酔いつぶれてしまうのだが、ヘンリーはこの友の善意を受けとめながらも、かえってそれをわずらわしく感じるのだ。

ヘンリーはエミリーに宛てた手紙に次のように書く。

本当に、彼らはぼくから何もかも奪ってしまったかのようだ。ゲイラーの思いやりも、ぼくらの親たちに対する愛も、きみとの親しさも、特に喜ばしいわけでもない子どものころの思い出さえも、みんな失われた。（中略）ゲイラーの好意がとてもうっとうしく感じられる。父を見かけても、それが父と分からないだろう。きみは、残念ながら去ってしまった。ぼくは子どものことを何も知らない。何の記憶もない。この家の人たちはぼくのことをまったく無視しているし、ぼくも彼らが見えていない。（中略）ことによると、ぼくは赤ん坊を欄干の向こうに放り出すかもしれない。なぜぼくはいつも女の役を演じなければならないのか。なぜ彼らはぼくのパンツを取り替えに来てくれないのか。失礼。こんなふうに品のない言い方をするべきではなかった。（七〇―七一）

ここには妻も友も情を通い合わせることができない存在になってしまったための孤立感が表明されている。親たちに対する愛が失われたことには、むろんヘンリーから自由を奪ってきた彼らにも責任があるのだが、妻と友に対してはヘンリーが自ら距離を置こうとしているようなところがある。妻が自分のもとから去ったと彼は書いているが、例の夢からも見て取れるように、実は彼がそう仕向けているのではないだろうか。そして、家を出るというかたちで物理的に伴侶のもとから離れていくのはヘンリーのほうなのである。

「女の役」という言葉の意味はいささか曖昧だが、自分が弱者であることに対する彼の苛立ちがこめられていると考えられるだろう。だが、彼には同時に弱者の立場に甘んじて庇護されたいという願望もある。だから汚してしまったパンツを誰かに取り替えてもらいたいと思うのだ。彼は、母が子どもの世話を焼くような「女の役」を他人に求める。自分が演じさせられている「女の役」がそうした母性的なものではないことははっきりしているにもかかわらず。

夢の中で、噛みつこうとする赤ん坊から逃げ出そうとしたヘンリーが、解説者によってその溺れる赤ん坊に変身させられてしまったことを思い出そう。自分が無力であることへの苛立ちとともに、羊水に浸る快楽が読み取れはしないだろうか。第二部におけるヘンリーの逃亡は、不自由な家を嫌ってのものでありながら、彼の母性を求める心情が濃厚に反映しており、著しく退行的である。

第二部以降においては、しばしば非現実的な出来事が起こり、ヘンリーとエミリーが見ている夢が描かれているかのようでもあるが、純粋な夢と受けとめるしかないほど第一部と分断されているわけでもない。第一部で描かれた現実も、ヘンリーとエミリーの心情が反映された主観的な部分を少なからず含んでおり、第二部以降の現実からの離陸をさほど唐突なものに思わせないのだ。

第二部以降では、ヘンリーとエミリーの主観に妄想や錯覚が加わって夢のような印象が強まりはするけれども、描かれていることは実際に起こった事実を基盤にしていると考えたい。

第二部の「独身の男たち」では、パーティの続く家から夜遅く逃げ出したヘンリーがバスに乗って翌朝海辺の町に至り、彼を探しにきた父によって連れ戻されるまでの一日が描かれる。海辺の町へ赴くというところにヘンリーの母性を求める心情が認められる。彼は海に母性を感じ、海に近づくことで羊水に浸る安楽を取り戻そうとしているのだ。海辺に辿り着くまでにバスは雨の中を走る。「黄色い目」を持ち「ぬれた足の急な感覚」（七七）をともなって動く半ば擬人化された雨の中のバスと、乗り込んだとき他の乗客から「あの坊やを見なよ」（七七）といわれるヘンリーは、いずれも胎児のイメージを与える。このバスの中でヘンリーはエミリーに似た女性に出会うのだが、最初に彼の目に留まったとき彼女は隅に座って濡れた包みを抱えており、この姿が赤子を抱く母を思わせることから、ヘンリーにとってなおさらこの女性が出産を間近にひかえたエミリーに似て見えたのかもしれない。

親としての責任から逃げ出したヘンリーであってみれば、同じバスにエミリーと似た女性がいることは苦痛となるはずだが、実際には逆に彼女の存在がしきりと気にかかり、そばに寄って話しかけたいとさえ思う。やはり彼はエミリーに執着しているのだろう。自分の子どもを産む母親としてのエミリーはたしかに疎ましいが、逃げ出すことによっていったん父親としての責任を放棄し、母性を求めて子どもに変身していこうとするヘンリーにとって、いまやエミリーは自分の母親となりうる有力な候補者なのだ。また、この女性が若いという事実も彼にとっては魅力的である。実際の母親ビーディも含めて老いた親たちから苦しめられ、四十歳で自分の子どもの母親となろうとしているエミリーを疎ましく思っているのだから。ヘンリーにとって、若いエミリーが自分の母親となってくれることが最も望ましいのだ。そうした極端に自分勝手な願望を充たしうるように錯覚してしまったからこそ、彼はこの女性に注目するのである。

朝になって借りた部屋の窓から海を見つめていたヘンリーは、エミリーに似た女性が近くの家の中へ入っていくのを見届けるが、それは「傾いた海緑色の家」（八〇）と表現される。そのあと彼女の所在を確認して安心したかのように彼は眠りにつくのだ。以下のように胎児を思わせる姿で。「彼はこぶだらけの掛けぶとんを頭の上まで引っぱり、ひざを腹のところにもってきて、眠りについた」（八〇）。

しかし海もこの女性も、結局ヘンリーの願うようなかたちで母としての役割を果たし続けることはできなかった。たしかに、海は原初の生物がこの世に現れた場所であり、海から陸へと生活の場を移して進化していった人間を初めとする生物たちにとって、母と見なすべき根拠を持つ遠い故郷といえるのだろうが、ひとたび生まれ出た幼児が母親の胎内に戻っていくことができないように、人間も海の中で生活することはもはや不可能である。一度断たれた臍《へそ》の緒は決して再び繋ぎ合わされはしないのだ。どれほど海が懐かしくあっても、人間は陸や船のような足元の危うくない場所から眺めるのが関の山であり、海に入ることは溺れる危険性を伴う。そして、例の夢からも明らかなように、ヘンリーは羊水に浸る快楽を欲しつつも、溺れることを恐れていた。つまり、羊水＝海の持つネガティブな面を認識していたのではなかっただろうか。

嵐のため海は荒れ、午後になって目を覚ましたヘンリーは以下のように愛と死を感じ取って興奮する。「沼地の花の香が漂い、彼の気分は浮き立った。愛の高ぶりの中で死と向き合って」（八一）。彼はまだこの段階においては死をさほど恐ろしいものと受けとめていない。死を愛の極まりというかたちで抽象的にしか捉えていないようだ。

しかし荒れる海はエミリーに似た女性の命を奪うことによって、彼に現実としての死を見せつける。ヘンリーは彼女が家から出てくるのを見届け、先を歩いて彼女に追われるかのような状況をつくることによって逃亡の遊戯を楽しみ［「彼女に引き寄せられ、彼は彼女から逃げた」（八八）］、雨宿りのため「海馬」（*Sea Horse*）という飲み屋に入るのだが、彼がここで酒を飲んでいる間に、エミリーに似た女性は海に落ちて溺死する。事故であったか、自殺であったかは、明らかでない。母たるべき海が、母性の体現と見なした女性を殺したということは、ヘンリーにとって実に皮肉な結末といえるだろう。このことが彼に海に対する幻滅をもたらし、父の促しを待たずに家に戻ることを決意させるのだ。

海も死も、ヘンリーが漠然と思い描いていたほど甘美なものではありえなかったことを、エミリーに似た女性はおしえてくれた。また、それに先立って「海馬」という飲み屋が、海と母性の繋がりを断ち切るような役割を果たしていると思われる。この店は「永遠の飲み屋」（八九）と表現され、海の悠久なさまを反映しているかのようだ。そして、ここにやってくるのは海で働く男たちであり、彼らは濃厚な海の臭いを漂わせるのである。この店で実感できる海とは、母性や女性が連想される甘美なものではない。荒くれ男たちが体を張って生きる場所なのである。

飲み屋に女はいなかった。長い髪、白い肌、先細の脚、おバカな声が欠けている。ちりよけの帽子をかぶった子どもっぽい頭がない。葉っぱをまとい、スパンコールをつけて、しゃなりしゃなりと歩くイヴもいない。香水もない。ミツバチがブンブンとたかるものが何もない。（八九）

だが、それは必ずしもヘンリーにとっての居心地の悪さを意味しない。彼は結婚前にゲイラーが自分のために開いてくれたパーティのことを思い出す。男たちだけのスタッグ・パーティを懐かしく振り返るヘンリーは、ここで軌道転換の契機を与えられたと見てよいだろう。母体にまで遡行するのではなく、結婚直前の段階に踏みとどまり、自立した独身男性の立場で結婚を前向きに希望を持って受けとめるという姿勢が芽生えてくるのだ。さらには、以下のように、スタッグ・パーティと一体化した「海馬」における酒盛りがユリシーズの神話と重ね合わせられる。「すべてがヘンリーのためのことだった。おじいちゃんが彼のために、スタッグ・パーティを開いてくれたのだ。彼らは海で生き延びた者たちだ。首にアホウドリをかけた、ユリシーズの部下たちなのだ」（九〇）。キルケーやセイレーンの魔術によって虜にされることなく、剣呑な海の旅を終えて妻のもとへ帰ってきたユリシーズにならい、ヘンリーもエミリーの待つ家への帰途につくという方向性がほのめかされているようだ。ただしヘンリーを英雄ユリシーズにたとえることは、両者があまりにも懸け離れているため、滑稽な印象を与えずにはおかない。また、フレデリック・ブッシュの指摘するように、「アホウドリ」はコウルリッジの「老水夫行」を思い起こさせる。(2) そのために、ヘンリーは英雄ユリシーズの颯爽とした男ぶりを割り引く老水夫の惨状をも引き受けさせられるといえよう。しかし、ユリシーズにせよ老水夫にせよ、海から帰還したことにはかわりない。

海と母性と死が結びつき甘美な様相を呈していたヘンリーの幻想は、まず「海馬」によって揺さぶりをかけられ、エミリーに似た女性の水死によって決定的に破られてしまう。ヘンリーが父に連れられて家へ戻っていくところで第二部が終わるのだが、第三部の「結婚式」は時間を遡って結婚前のヘンリーとエミリーの姿を描いたものになっている。

「求婚」と「独身の男たち」はそれぞれ「起」と「承」に相当すると見なしうるだけの繋がりを持っていたが、「結婚式」は過去が描かれるのみならず、ヘンリーとエミリーが主役の座を明け渡すという意味においても、「転」の部ということができるだろう。

第三部で初登場し、一時的に主役をつとめるのが「坑夫の妻」である。この老女はすぐれた技量をもつ仕立師であり、エミリーの婚礼用のドレスが彼女によって縫われ、エミリーの家に届けられるまでの顛末が描かれるのだが、この部の主役たる坑夫の妻が、猫と会話をしたり、ドレスに呪いをかけたりすることのできる超自然的な能力の持ち主であるため、第三部は現実離れした混沌たるものとなっている。

際立っているのは時間の乱れと因果関係の欠如である。もともと第三部はフラッシュバックであるから、他の部に比べて客観性が薄いのはやむをえないだろうが、五月に雪が降るなど、極端に非現実的な出来事があまりにも多い。第二部でスタッグ・パーティを懐かしく思い出したヘンリーの主観が第三部にある程度反映されていることは間違いないが、それだけでなく坑夫の妻の主観もヘンリーの主観を圧倒するようなかたちでこの部を染め上げており、彼女の気まぐれであさはかな、悪意に満ちた性格が混沌を招き寄せているようだ。

坑夫の妻とヘンリーは異なった時間の流れに乗っていると考えられる。彼女の時間のほうがゆるやかに流れるのだ。第三部に描かれているのは彼女にとっては一日の出来事である。もっとも、「この日は、五月の終わりが十二月の初めとつながっていた」（九六）と述べられるいたって奇妙な一日ではあるのだが。この一日のうちに彼女は材料を仕入れ、エミリーの婚礼用のドレスを縫い上げ、それを届けている。ちょうどこの日、定期市が立って町は賑わい、彼女の夫である坑夫はステージ上で踊る若い娘を見物していた。見物する坑夫の姿は、彼の妻が材料を仕入れた直後と、第三部の締めくくり（彼女がドレスを届けた後）で、二度にわたって描かれており、おそらく彼はこの場所にとどまっていたと思われるので、彼の妻は実際には短い時間（せいぜい娘が踊り続ける体力を保ちうるだけの時間）でドレスを縫い上げたと考えてよい。しかし読者にとっては、彼女はかなり長い時間をかけているように見えてしまうのだ。それは、夫に放っておかれた妻が淋しくなり、時間を実際よりも長く感じるという心理が反映しているからにほかならない。彼女は淋しいからこそ猫と言葉を交わす（交わしたつもりになっているだけかもしれない）。また、淋しさと夫への怒りが、対象を選ばない悪意を生み出しているようだ。

ヘンリーとエミリーの結婚式の模様ははっきりと描かれはしないが、次の記述はそれが挙行されたことを指し示すと考えてよいだろう。「慎重に狙いを定めた一握りの米が、数人の手から投げられた。しかし、届かなかった」（一一〇）。そしてこの記述は、坑夫の妻が踊り子を見物する夫を見つけて家に連れ帰るくだりに先行している。つまり、エミリーの婚礼用のドレスが届けられた直後の夜に結婚式が行われたかのように読めるのだが、それはあまりにも不自然である。ヘンリーたちの乗っている時間の流れが、坑夫の妻のそれよりも速いからこそ、このようなことが起こりうるのだ。

いわば、坑夫の妻の時間が主流となって、ヘンリーたちの時間を傍流にとどまらせている。なぜ彼女はかくも特権的な地位を得ているのか、その根拠は必ずしも定かでない。『人食い』のジッツェンドルフも全知という特権を与えられ、のさばっていたが、彼のような得体の知れない人物に特権を与えることをホークスは好んでいたようだ。ヘンリーは彼女が特権的な存在であることを意識していると思われる。彼は縁もゆかりもないはずのこの老女のことを最初に目に留めたときからしきりに気にかけ、定期市で賑わう町の中で、彼女の姿を追い求める。パトリック・オドンネルはヘンリーが追う老女を第二部で水死した女性と同等のエミリーの分身的存在と解釈しているが、そうではあるまい。(3) たしかにヘンリーが気にかけてあとを追うという点では共通しているが、それだけでこの老女をエミリーの分身と考えることは難しいだろう。また、オドンネルはヘンリーが追う老女と坑夫の妻を別人と考えているようだが、同一人物と見なすのが自然である。彼女が何者であるか知らないヘンリーの視点からは、彼女のことを「大きな肩掛けかばんを持った老女」（九六）としか表現できず、いっぽう彼女の視点からはヘンリーが認識されないということが、誤解を招いているのかもしれないが、坑夫の妻が肩掛けかばんを持って外出しているという事実が、ヘンリーの追う老女＝坑夫の妻であることを示している。

この老女と第二部で水死した女性では、むしろ相違点のほうが目立つ。後者が若くはかなかったのと対照的に、前者は老いてしぶとい。エミリーの家にドレスを届けに行ったときボーイに乞食と間違われることからも分かるように、坑夫の妻は性格が歪んでいるばかりでなく外見も見苦しい。ヘンリーは彼女に母性はおろか、彼にとって魅力的な女性らしさも見いだしえなかったはずである。

彼女が誰かに似ているとするならば、まず候補にあげるべきなのはエミリーの母だろう。両者とも固有名で指示されることなく、それぞれ「坑夫の妻」、「将軍夫人」と、夫に付随するかのような名で通っていながら、実際には夫に指図することができるだけの強い立場に立っている。第三部ではヘンリーの両親とエミリーの父が登場しているにもかかわらずエミリーの母だけ姿を見せないのだが、それは坑夫の妻が彼女の代理的存在として活躍していることを示すのかもしれない。だがヘンリーが坑夫の妻を追うのは、彼女が将来の義母に似ているからだと考えることができるだろうか。将軍夫人はヘンリーの義母となりはするけれども、彼の求める母性とは結びつかない。水死した女性に投影されていた母性が彼にとって安らぎを与えてくれる理想的なものだったとすれば、将軍夫人が体現しているのは、子どもを管理することに執着した自己中心的な悪しき母性である。ヘンリーとしては、エミリーが水死した女性のような母親になってほしかった。だがむろんそれは不可能なことである。エミリーが若返ることはありえないのだから。現実的には、エミリーは齢を重ねて彼女の母親のようになってしまう可能性があるのだ。

つまり、もしヘンリーが義母となる人に似ているという理由で坑夫の妻を追っているのだとすれば、それは彼女がエミリーにそうなってほしくないような典型的存在だからだと考えることができる。第二部ではヘンリーの目は過去に向けられていたから、水死した女性を追ったのだが、第三部では彼の目は未来に向けられているから、エミリーがそうなるかもしれないような老女を追う。しかし追ってどうなるというのだろう。坑夫の妻をエミリーになぞらえる解釈はここで行き詰まるのではないだろうか。

ヘンリーが坑夫の妻を気にかけるのは、彼女が特権的な地位を得て第三部の主役になっているということを、メタレベルで彼が認識したからだと考えるほかないように思われる。第二部で再びエミリーのもとに戻っていく気になったヘンリーにとって、第三部のフラッシュバックは単なる過去ではなく、未来へ進むための過去の見つめ直しとして位置づけられるべきものであろう。それをヘンリーとは縁のない老女がなぜか妨害しているのだ。しかも、彼女はエミリーのドレスに呪いをかけはするけれども、メタレベルでヘンリーを傍役に押しやっていると認識してはいないようである。ヘンリーは彼女の目にさえ入ることがない。それでいて彼女から、過去の見つめ直しを妨害されるというかたちで被害にあっているのだ。縁なき人間のいわれなき侵入によって詳述されるべき結婚式の挿話が空洞化してしまったという事態は、ヘンリーとエミリーの攻撃誘発性を示しているのではないだろうか。

ヘンリーが坑夫の妻を追うのは、傍流から主流に乗り移って、主役の座を奪還するためだと考えられる。しかし彼はどうしても彼女に追いつくことができない。彼が最後に彼女の姿を見たのは、ステージ上で踊る娘を取り巻く群衆の中においてであった。そして、ヘンリーは意識していないようだが、彼女の夫である坑夫が彼のそばに立っていた。おそらくこの場所は二つの時間の流れが一時的に合流するポイントなのだろう。ここまではヘンリーの乗った時間の流れも老女の時間の流れと優劣をつけられないかたちで並存していたのだが、このポイントにおいて彼の視点が失われ、以後彼女の独壇場のなかで、結婚式に関連する、ヘンリーの主観がどの程度反映しているのかおぼつかない記述が、断片的にしか現れなくなってしまう。

ところで、視点が失われる直前、ヘンリーはステージ上の踊子を以下のように牛に見立てる。

彼の目は、彼女の動く姿を追った。ベールがはためき、丸々とした粗野なももは、引きしまっていた。女のひざが泥の中に沈んだ。彼女の目は緊張していた。牛追いが彼女を、先がブラシ状になったムチで打って、斑点をつけた。彼女の鼻孔は赤く、角は下げられていた。鎖のガチャガチャいう音と、水にぬれたひづめの吸いつくようなピチャピチャという音が、ヘンリーに聞こえた。尻が揺れ、前に動いて止まった。彼女はモーと鳴いた（She mooed）。（一〇一）

フレデリック・ブッシュはこの箇所のレトリックについて詳しく説明し、ホークスが踊子のみならずこの作品における登場人物を全般的に半人半獣的な存在として描いていると主張するのだが、なぜこの踊子が他の動物でなく牛なのか明らかにしてはいない(4)。

おそらくは、踊子がヘンリーにとって牛のように愚かしくみえたということなのだろう("moo"という言葉は、先の引用においては「モーと鳴く」という意味で動詞として使われていたが、名詞としては「愚かな女」を意味しうる)。坑夫の妻の視点からも、「その顔はこわばっていて、愚鈍だった。鼻に鼻輪がついている」(一一〇)と、踊子が牛のごとく愚鈍にみえている。彼女が踊子を牛に見立てたくなる心境は理解するに難くない。なにしろ、夫が長い間踊子の肉体美に見とれているのだから。嫉妬に由来する悪意が見立てに反映されていることは明らかであろう。

だが、ヘンリーの場合にはどう考えればよいのだろうか。結婚を目前に控えた男性の潔癖が表れただけとは見なしがたい。もともと彼は潔癖な性格の持ち主ではなかったはずだ。第一部で緑の服を着た女性に挑発された場面を思い出してみよう。彼は性的に抑圧されているために、一歩踏み出す勇気を持ちえなかった。そしてその抑圧は、第二部における母性を求める旅へと結びついたのだった。しかしこの旅でヘンリーは母胎への退行を断念し、責任ある成年男性として妻のもとへ戻っていこうと決意したのではなかったか。そのために、第三部のフラッシュバックで過去を見つめ直し再出発しようとしているのではなかったか。

したがって過去を回想する現在時のヘンリーには、結婚直前のかつての自分を客観的に描写するのではなく、主観的に修正する意欲があるはずなのだ。そして、抑圧から自由になり踊子の性的アピールを坑夫らと同様に素直に受けとめられるほうが、彼にとっては望ましい。しかし坑夫の妻の侵入によって、彼は個人的な過去を奪われてしまったのである。

ヘンリーの視点は消失寸前で坑夫の妻の主観を押しつけられたのかもしれない。つまり、彼女が踊子を牛に見立てたから、彼もそれにしたがったということだ。だが別の考え方も可能である。坑夫の妻が邪魔にはいって過去の修正ができなくなったヘンリーは、結婚前のありのままの姿をのぞかせることを余儀なくされた。それは一人前の成年男性になりきれず、女性の性的なアピールを受けとめるだけの勇気を持てない幼児的な姿である。この場合、踊子を牛に見立てることは、単に性的なものから目をそむけるというだけでなく、彼女に母性を見いだそうとする意志を表していると考えられる。"moo" にはまた、「牛乳」という意味もあり、踊子―牛―牛乳―母乳―母という連想がはたらいていると考えられる。この解釈はいささか恣意的に見えるかもしれないが、第四部で描かれるヘンリーの母ビーディがしきりに牛乳を欲する様子は、牛乳から母が連想される蓋然性を示すものだろう。

いずれにせよ、第二部で母胎への退行を断ち切って、責任ある成年男性として妻のもとへ戻っていこうとしたヘンリーの決意は、坑夫の妻の思わぬ妨害によって台無しにされてしまったようにみえる。彼女は、ヘンリーにとって本来縁のない、ただ過去においてその姿を目にしただけの凡庸な老女のはずだが、そうした存在がいつしか特権を獲得して一時的に主役の座を奪うのを許すほど、彼は弱かったということなのだろう。そしてまた、彼女と坑夫の凡俗な夫婦関係は、あらためて結婚というものに希望を見いだそうとするヘンリーの意欲を挫くものであるのかもしれない。前向きな気持ちで妻のもとへ戻ろうとしているヘンリーの姿が、妻によって否応なく家へ連れ戻される坑夫の姿に重ね合わせられはしないだろうか。妻を放っておいて他の女に心を惹かれたという点では、ヘンリーも坑夫と大差ないのである。むろん、エミリーは坑夫の妻のように夫を尻に敷くタイプではない。しかしその役目は彼女の母親が果たすのだ。

第四部「リズム」では再びパーティの場面に戻って、視点がヘンリーとエミリーに返還され、むろん坑夫の妻の出番はないのだが、第三部でエミリーのドレスに針を刺して血を流させた（かのように幻視した）彼女の呪いが尾をひいているとおぼしく、針と糸からそれぞれ連想されるものが頻出する「針の系統は金属製の尖ったものとして「光る斧」（一一一）、「巨大な銀色のピン」（一一二）、「手斧」、「錆びた短剣」（一二一）、「針」（一二八）、「外科用メス」（一三二）、糸の系統は線状のものとして「長いひも」、「ロープ」、「金色の綱の輪」、「長く鋭いワイヤー」、「糸」、「長く強靭な縫い糸」（一一三）など」。ブッシュは後者をヘビのイメージとして捉え、「このイメージは、のたくりながら這っていくような雰囲気、そわそわと不安な感覚、まさにヘビが何匹もいる穴における混乱した趣きを、作り出している」と述べている(5)。

また、坑夫の妻がその分身的存在であったことをほのめかすかのように、エミリーの母は猫と戯れる。とはいえ、彼女が際立って活躍するわけではない。第四部においてにわかに高まったエミリーの被害妄想は、ビーディや医師スミス（パーティの客のひとりで、彼女を診察する医師）を母と同じレベルの奇怪な加害者に変身させるのだ。

第四部の叙述は第三部にもまして現実離れしたものになっているが、それはエミリーとヘンリーの妄想的主観による。ここでもまた、実際に起こったことはさして珍しいものではないだろう。エミリーが母とビーディに付き添われて病院に行き、スミスによって堕胎の手術を受けただけのことと思われる。あるいは、想像妊娠であったことが判明したのかもしれない。そのどちらであるかは、叙述があまりにも主観的になっているため判じがたい。また、堕胎したとすればその理由が何であったのか、それも不明である。四十歳の母体であるがため、出産に無理があると診断された可能性も高い。いや、無理とまではいかなくても、多少の危険が伴うというだけで、内心では孫の誕生を望まない母たちが堕胎を強要したことだろう。

いずれにせよ、実際に起こった出来事自体よりも、エミリーの妄想的主観のほうが遥かに読者の興趣をそそるものである。エミリーは出産に対して、必ずしもヘンリーや親たちほど否定的な心情を持っていないけれども、大きな不安を抱いていることは確かだ。周囲の人間に対する気兼ねもあるが、彼女自身、自分の子どもを産むということに対してある種の恐怖を感じていると思われる。しかし、彼女が子どもを欲しているのも事実だ。

第四部冒頭においてエミリーが幻視する赤ん坊には、彼女の葛藤が反映しているといえるだろう。以下のように、彼女は子どもがすぐに大人になることを望む。

「さあ、いい子にして、お母さんを愛するのよ。立派でハンサムな男に成長してちょうだい」と彼女は言った。乳母車の中をうごめく彼女の強い視線は不安げなものとなり、白い透明な顔は、じわじわと泣き始めた。毛が逆立った長いもみあげが頬に沿って伸びてきた。（一一一）

子どもは欲しいが、子育ての責任を負いたくないということかもしれない。また、この透明な赤ん坊はエミリーに「ぼくはだれからも見られたくない」（一一四）と釘を刺す。自分の誕生が周囲の人間から歓迎されないことを承知しているかのように。

その頃、親たちもエミリーの出産について話し合っていた。その部屋にはなぜか「当番兵」なる者がおそらく将軍の従者として居合わせており、ビーディを邪魔者扱いしてベッドに縛りつける。他の三人が当番兵の行為を黙認しているところをみると、彼らもビーディの自由を奪うことに賛成しているらしい。なぜビーディが縛られなければならないのか、その理由は判然としない。ただ彼女が四人のなかで最も弱い存在であることは確かだ。弱者からの自由の剥奪がこの親たちの生きがいとなっていることを示唆するものとして、この出来事を受けとめることができはしないだろうか。

四人の中では弱者だったビーディも、エミリーに対しては強者としてふるまう。翌日、エミリーを病院に送り届けるにあたって、エミリーの母とビーディは車中でエミリーの自由を念入りに剥奪するのだ。二人の母にはさまれて座ったエミリーは、目かくしをされ、さるぐつわをはめられ、足を縛られている。手首は両脇の母親が固く握って固定している。気のすすまぬエミリーを母たちが無理に病院へ連れていったということなのだろうが、それにしては酷い仕打ちだ。おそらくエミリーの主観が事実を脚色しているのだろう。拉致されているという被害者意識が、自分の姿をかくも惨めに描き出したのであって、実際は母たちに手をとられていただけだと思われる。また、「各人は、ほこりと風を防ぐため、ベールの下に、バンダナで口と鼻を覆っていた」（一一三）という客観的記述もあり、ベールとほこりを防ぐために口を覆ったバンダナが、エミリーによって目かくしとさるぐつわに見立てられているようだと解釈できる。

エミリーが恐怖の眼差しでみつめる病院の様相は、はなはだしくグロテスクなものになっている。煙突から黒い煙を吹き出す病院の建物は、人間ではなくモノを扱う工場のようだ。そしてエミリーも人間らしく扱われはしない。頭皮に六箇所×印をつけられてそこに針を刺されたり、後頭部を槌で何度も打たれたり、噴霧器から赤い液体を目に放たれたりと、意味不明の暴虐的な処置をほどこされながら、「ダイナモのギリギリきしる音と、蒸気のシューシュー吹き出る音」（一一九）が響く院内を巡ったのち、彼女はスミスのいる部屋に辿り着く。

この医師は、客としてエミリーの家にいたとき、どういう意図があってのことか、堕胎を望む妊婦のことを冷ややかに話していた。

「彼女たちはそんなふうにチクリ、ズブリと刺されて目を覚まします。彼女たちは、それが大きくなって名前がついたり私生児になったりする前に、断念し、放棄し、処分します」と医師が言った。彼は笑った。「でも、見当違いだったということも時々あります」彼はまた笑った。「夢を見ていただけで、本当は卵が全然なかった。結局、相変わらず不毛というわけです。」（一一二）

彼もどうやらエミリーが子どもを産むことを望んでいないらしい。さもなくばこのような話をエミリーに聞かせる必要はないだろう。この医師が彼女の親たちとどの程度通謀しているかは明らかでないが、エミリーの主体性を認めず彼女をモノとして扱おうとする態度は一致している。

病院においてエミリーが招き入れられたスミスの部屋には、二人のリベット打ち工夫が居合わせている。実際は、スミスを補佐する医師なのかもしれないが、彼らからモノのように扱われていると認識するエミリーにとっては、工夫にみえてしまうのだろう。診察は、工夫のひとりの「そいつをぶちこめ」(一三二)という声とともに始まる。ブッシュは、この声がエミリーの性交に対する断念と恐怖の心情を反映したものと解しており、「そいつ」を子種もしくは男根と考えているようだ。(6) また、エミリーが工夫にレイプされたと読むオドンネルも、「そいつ」を男根とみなしているのだろう。(7) リベット工が打ちこむものであるからには、「そいつ」は直接的にはリベットを指示するのだろうが、それが何の暗喩であるかに関しては決定するのが難しい。ただ、これまでの文脈との整合性を考えれば、モノを固定するために用いられるリベットが、車の中でエミリーの自由を奪っていた縛《いまし》めの縄などと類縁関係にあることが注目されるのではないだろうか。車の中でエミリーはまるで人質のように惨めな姿になっていたが、それでも人間扱いはされていた。しかしいまや彼女はモノ同然に扱われているのだ。

リベットは、坑夫の妻の針から連想される一連のもののひとつとして数えられる。坑夫の妻は第三部でエミリーのドレスに針を刺して血を流させたのであったが、ドレスというモノが人間扱いされただけでなく、エミリーがドレスというモノに変えられてしまったという含意があったのかもしれない。

第四部においてヘンリーはどちらかといえば影が薄い。エミリーは針の系統(リベット)と糸の系統(縄)の呪いをわが身に直接受けているようだが、ヘンリーはわずかにゲイラーが首を吊っている姿を幻視するだけである。この幻視は糸の系統の呪いを間接的に受けたものといえるだろう。

しかし坑夫の妻の呪いも作品の末尾まで有効であることはできなかった。エミリーが子どもを産まないということが決定的となった時点で、雰囲気が一変するのだ。彼女が出産しないという事実は誰にとっても幸せなことなのである。

結末の場面は、以下のように躍動感にあふれている。

エミリーが解き放たれた髪をなびかせ、色鮮やかなスカートを膝のあたりでくるくる回しながら芝生を駆け抜けたとき、ヘンリーには彼女が子どもを産まないと分かった。

彼女の首のまわりの花々は露で白くなり、彼女は走りながら笑った。その顔はしばしの間、明るかった。

「なんとまあ若く見えるよ」とヘンリーは思った。彼女はすぐに彼のほうへ走ってきた。

ゲイラーが口笛を大きく鳴らした。「さて、プレイの時間だ」と彼は叫んだ。(一三六)

病院に向かう車中でエミリーは母たちとともに「三人の年とった婦人」(一二三)と表現されていたが、ここではすっかり若返ったかのようにみえる。再度の解説者との問答において、自分が子種を提供したことを否定しようとして「ぼくは余りにも年をとっている」(一三四)と言い張り、直後の地の文で「年とった男」(一三五)と表現されたヘンリーも、エミリーと同様に若返ったのではないだろうか。エミリーの走る様子は、これまでの束縛された状況とは対照的な自由を表している。子どもが欲しいという気持ちがあったにもかかわらず、結果を悔やむところがない。それほどまでに、彼女にとっては子どもを産むことが重荷だったのであろう。

また結果が親たちの思い通りになったことに対しても、二人は決して無念ではあるまい。親たちに強いられる不自由は、生まれてくる子どものもたらす不自由に比べて、責任を伴わず既知のものであるという意味で、夫妻にとってはるかに耐えやすいのだから。そして、親たちに管理される子どものままであり続けることは、安楽な生き方でもあるのだ。

この作品をしめくくるゲイラーの言葉は、クローケーを一時中断して休んでいるパーティ客たちに向けられたものだが、それだけではなさそうだ。子どもの誕生の可能性に直面して、来るべき責任の重圧に苦しんだヘンリーとエミリーにとって、子どもが生まれないという事実は、責任を伴わない、遊びにも似た、恋人同士のような夫婦の関係を復活させうるのではないだろうか。走ってくるエミリーと彼女の若やぎに感動するヘンリーは、恋人同士のようではないか。

しばらくの間、二人は恋人というロールをプレイすることだろう。それは、エミリーが実際に出産するまで続くのかもしれない。あるいは気の変わりやすいヘンリーが、やがて別の役を演じるようになるのかもしれない。ところでこの夫妻は、妄想じみた想像力によって、これまでさんざんロール・プレイを行ってきたのではないだろうか。ヘンリーは胎児や青年や老人を演じた。エミリーは人質に、そしてモノになった。むろん、二人にとっては決して楽しいプレイではなかっただろうけれど、結末の時点では笑って振り返ることのできる類のものかもしれない。

ヘンリーとエミリーは一見特異な夫妻として描かれているようだが、出産に対する不安や恐怖を抱く夫妻（もしくは夫妻でない男女）は決して珍しくない。ヘンリーたちの幻想にも似た夢を見てうなされる人がいてもおかしくはないだろう。その意味で、この作品に描かれている結婚は、ある程度の普遍性を持つものといえるのではないか。

ヘンリーもエミリーもたしかに愚かな人間のようにみえはする。責任を持って大人としてふるまうことから逃げようとする彼らの姿勢を批判するのはたやすい。だが、だからといって、彼らの親たちのほうが人間として上等だと判断できるわけでもない。

親と子の関係にせよ、夫と妻の関係にせよ、理想を提示することはできても、現実はそこに届かないものである。ヘンリーたちの滑稽さを、他人事として笑うことのできる読者は幸せといえるだろう。

三　『人食い』

ジョン・ホークスの第一長編『人食い』は、グロテスクで悪夢のような非日常的世界を創造することにたけたこの作家の特長が、最も印象的に確認される代表作である。ホークスは理に落ちたありきたりのプロットを排し、断片的なヴィジョンを連ねるという手法を用いて小説を書き始め、少なくとも第三長編『ライム・トゥイッグ』までは、プロットが特に重視されることはなかった。(1) だが、プロット排斥の程度は『ライム・トゥイッグ』まで同じレベルに保たれていたわけではない。『ライム・トゥイッグ』ではプロットはより明確なものとなり、第四長編『もうひとつの肌』に至って、もはやプロットはヴィジョンに対立する排斥すべき不要物とは考えられなくなる。そしてこの時点でホークスの作風が変わったといえる。悪夢的な世界に微かではあっても光が射すようになるのである。プロットは因果関係を理知的に見極めさせる働きを持つために、混沌たる悪夢的世界からの脱出口を指し示しうる。ホークス作品におけるプロット重視は、このようなかたちで絶望的状況に対する積極的な姿勢と連動しているように思われる。

逆にプロットが排斥された『人食い』の世界は希望の光の見えない、やりきれないほど絶望的なものだといえるだろう。ハーバード大学在籍中、アルバート・ゲラード教授指導のもとに書かれたこの小説の舞台は、第二次大戦終戦直後のドイツである。ホークスは戦時中アメリカン・フィールド・サービスというボランティア組織に入り、イタリアとドイツで傷病兵運搬車の運転手を勤めていたが、その時の経験がもとになっているとはいえ、極めて虚構性の強い非現実的でありながら強烈なインパクトをもつ人間模様が描き出されている。日本と同様、敗戦後のドイツにも混沌とした状況が訪れた。大義が失われ、焼け跡の瓦礫《がれき》の中で人びとは途方に暮れる。物質的な貧困に苦しみ、精神の荒廃はいよいよ進んでいく。占領軍の兵士の前で屈従を余儀なくさせられる。いわゆる戦後のどさくさ、弱肉強食の世界の中でのしあがっていくのは、ひ弱な善人ではなく、図太い悪党であった。『人食い』の語り手で主人公格のジッツェンドルフはそのような男である。

ホークスは最初『人食い』を三人称小説として書いたが、ジッツェンドルフを語り手とする一人称小説に書き改めた。その際、三人称を機械的に一人称に置き換えたため、特異な効果が生まれることとなった。(2)ジッツェンドルフが自分の知りえないはずのことを語るという不自然さは、必ずしも作品の瑕瑾《かきん》とならず、この人物のいかがわしさを訴えかけると同時に、作品世界の不条理性を底で支えているように思われる。これは権力欲に憑かれた成り上がり志願者が、願望を充足させるために広げた大風呂敷ではないか、という印象が残るのだ。ただしジッツェンドルフが語るのは本格的な権力の掌握ではなく、その端緒にすぎない。成功がささやかなものにとどまることは、彼の語りがまんざら法螺話でもないように思わせもする。しかし、彼の権力者としての器の小ささ、卑小性を感じさせなくもない。彼とネオナチを結びつける解釈が一般的であり、たしかに彼はヒトラーのいかがわしさをなにがしか漂わせているようでもあるが、彼の卑小性はむしろ愚連隊のボスや闇マーケットの顔役を連想させる。

ジッツェンドルフは自分の過去について多くを語らない。それがまた彼のいかがわしさを増幅する。第二次大戦中のナチス・ドイツにおいて彼はいったいどのような地位についていたのか、どのような思想を持っていたのか、気になるところだが、ジッツェンドルフは手掛かりとなる情報を与えようとしない。そもそも、ナチス・ドイツや第二次大戦が存在しなかったかのように、それらに対する言及は乏しく、敗戦以後の廃墟においての語りとしては不自然さが目立つ。

周知のごとく占領軍のナチズム追及は厳しいものであった。作中でもミラーという聖職者が、曖昧な証言を根拠として、ナチズムに加担したと判断され、銃殺刑に処せられている。(3)刑の執行を強要されたドイツ人の中にジッツェンドルフも入っており、彼の銃弾がミラーの命を奪うこととなった。ここに描かれている米軍の裁きは明らかに不当なものであるが、ミラーがかけられた程度の嫌疑が死刑に結びつくとすれば、ジッツェンドルフがお咎めなしで済んでしまうからには、彼のナチズムへの加担は目立ったものではありえない。ナチス・ドイツにおける彼の地位は相当低いものであったと考えてよいだろう。さもなくば、自己顕示欲の強いジッツェンドルフが愛国的な組織を作ろうと意気込み、大言壮語するにあたって、過去を隠蔽するはずがないからである。

彼の大言壮語と実際の卑小さの間の落差は、ユーモラスですらある。彼が妄想する新たな帝国の主要なポストは、知り合いの怪しげな連中に占めさせる予定であり、この極端なローカル性はまさしく愚連隊のレベルといえるだろう。

まとまりのないジッツェンドルフの語りにあって一貫しているものがあるとすれば、それは弱肉強食の正当化である。弱き者の人権はまったく無視され、動物並みに扱われる。「公爵」という異常者に追いまわされ、ついには殺害されて肉を食われることとなる少年は、殺害される場面で狐であるかのように描かれている。

> それは困難な作業で、公爵は狐の毛の房を切るとき、一瞬月明かりを求めた。そして房を半分に切ったことが分かった。（中略）彼は関節に切りつけたが、うまくいかなかった。切開を試みたが刃の先端がボタンに当たり、やり損ねた。狐が蹴り返し、彼はぞっとした[4]。

この場面に類するものが作中にいくつかちりばめられている。マダム・スノウが鶏を殺す場面の執拗な描写は、さほど異常ではない行為を残虐で意味ありげなものに変容させている。

> 老婦人は鶏が首をひねって桃色のまぶたをまたたくのを見て、慎重に二本の指で震える首をはさみつけ、固まった泥のついた胸のところで指の圧力を強めていった。そしてもう一方の手で頭をつかんだ。それはまるで骨と動く鱗の小片だけからできているように感じられた。淡黄色の足は音もたてずよちよちと後退し、彼女の掌の中で孔が呼吸していた。マダム・スノウは両手をぐっと握りし

め、素早くその両手を左右に引き離したので、鶏の頭は部屋の向こう側に飛んでいき、壁に当たって鉋屑の山の中に落ちた。くちばしがカチカチと開閉し、目は上方の強くなってきている光に向けられていた。（一五三－五四）

むろん彼女が殺すのはあくまで鶏である。公爵が狐に見立てて少年を殺すのとはレベルが違う。マダム・スノウは、公爵のようにその肉を食べるため人を殺すほどの狂気には陥っていない。だが、結果的に彼女が公爵に騙され、それと知らず自分の甥に当たる少年の肉を食べるに至ったとき、鶏殺しの意味ありげな描写が思い返されるのではないだろうか。

ジッツェンドルフは三人の人間の命を奪う。ドイツの占領地を独りで管理する米軍の下級将校のリーヴィ、リーヴィ殺害をかぎつけた教師のシュティンツ、ミラー有罪の決め手となる証言をした市長の三人である。三人とも弱者という印象が強い。市長はミラーを米軍に売ったことに対して良心の呵責に苦しんでいる。市長よりもむしろ積極的にミラーを讒訴したのがシュティンツだった（ちなみにジッツェンドルフはその場に居合わせ、ミラーの無罪を主張している）。シュティンツには米軍にこびへつらう屈従的な傾向が見られる。米軍の一員であるリーヴィは本来強者であるはずだが、広大な土地を独りで管理するという任務を負い、オートバイに乗って走り回る姿には軽さがつきまとう。尋問にあたって市長を威圧した米軍の大佐とは対照的である。殺害される直前、リーヴィは娼婦と床をともにしていたが、彼女の狂暴な攻撃を甘受するばかりの彼の姿は弱者以外の何者でもない。娼婦が米兵に対して隙あらば命も狙いかねないという風聞があったと記されてはいるが、この女性の狂暴さに伴う嬉々とした様子からは、米兵一般に対する怨恨よりも、むしろリーヴィをいたぶるサディスティックな楽しみが伝わってくる。彼には彼女をそうさせるだけの攻撃誘発性が備わっていると考えられるのだ。別れ際に彼女の微笑みが向けられるリーヴィは「弱いやつ」（一四五）と表現されている。彼女が別れの言葉を告げたあと、彼はあきらめたように「それが人生さ」

（一四五）と漏らす。この直後、リーヴィはジッツェンドルフとその手下（いかにも愚連隊風のフェゲラインとスタンプフェーグル）の企みによって命を落とす。ジッツェンドルフらは、彼のオートバイの進路に丸太を転がしていたのだが、リーヴィは注文通りオートバイに乗ったまま丸太に激突し、あっけなく死んでしまうのである。

ジッツェンドルフによる殺人は、この後もやすやすと成し遂げられる。シュティンツを殺すにあたっては、この教師が夜中に吹き鳴らすのを常とするチューバが凶器として用いられた。チューバによる最初の一撃はシュティンツを転倒させたが、ジッツェンドルフは至近距離からチューバを振り出したため打撃が弱くなったことを反省する。あたかも一撃が必殺のものでなければならないかのように。ジッツェンドルフは、弱者であるシュティンツが簡単に死ななければならないと決めてかかっているのだ。そして実際に、シュティンツはチューバでもう一度殴られて命を落とす。殺害後、ジッツェンドルフは棍棒を用いたほうがよかったかと考えはするのだが、凶器らしい凶器も持参せず、標的となる人物の部屋に置いてあった楽器を凶器の代わりとして殺人を成功させたジッツェンドルフの余裕綽々たる行動は、弱者シュティンツに対するはなはだしい侮りに基づくものであるといえよう。ジッツェンドルフは本来的に強者なのではない。現に、ミラーが裁かれ処刑されたとき、彼は米軍に対してまったく無力であった。ジッツェンドルフは相手が弱者だと確認されたときに限り、相対的な強者となりうるのである。しかも徹底した度合いで。

一夜のうちにリーヴィとシュティンツを続けて殺害したジッツェンドルフの勢いはとどまらず、夜明けの直前、第三の殺しが実行される。彼は、新帝国の主要なポストにつかせることを予定している人口調査員と共に、シュティンツの死体を市長の家へ運び入れ、ガソリンをまいてこの家に火を放つ。市長はミラーを死なせたことに対する良心の呵責に苦しみ、この夜は安眠することができなかった。その様子が、放火の場面に先立って、極端に断片的なかたちで描き出されている。夢の中にミラーが現れて、彼を苦しめようとする。

市長は眠っていたが、夢の中で漠然とした白い動物が跳ね回り、騒々しく鳴いていた。ミラーは彼に苦痛を与えることを望んだ。気ままにふるまい、急に立ち去ったかと思うと、大佐を背負って戻ってきた。腹の下にはライフルが備わっていた。年をとって怒りっぽくなっている哀れな雌馬を悩ませるためのものだ。彼は白いハンカチで目隠しされ、足を縛られており、すべての若い動物たち、死んだ動物たち、歴史上の獣たちが、周囲を踊り、見守っていた。寒かった。そしてキッチンはがらんとしていた。（一六八）

ちなみに寒さへの言及は、これに先行する一節ですでになされている。「とても寒かったので市長はベッドから這い出てクロゼットに行き、ひとかかえのコートとよそ行きのズボンを取り出して、ベッドの上に積み重ねた。しかしそれでも寒かった」（一五九）。むろん実際に気温が低いということもあるだろうが、市長の生命力がなくなりつつあることの反映とも考えられよう。寒さを痛感しながら眠っている市長は、家に火が放たれたとき、その熱に感応して夢の中でミラーとともにあたたかいスープを飲もうとする。しかしあたたかいスープがもたらしうる安らぎは、その中に入っている鶏肉のイメージによって打ち消されてしまう。片隅にその鶏の頭が投げ捨てられており、これは当然マダム・スノウが鶏を殺す場面を連想させる。そしてさらに彼女の甥が狐に見立てられて公爵に殺され、食べられてしまうこととも響き合う。処刑されたミラーは弱者として、スープの中の鶏と等しい存在であったが、死後市長の夢の中に登場してくるミラーは強者に成り変わっている。逆に、市長のほうが鶏肉に相当するといえるだろう。ミラーがスープを飲むことを拒むと、市長は息苦しさを感じる。それは次のように表現されている。「しかしミラーは飲もうとしなかった。市長の鼻と口は赤いバンダナで覆われ、喉のあたりを息苦しくさせた。そしてぎりぎりの瞬間に、ミラーは器をひっくり返した」（一九〇）。赤いバンダナは、ミラーが銃殺されたとき目隠しとして使われた。それがここでは市長の鼻と口を覆い、呼吸を困難にさせる。実際は、火事の煙にむせているのであろう。ミラーのひっくり返したスープは市長にかかったにちがいない。その熱さは、彼の命を奪う炎のものであったはずだ。

リーヴィもシュティンツも市長もミラーの銃殺に加担したという意味において、ジッツェンドルフの殺人は彼なりにある程度正当化しうるものであったかもしれない(ミラーにバンダナで目隠ししたのはリーヴィであった)。正義のため、悪人を討ったのだと。だが実際には、彼らが弱者であったからこそ標的にされたという印象があまりにも強い。ミラーを処刑した責任者である米軍の大佐に対して、ジッツェンドルフは何もなしえないのだから。そして、ミラーの命を奪った銃弾はジッツェンドルフ自身が発したものであるということを彼は棚に上げている。

彼が国を思う勇敢な闘士ではなく、単なる日和見主義の悪党にすぎないことは、彼の私生活からも窺い知ることができる。彼が愛人にしているユッタはマダム・スノウの妹だが、シベリアで消息を絶ったユッタの夫はジッツェンドルフの友人であったという。ジッツェンドルフは友人の不在をよいことに、その妻を奪い、あまつさえ子どもまで生ませている。さらにはこの友人が経営していたタウン紙を発行する新聞社も乗っ取ってしまった。

ユッタが夫の不在の間貞操を保つことができなかったのは、彼女もまた弱者であったからだ。彼女は、男性にとって魅力的な肉体を持っているが、精神は虚ろで、成り行きにまかせたような生活を送っており、以下のように、夫との間に生まれた息子が夜に家に帰ってこなくても、それをさして気にかけることもなく、ジッツェンドルフとの交情に溺れるのである。

> ユッタが息子の心配をするのは差し迫った場合に限られており、暗くなってからのことを恐れながら明るい時間に目を覚ますことは決してなかった。子どもへの思いが滑り落ちて、消え去ってしまうと、その後の時間はすべてその部屋で繰り広げられる行為のためのものとなった。(二七-二八)

彼女とジッツェンドルフの間に生まれた娘セルヴァッギアが、種違いの兄のことをしきりに心配しているのとは好対照である。母が就寝したのちも、眠ることなく窓外に目を向けていたセルヴァッギアは階下に住むシュティンツとともに、闇の中で微かな光点が動き、やがてその光が一瞬閃いたあと消えたのを目撃する。これは、リーヴィの乗ったオートバイが倒れたところである。これよりさき、セルヴァッギアに対していささか変態的な関心を払っていたシュティンツは、彼女に対する興味から窓際に身を置いて、階上にいる彼女に言葉をかけたりしていたのだが、光の様子からリーヴィの身に何かが起こったのを察知し、セルヴァッギアを引き連れて現場に向かう。

セルヴァッギアはシュティンツにやすやすと連れ出されるのだが、この幼女が彼に対して警戒心を持っていることには注目すべきだろう。

シュティンツ氏は有害でしかなかった。セルヴァッギアは彼がステッキを持っていることを知っていたが、小さい女の子は安全だと分かっていた。なぜなら小さい女の子はじっと待つからだ。決して動かないからだ。もし彼女が動けば、かぎ爪のついた足が彼女の翼を破り、脚を捕えるだろう。（一二八）

彼女は、幼い女の子が自発的に動かないからこそ安全である、という知恵を身につけている。したがってシュティンツから逃げようとはせず、彼の言いなりになるのだ。彼女の兄が公爵から逃げ回ったあげく惨殺されたことを考え合わせると、セルヴァッギアの知恵は意味深いもののように思われるのだ。弱者中の弱者である子どもは、ホークスの作品にあって理不尽なかたちで被害にあうことが多いのだが、セルヴァッギアは自発的に動くことをしないため安全を保障されている。むろん、子どもが自発性を奪われることが不健全であるのはいうまでもない。ところで、『人食い』においては、子どもに限らず、動かない人物たちには大きな危険が及んでいない。ユッタもまた自発性を持たぬ動かない人物であり、息子の不在を気にかけないばかりか、娘がシュティンツに連れ出されたのにも気づかず安眠している。

セルヴァッギアの兄も動かなければ殺されることはなかったのであろうか。しかし、この作品世界においては、男性である限り動かぬことが許されていないように思われる。戦時中も男は兵士として戦うことを要請されたのだが、この場合自発性は犠牲にされざるを得なかっただろう。敗戦後の混沌とした状況においてこそ、男は自発的に動くことが真に求められる。さもなくば生存競争において勝ち抜くことができず、生命の危険にさらされるだろう。女性の場合、いささか事情が異なる。ユッタのような弱い女性は、強者から性的に搾取されることに耐えるのと引き替えに、生命の安全をある程度保障されるだろう。

しかしすべての女性が必ずしも弱者であるとはいえない。この作品におけるマダム・スノウは明らかに強者として描かれている。知らぬままとはいえ甥の肉を食べるという行為は、彼女が弱肉ではなく強食の側に立つことを象徴的に示している。ジッツェンドルフも彼女には一目置いており、以下のように彼女を指導者とさえみなすのである。

おれはマダム・スノウが理解するには年をとりすぎていると思っていた。あの亜麻色をした人造の長い髪とともに、衰えて死んでいくと思っていた。男に保護を求めて夜通しギッコンバッタンやるような女だと思っていた。おれはそこのところを間違っていた。彼女はまさに絞首刑の執行人だ。弱肉ではなく強食だ。おれたち全員の最高のリーダーだ。死は生と同様、取るに足りない。だが闘争やレンガの積み重ねや賃借人の命がけの試みは重要だ。それが若い男や落ち着いた老婦人や確実な国家のあるべき姿なのだ。（一三〇－一三一）

彼女の強さは何に由来するのだろうか。その答はすぐに出せそうにはない。詳細に検討する必要があるだろう。彼女が盗んできた鶏を力強く殺す場面にはすでに言及したが、この場面は戦時中の出来事が回想されたものであり、この回想には続きがある。というよりむしろ続きのほうが主要部で、鶏殺しの場面はその序に相当する。彼女が鶏を殺した直後、精神病院で患者たちが暴動を起こしたことが伝えられる。戦争のため精神病院は正常な機能を失い、秩序が乱れ切っており、暴動は起こるべくして起こったものであった。男たちが戦地に出払っているために、患者たちの鎮圧は女性の役目となる。そして市長はマダム・スノウにその指揮をとるよう要請する。

精神病院に駆けつけた女たちの勇ましさは相当なもので、患者はやすやすと鎮圧されるのだが、女たちが患者を人間扱いしていないかのように描かれていることは注目に値する。精神病院では、実験用の猿と鼠が飼われていたが、院内の秩序の乱れのため動物たちは死に、その死骸は庭に放り出される。患者たちを鎮圧すべく女性軍が奮闘したのはこの場所においてであったが、生きているかのような猿の死体と患者たちとの区別がつかなくなっていく。作中の女たちのみならず、われわれ読者にとっても、その区別がつきかねるような、不思議な描写がなされているのだ。

一匹の猿は大きくなり、凍って、小さい獣たちの死体の上に姿勢よく座っているように見えた。尻尾は首に巻かれ、死んだ目は月光と同じくらい薄くて穏やかな早朝の光の中で遠くを見つめていた。女たちが積もった雪の上を突進してきたとき、彼は突然「生は暗い、死は暗い、暗い」と声高に叫んだ。（一五五）

このものを言う猿は、患者のひとりと考えてよいのだろうか。公爵に追われ、捕らえられた少年も、単に狐にたとえられているのではなく、あたかもいきなり狐に変身してしまったかのように描かれていたことを考慮すれば、この猿は患者のかりそめの姿と見なすこともできるだろう。しかし、逆に人間の姿のほうがかりそめのものだと思わせかねないところに、ホークスのこの手法が醸《かも》し出す恐ろしさがある。弱者の人権が無視される世界においては、人間と他の動物を隔てる境界線はなきに等しいものとなっているのだ。たとえ動物であろうと強くさえあれば人間のように扱われる。マダム・スノウと夫のエルンストを乗せて走る列車を追う犬はその好例といえよう。この犬たちは強いがゆえに、人間並みに列車の乗客となる資格を持つ。

人間と他の動物の境界線がこの作品においては曖昧なものになりがちである。(5)　しかし、マダム・スノウが弱者と向き合うとき、強者と弱者を隔てる境界線は絶対的なものになっているように思われる。マダム・スノウが人間だとすれば、相手の弱者はたとえ人間であろうと他の動物のように見なされている。逆に弱者があくまで人間であるとするならば、彼女はそれより一段高い超越的存在のオーラを帯びてくる。それは地母神的なものといえるだろう。弱者のみを標的として相対的な強さを発揮するジッツェンドルフとちがって、マダム・スノウは絶対的に強い。その強さを引き立てるためであるかのごとく、彼女の身近にいる者は弱者性をさらけ出す。あるいは、弱者が彼女に引き寄せられていく。

ジッツェンドルフは国土を占領する米兵たちを軽蔑し、裏切り者を憎んだ。しかしマダム・スノウはそうではない。

老婦人は（中略）何も憎んでいなかった。粗野な侵略者や、頑張ってはいるが判断を誤っているイギリス人たちを、実際には軽蔑してはいなかった。しかし彼らが鞭で打たれるということになれば喜んだだろう。彼女は女性の強さを知っており、時々漠然と、自分たちが夫たちの鎌を使って肉に切りつけ、数少ない夫たちがズボンから抜いたベルトで敵を鞭打つことのできるような時代がまた来ないものかと思った。本当に戦ったのは女だった。反乱は必ず起こる。鞭の先端で打つべき場所は股間だ。（一四九）

彼女は、自分だけでなく女性が一般的に強いものだと考えている。本当に戦ったのは男ではなく女だとは、どういう意味なのだろうか。出征して敵地で敵を撃つ男たちよりも、銃後で国土を守る女たちのほうが、より本質的な戦いをしているということを、彼女は言わんとしているのかもしれない。動かぬ彼女の強さは、守りの強さである。

『人食い』は三部構成になっており、第二次大戦敗戦直後の混沌とした状況が描き出される第一部と第三部に割って入るかたちで、第二部において第一次大戦直前から戦中にかけての出来事が語られる。過去が隠蔽されている男ジッツェンドルフは第二部に直接姿を現さない。第二部の中心人物はエルンスト・スノウと結婚してマダム・スノウとなるステラである。

線の細いひ弱な青年エルンストは、父の経営する酒場で歌を歌うステラに心を奪われる。この頃からステラにはすでに超越的な資質が備わっており、「女魔術師」（四五）と表現される彼女の歌は妖術のように聴く者を呪縛する。イギリス人クロムウェルが彼女を家へ送っていくため馬車に同乗し出発したあとで、エルンストは父から消極的な態度をせめられ、背中を押されるようなかたちで馬車を追って駆け出す。エルンストは走っている最中、誇大妄想的な思いを巡らせ、不自然なまでに士気を高揚するのだが、その大袈裟なところは滑稽であり、平常心で女性に求愛することができない彼の弱さを露呈している。ステラを追っているにもかかわらず、彼は何かに追われて走っているようにすらみえる。強い男にならなければいけないという義務感と父の期待が、彼を駆り立てているのだ。公爵に追われる少年とともに、エルンストは走る弱者というイメージを形成している。エルンストは追い立てられていると同時に、ステラによって引き寄せられている。というのも、彼女は最初からエルンストを好ましく思っていたからだ。あえてクロムウェルに自分を送っていくことを許したのも、優柔不断のエルンストを奮い立たせるための誘いの手管であるように思われる。セルヴァッギアは、動かずに待つことによって少女の安全が保障されることを知っていたが、ステラの場合には、待つことに、より積極的な意味がある。それは巣を張って獲物のかかるのを待ち受ける蜘蛛の姿を連想させなくもない。家政婦のゲルタが、「悪魔がステラを見つけるため森からはるばるやってきた」（四五）と指摘しているように、ステラの超越性には悪魔的なものが潜んでいるのだから。ステラがエルンストに好意を抱くのは、彼が臆病であることを承知の上でである。彼が臆病であるにもかかわらずというよりむしろ、彼が臆病であるからこそ、彼女は彼を愛しうるようにさえみえる。初めて会ったときから、彼女は彼の弱さを見抜いていた。しかし、彼女は弱者であるエルンストが英雄のようにふるまうことを期待してもいる。彼女は、弱いにもかかわらずあえて行動を起こす男が好きなのだ。

エルンストが男爵と決闘する場面が、二度にわたって紹介されている。なぜ彼が戦わなければならないのか、その理由は明らかにされない。最初に紹介される森での勝負では、男爵が優勢に戦いを進めているが、彼も決して強者ではない。彼は、その場に現れたエルンストの父親によって剣を奪い取られ、さんざん打ちすえられるのだ。二人の戦いは、弱者同士が弱さを克服することを唯一の目的としてなされているようにみえる。大学においての戦いでは、ぶつかり合う二人の姿が鶏に、そして案山子にたとえられる。実に無益な勝負であるが、エルンストは戦わずにはいられない。戦うために育てられた闘鶏用の鶏のように。鶏が傷を受けて血を流し命を落とせば、その肉はおそらく食用に供せられるのだろう。

しかしのちに鶏の首を落とす強者ステラは、夫となったエルンストに対してあからさまに暴力的な態度をとるわけではない。彼女が何もしなくても、ただ存在するだけで、エルンストは精神的に圧迫を感じる。

地母神的なステラはエルンストを下方へ引き寄せる。下方にあるステラの世界には、地獄へと通じる魔性のものが潜むと同時に、ドイツの国土を防衛しようとする現実的な意志が存在し、男たちに戦うことを強要するのだ。しかし、エルンストにはもともと上方志向があり、ステラの魔力に呪縛されつつ、それに抗うように上方をめざす。戦士として英雄になろうと考え、男爵と無益に決闘を繰り返したのも、その上方志向のひとつの表れだろう。しかし戦士としての資質を欠くエルンストが現実に英雄となれるはずもない。結局、彼の願望は、たとえ弱くても男は命を賭けて戦うべきだと考えるステラの通俗的なヒロイズムに吸収されていくのである。だがステラと結ばれたエルンストは剣を捨て、別のかたちで上方をめざす。それはステラの魔性に対抗すべく天上的な神性を帯びたものとなっている。

墜落した飛行機の破片を胸に受けて事故死した母を葬る時に、ステラが十字架やキリストの像を持たず涙すら流さないことを、エルンストはとがめる。ステラは決して母の死を悲しんでいなくはないのだが、その悲しみ方はキリスト教の神を信じるエルンストが期待するものとどこか違っているのだ。しかしこの場ではステラは妥協する。霊魂は不滅であり、母の霊魂は天国に召されて安らぎを得たと認めている。だが、彼女の言葉のあとに続くのは「天国を瞥見したのはこの時だけで、彼女があまりにも多くの涙を流したので、彼は心配になった」（八二）という一文である。

この場においてのみ、彼女は天国を瞥見したのだ。涙を流さないことをとがめられて、とってつけたように大泣きするのと等しく、エルンストへの表面的な迎合にすぎない。ステラが霊魂の不滅を信じているとしても、彼女に言わせればその霊魂は天に昇るのでなく地上にとどまるはずだ。第三部で何度か言及される幽霊たちのように。

この幽霊たちはステラと直接関係を持たないが、彼女の地に根を下ろした超越性をいくらか分有しているようにも思われる。彼らは決して天国に召されることはない。ただし、ステラの魔性がシリアスであるのと対照的に、この幽霊たちはコミカルである。幽霊であるにもかかわらず、恐ろしいどころか弱々しい。彼らはもともとドイツに攻め込み戦死したイギリス兵たちだった。彼らの乗っていた戦車は黒焦げとなっており、幽霊になった彼らは夜間に限ってあたりをうろつけるのだが、昼間は戦車の中で過ごさなければならない。ステラがドイツの国土というローカルなものに固着しているのに対して、この幽霊たちは自分たちの戦車というさらにローカルな場所に縛りつけられている。ステラのローカル性は自ら望んだものだが、幽霊たちは戦車という極端にローカルな場所に閉じ込められていることを明らかに厭がっている。死んだリーヴィの霊が彼らに迎えられる。リーヴィもコミカルな弱者という点で、この幽霊たちと同類なのだ。

幽霊たちの存在は、ステラの超越性のパロディとなっているようにも受けとめられるが、ステラの魔力を割り引くほどの効果は持たず、コミック・リリーフの域にとどまっていると考えるべきだろう。幽霊の描写はあまりにも断片的であり、また彼らのふるまいも穏やかすぎて、その印象が希薄なのだ。

結局、幽霊の超ローカル性はステラのローカル性を背面から攻撃しえていないのだが、それではエルンストのすがるキリストの普遍性はどうであろう。それはステラのローカル性を凌ぐものなのか。少なくとも拮抗するだけの力を持つものとして描かれているだろうか。

上方をめざすエルンストがステラとのハネムーンで訪れたアルプス山中では、その物理的な高さが神がかったものとして表現される。二人きりで高地にたたずんでいるとき、ステラはエルンストがこの高さから落ちてしまうことを心配するのだが、そのいっぽうで「しかし彼は神に近づいた」（八四）と明記されている。神が近くにいると感じられることが、この高地を特権的な世界にするのだ。エルンストたちが日常生活を送っていた低地は劣ったものと見なされ、その世俗的な濁りと高地の清浄さが対比される。

しかし清の濁に対する優勢は必ずしも持続が保証されない。高地の空気はたしかに澄んでいるだろうが、同時に希薄でもあるはずだ。エルンストの神を求める気持ちが純粋になればなるほど、彼の人間らしさは薄まり、いよいよ持ち前の弱さが際立ってくる。

山上で手彫りの十字架像を売る老人に出会ったエルンストは、憑かれたように像を買い集める。皮肉なことに、老人の彫る像の出来栄えは一定でなく、売れ残ったものはイエスの神性よりも人間性が強調されているのだが、エルンストはあえてそうした売れ残りを買い求めるのだった。むろんこの種の像がエルンストに人間くさい俗悪さをもたらすことはない。むしろ、逆に俗悪さをエルンストから吸収しているのかもしれない。イエスは人間たちの罪を贖ったことになっているのだから。これらの像はエルンストから罪＝濁り＝人間性を奪うことによって、彼をより純粋で虚弱な存在にする。

ハネムーンが終わり、エルンストはステラとともに再び下方の世界へ戻っていく。戦争のためにそこはいよいよ濁って混沌の様相を呈し、エルンストにはとても耐えられそうにない。この濁りを体現しているのが、将校として出征し帰還してきた彼の父ヘルマンと、ユッタを修道院に送り込んだあと仕事がなくなり、いつしか若くもないのに売春婦と成り果てた家政婦ゲルタであった。戦争のためかなり精神状態が乱れて恍惚気味のヘルマンは、それでも強者の俤をとどめており、またもとから図太い神経の持ち主であったゲルタは、ますます強くなっている。ゲルタは帰還してきたばかりのヘルマンに出会い、彼を誘惑してステラの実家へ連れていく。そこでヘルマンは息子と再会する。

この時エルンストはインフルエンザにかかって寝つき、ステラに看病されつつも病状をかなり悪化させていた。純粋で虚弱なエルンストには抵抗力がなく、インフルエンザも命取りとなりうる。山中でステラがエルンストの高みからの転落を心配したことが思い合わされる、死に向けての急速な衰退である。いまやエルンストはステラにすがりつかざるをえない。しかし戦う男としてのエルンストを愛する彼女は、見苦しい病人となった彼に対して執着を持たず、早々と彼の死を予感して、遺体の処理に頭を悩ませもする。

例の十字架像でイエスに認められた人間くささをこの場に至ってわがものとするようになったエルンストは、自分に苦しみを与える存在に怯える。その最たる者は、彼に強者たることを求めた父ヘルマンであり、エルンストは父を悪魔と見なして再会の日を恐れたのであった。

そして、父との再会がエルンストの死を招く。

> 天国の平穏がすべて消散し、息を引き取る直前に、エルンストはわけの分からないまま父のスノウの姿を認めた。自分の身を守り、荒れ狂う英雄ヘルマンの悪魔のような帰還を憎もうとしたその瞬間に、エルンストは死んだ。長く待たれていた出来事を理解することさえなく。最後に卑小なものを目にして、最後に侵入者の姿を認めて、エルンストは口を歪め嫌悪感を表しながら死んでいった。そして聖者となることは見合わされた。（一一九―一二〇）

俗悪な父に圧倒され、神性を捨てての死。弱者のはかなき命の終わりであった。

ヘルマンとゲルタは俗悪さにおいてステラを凌ぐが、この二人の強さはジッツェンドルフのレベルにとどまり、ステラの持つ超越性とは縁がない。ヘルマンが悪魔と化したのも、エルンストの主観のうちのみに限られるだろう。ヘルマンは、実質的には、押しが強いだけの老人にすぎず、しかも戦争のために正気を失っている。ゲルタは、この作品に登場する女性たちの中で例外的に「動く」存在だが、娼婦と成り果てたことにしぶとく強靭な生命力は認められても、不動のステラに見られる威厳からは遠い。自ら動くのではなく、他の人間を動くように仕向けることが、ステラの強さの一要因となっている。

あからさまに俗悪で力を顕示しようとするヘルマンやゲルタと違って、ステラの強さはどこまでも潜在的である。騒ぎ立てるヘルマンと対照的に、彼女は夫の死を静かに受けとめるのだ。エルンストと結婚してマダム・スノウとなったステラは、夫の死後もこの名で呼ばれる。いや、むしろ、この作品においては、夫を失ってから久しい第二次大戦後の彼女を指すためにこの呼称が用いられている。エルンストの姓としては、スノウは純潔さとはかなさを感じさせるが、ステラの場合、没個性と冷ややかさを表すものと考えられるのではないだろうか。

一見、没個性とこれまで述べてきた地母神的な超越性は相容れないもののように思われるかもしれない。しかし客観的には、ステラという女性に目立った特徴は認められないのだ。ただ、エルンストやジッツェンドルフなど、他の登場人物が、彼女を特別な存在と考えているにすぎない。逆にいえば、没個性が幻想を成立させていることになる。特徴の欠如が謎を生み、その謎が周囲の人間に過剰な幻影をもたらしているのだ。だが、幻想とてむろん侮ることはできない。それはステラ自身に逆流して、無自覚な彼女の中に超越性を育んでいくだろう。彼女の没個性は、したがって通俗性と超越性を結ぶものであり、また「動かぬ」こととも関連する。

第一次大戦後から第二次大戦の終結まで、この作品ではふれられることのない期間において、ステラは齢《よわい》を重ねはしたが本質的には変化しなかっただろう。第二次大戦後のステラ＝マダム・スノウは、相変わらず、没個性的で、超越的な強さを持つ。

五階建てのアパートの大家という役割は、彼女の性質に適したものといえるだろう。大家は個性を必要とせず、強い立場にあり、保有する土地や建物への執着を持っているはずだから。このアパートの五階にはユッタとセルヴァッギア、四階にはシュティンツ、三階には人口調査員、二階には公爵が住んでいる。一階にはむろんマダム・スノウが要のごとく鎮座する。

　この階層は、上方に住む者ほど弱いという設定になっているところが興味深い。上方をめざした弱者エルンストは山中でステラによって転落を予感されたが、五階のユッタはすでにジッツェンドルフに征服されるというかたちで落ちるところまで落ちており、また四階のシュティンツも死すべき運命にある。三階の人口調査員は、ジッツェンドルフの部下的存在として、一応強者の側に属するものの、ジッツェンドルフとユッタの交わるときに立ち合って彼らの性的興奮を高めるために利用される場面において顕著に認められるように、主体性を欠いた人物であり、個人としては弱者に分類するべきだろう。

　逆に、二階の公爵は、人口調査員と同様ジッツェンドルフが新帝国の主要なポストに就かせようと考えている人物であるものの、ジッツェンドルフには必ずしも従属していない。文字通りの人食いである公爵は、狂気に裏打ちされた攻撃性を最大の特徴とする。

　このアパートには地下室もあって、マダム・スノウは、管理する者のいなくなった精神病院からさまよい出てきた患者バラミルをここへ引き取るのだが、彼は明らかに弱者であるから、下の階に住むものほど強いという設定の例外になっているとはいえる。だが、地階のバラミルと二階の公爵にはさまれた一階のマダム・スノウは、そのことによって狂気の中心に位置づけられているような印象を与える。鶏殺しの場面は、彼女の狂気をにおわせるように描かれてはいないだろうか。

　もっとも、バラミルは公爵のような攻撃性をまったく持ち合わせていない。彼はマダム・スノウから息子のように庇護される。マダム・スノウには実際の息子もいるのだが、戦地から片脚を失って帰還してきたこの息子は妻とともに、母のアパートからそれほど離れていない映画館に住み、彼女のもとに立ち寄ることがないので、バラミルは息子の替わりとして受け入れられたといえるだろう。そして、バラミルはマダム・スノウを母親と思い込む。相手に幻想を生じさせる彼女の特質はバラミルに対しても効果を持ち、彼は彼女を皇帝の未亡人と見なした。したがって彼自身は皇太子ということになる。

マダム・スノウはいったんバラミルを寒い地下室に入れて、階上へ通じる扉に鍵をかけたのだが、やがて彼が扉を引っかく音を耳にして哀れに思い、自分の部屋へ引き入れることにした。したがって、最も下の階に弱者がいるという例外的な状況はこの時点で中絶することになる。

病院からさまよい出てきたバラミルは、「動く」弱者という点でエルンストに似ているが、エルンストが高地においてステラから転落を予感され、実際に下界で間もなく命を落としたのと対照的に、バラミルは地階から一階へと引き上げられることによって新たな命を与えられたといえるのではないだろうか。ここでは、寒い地下から出られたということよりも、マダム・スノウの身近にいられるようになったということが、大きな意味を持つ。よるべなき最弱の存在である彼は、弱肉強食の世の中にあって、マダム・スノウに庇護される限り、肉となる可能性から逃れうるのだ。彼はもはや動く必要がない。マダム・スノウに包み込まれて不動でいさえすれば、安全は保障される。弱い男が動くのを好むマダム・スノウも、バラミルにそれを期待することはない。彼女は彼を一人前の男と考えていないのだから。息子の替わりとしてバラミルを得ることにより、彼女は強い力が働くのを感じる。「マダム・スノウは夜の中で強い力が働くのを感じた。そしてバラミルの存在が余分の負担になるにもかかわらず、いま彼に感謝していた」(一七九)。彼女を皇后と見なすバラミルの幻想が、その力の源となっているようだ。それは超越的な魔力となって皇帝の亡霊を呼び寄せるだろう。以下のように、マダム・スノウが鶏を殺す場面で一瞬姿を現してすぐに消え去った亡霊を[6]。「一瞬、やせこけて意気消沈した皇帝の顔が、窓から部屋の中を見つめ、そして立ち去った。もはや手で触れても馴染みのなくなった土地を手探りで進んでいった」(一五二)。

公爵もまた、マダム・スノウを特別な存在と見なしているからこそ、ユッタの息子を材料にした料理をふるまったにちがいない。彼女の没個性に由来する、幻想をもたらす資質は、公爵にも作用しているのだ。ジッツェンドルフが「彼女はまさに絞首刑の執行人だ。弱肉ではなく強食だ。おれたち全員の最高のリーダーだ」と考えたことにはすでにふれたが、公爵のふるまいは、彼女が「強食」であることを再確認するものである。

この一夜において、ジッツェンドルフは三人の男の命を奪い、公爵は狐に見立てて子供を狩ったのだが、両者の行動は直接結びつかないものの、いずれもマダム・スノウの魔力に促されているようにみえる。ただし、ジッツェンドルフには彼女を神輿《みこし》にのせて卑小な自分たちに箔をつけようという功利的な考えが認められなくもない。

ホークスが、不自然を承知のうえで全知の語り手という役をふっただけあって、ジッツェンドルフは三人称で書かれた段階においても際立ったキャラクターだったはずである。たしかに彼の行動には狂気を感じさせるものがあるけれども、それを公爵の狂気とひと括りにすることはできない。(7) 公爵は人間性を喪失した危険なだけの存在であり、彼に殺される少年は事故にあったような印象を与える。少年が殺されて肉を食われる必然性はないのだ。対照的に、ジッツェンドルフの連続殺人には動機がある。すでに述べたように、それは日和見主義に基づいた、とってつけたような動機ではあったが、だからこそ彼は人間くさいといえるだろう。強くなるために弱者を倒し、のしあがっていく、このふてぶてしい生命力は、俗悪なものだけれど、だからこそ魅力的でもあるのではないだろうか。というのも、他のキャラクターがあまりにも生気に乏しいからである。

敗戦直後、国土を占領下におかれて多くのものを失った人びとが脱力感に陥るのも、けだし当然のことであろう。しかも彼らの価値観を支えていたナチズムが、日本における国家神道と同じように全否定されているのだ。立ち直るのに時間がかかるのも無理はない。

ジッツェンドルフのネオナチ的な方向性は、いうまでもなくドイツにとっても世界にとっても有害無益なものであり、万が一、彼の組織が大きなものになるとすれば、それは占領軍によって確実に潰されるだろう。しかし、おそらく彼は愚連隊のボスのような地位にとどまるはずだ。本当に強い者に対して立ち向かっていけるだけの器の大きさを持ってはいないのだから。だがそれでも、彼の活動は荒廃して静まり返った作品世界において光彩を放つ。希望の光ではないにしても、ドイツに活力をもたらす呼び水となりうるかもしれない。違法ではあっても、なければ人びとが困る闇市のような存在と考えれば、ジッツェンドルフの魅力を理解しやすいのではないだろうか。世の中が落ち着くまでは、彼のような悪党の活躍が必要なのだ。

語り手としてのジッツェンドルフを考えるとき、その語りに何らかの作為があるのではないかと疑ってみたくなるのも当然だろう。マダム・スノウの超越性がことさらに強調されているのも、彼の思惑によるとみることができる。彼は自分の過去を消しながら、それに補いをつけるようなかたちで、第二部において彼女の過去を詳述する。それは彼女が神輿にのせるに足る強力な存在であることを訴えるためなのかもしれない。

ところでこの作品には不規則なかたちで章題がつけられており、第一部のふたつの章には一、二と数詞が示されているが、第二部の章題は、順に「愛」、「ステラ」、「エルンスト」、「欲情」、第三部は、「今夜」、「指導者」、「土地」、という章題が続いたあと、最後の章で三という数詞に戻っている。「愛」から「欲情」までの一連の単語は、第二部においてエルンストの勇気を奮い起こす「英雄の言葉」として現れる。

エルンストが立ち並んだ像を通り過ぎたとき、英雄たちがめいめい、彼に対して勇気を奮い起こす言葉をかけた。「愛、ステラ、エルンスト、欲情、今夜、指導者、土地」と。（五四－五五）

そして徐々にエルンストは、英雄の「愛、ステラ、エルンスト、欲情、今夜、指導者、土地」という言葉が無関係にぐるぐる巡る、高くぼんやりした名状しがたい空間から落ち始め、ついには過激すぎて理解できない細々とした事項に到達した。（五九）

ここには総じて、エルンストが持っていた上方志向と、ステラの地に根ざした通俗性が、混じり合ったかたちで表現されていると考えられるだろう。「愛」、「ステラ」、「エルンスト」の三つは、二人の愛を成就させるための行動をエルンストに促すものであって、ステラの乗る馬車を追いかける彼にはふさわしい言葉である。「欲情」という言葉の意味はいささか捉えにくいが、「愛」と「欲情」が「ステラ」と「エルンスト」をはさむかたちになっているからには、二人の愛が肉欲に裏づけられたものであると解釈すべきだろう。エルンストとステラは表面的には肉欲と縁がない人物のように描かれているけれども、少なくとも求愛段階のエルンストには強い肉欲が潜在していたはずだ。上方志向と相容れないので隠蔽されたと思われる。この肉欲は、飛んで火に入る夏の虫の本能を連想させないだろうか。「今夜」は、エルンストがステラへの求愛を先延ばしすることなく実行することを命じる言葉である。そして、「指導者」と「土地」には、ステラの願望が投影されているはずだ。彼女はエルンストが臆病者であることを承知のうえで、彼が指導者として国土を守ることを期待するのである。

これらの言葉をジッツェンドルフは自分の語りの章題として再利用するわけだが、彼が登場しない第二部に用いられる「欲情」まではともかく、「今夜」、「指導者」、「土地」の三つの言葉は、この夜にリーヴィを殺すことを契機として立ち上がり、指導者として国土を奪還することを志す彼自身を飾るものとなっている。ユッタの夫から妻のみならず新聞社までもぬけぬけと乗っ取ってしまった図太い収奪者ジッツェンドルフに似つかわしい手口といえるだろう。

彼の語りは弱肉強食を正当化するものであるのみならず、その手段のひとつとなっているようだ。語り自体が、弱者に属するものをジッツェンドルフの手中に収めさせるように機能する。ことによると、他の登場人物に生気がないのは、彼が語りによってそれを奪ってしまったためではないかとさえ考えさせられるのだ。

この作品は、ジッツェンドルフがユッタの部屋に戻ってきて、目を覚ましたセルヴァッギアにもう一度眠るように命じ、彼女がそれに従うところで終わる。娘が父に命じられて再び床に就くこと自体は何の変哲もないが、作品の締めくくりとして描かれている部分であることが、象徴的な意味を読み取るように読者を誘う。ジッツェンドルフの娘に対するささやかな支配は、より大きなものに対する支配を暗示するのではないかと。しかし、これまでも強調してきたように、彼はそれほど器の大きい人物ではない。ささやかな支配で満足すべきお山の大将なのである。彼の語りもこれで終わり、全知の特権は剥奪されるだろう。最上階である五階に戻ってきたジッツェンドルフには、転落が待っているだけなのかもしれない。弱肉強食は理念ではなく現実である。「動く」強者ジッツェンドルフも、いつより強い者の餌食となるか分からないのだ。

敗戦直後の混沌期において顕著なものとなる弱肉強食。しかしそれは世の中が安定することによって隠蔽されはするものの、決して消え去りはしない。ホークスは、むろん敗戦直後のドイツ人たちのことだけを書こうとしたわけではないのだ。いつでもどこでも、強い者が弱い者を餌食にするというのが現実の姿である。違法か合法か、あるいは個人レベルか集団レベルか、その表れかたはさまざまであろうけれども。

人間とはそういうものだとホークスは見据えている。それをシニシズムと受け取ることもできるだろう。また、ホークスは必要以上に人間を理想化して考えることを戒めているようにも思える。人間と他の動物との境界線がこの作品において曖昧なものになっているのも、人間の特権化が無根拠であることを指摘したいからではないか。しかし、そうであったとしても、ホークスの人間を描くことへの意欲は持続するのである。おそらくは、人間が善きものだからではなく、面白きものだからという理由で。

四　『甲虫の脚』

ジョン・ホークスの『甲虫の脚』（一九五一）は、『人食い』に続く長編第二作である。一五九ページからなる作品であるから、ページ数でいえば長編よりも中篇と呼ぶほうが適切かもしれない。しかし、物語やプロットを排してヴィジョンの追求をめざしたホークス初期作品全般についていえることであるが、互いの因果関係が不分明な挿話や断片的描写の集積から成る各小説は、非常に密度の高い虚構世界を展開し、一五九ページの中篇であっても、物語性への依存度が高い三〇〇ページを超える長編よりも、遥かに充実した読書経験を約束するものである。物語を味わうことを主眼とする速読みは、初期ホークス作品においては有害無益といってよいだろう。ことに『甲虫の脚』は、先立って発表されている「シャーリバーリ」と『人食い』にもまして、物語性が希薄であり、また文体が比喩、飛躍、省略に満ちた、読者に多くを要求するものとなっている。ドナルド・J・グライナーは、この作品を「ホークスのもっとも難解な小説」と位置づけてさえいる(1)。

ホークス初期作品において内容面で印象的なのが、弱者の被虐であり、それと関係してくることが多いのが、人間を動物に擬したりする、独特の表現方法である。『人食い』において、異常者「公爵」に追い回され、ついに殺害されてその肉を食われることとなる少年が、狐であるかのように描かれていたのは、その典型例といえるだろう。「シャーリバーリ」における主人公のヘンリー・ヴァンと彼の妻エミリーも親たちから理不尽な迫害を受ける弱者であるが、小さなカラスにたとえられていた。

しかし『甲虫の脚』では、弱者の被虐がさほど前面に押し出されていない。子どもがガラガラヘビに噛まれたことが印象に残る程度だが、この件をめぐっては、子どもの被虐よりも、人間に立ち向かってくる擬人化されたヘビの異様さのほうが強調されている。ヘビに噛まれた子どもの父親であるキャンパーが運転するクルマは、以下のように、轢いたヘビから逆襲される。

そしてその時、彼らはその夜二度目の攻撃をヘビから受けた。彼らはそいつを轢いた。平たくなり身を伸ばして眠っているところを轢かれたそいつは、牙から尾に至るまでガラガラと音を鳴らし、彼らを追った。クルマに追いついた。その下にすべり込んだ。照明の中に踊り出て頭をもたげた。ヘビはよろめいた。目がくらんではね回っているようにみえた。そしてキャンパーがブレーキに手をかけたとき、突進してきた姿は肩を備えているかのようだった。そいつは片方のヘッドライトの固い湾曲したガラスに平たい梨形の頭部を叩きつけ、突き抜けてライトを消した(2)。

むしろヘビのほうが弱者にみえるかもしれない。しかし、クルマを文明の、ヘビを自然の象徴と見なして、ここから悪しき文明によって滅ぼされていく自然の姿を読み取ろうとすることは、実りが少ない。単純な図式化が無効であるところに、ホークスの魅力がある。やくざのように執念深いこのヘビは、擬人化されてはいるものの、「自然」や「悪」などの抽象的な意味と直結するのではなく、あくまでも具体的なヘビ、猛毒を持ち人間に忌み嫌われるグロテスクな姿をしたガラガラヘビにとどまるのである。

クルマに追いつくヘビの速度と、ヘッドライトのガラスを割ってしまうその衝撃力は、たしかに現実離れしているかもしれない。ここでの視点がキャンパーのものであるとして、彼の幻想が描かれていると考えることもできるだろう。だが、ことさら理に落とす必要はないのであって、この作品の虚構世界においては現実におけるよりも手強いガラガラヘビが住んでいることを認めても、不都合ではない。ただ、しばしば「シュール」と評されるこの作品に、現実離れした出来事がそれほど多く起こっているわけではないことも、指摘しておきたい。シュールに思えてしまうのは、珍しくない事柄を、あたかも異常なもののように見せる言語表現が用いられているからである。

『甲虫の脚』がウエスタン（西部劇）のパロディであるということは、多くの研究者によって指摘されている。西部を舞台とし、保安官と医師を特権的な存在として設け、先住民たちも登場し、銃撃シーンもある小説というところまでは、『甲虫の脚』はウエスタンの特徴を取りこんでいる。しかし、そこから先は、はなはだしくウエスタンと違ってくるのだ。まずこの小説には、勧善懲悪どころか、善や悪を体現する存在が認められない。結末において保安官たちが銃を用いて退治しようとした暴走族レッド・デビルズは、名前からして悪の化身のように思われるけれども、実のところ彼らの悪行といえば、ガラスを割ったり、犬をいじめたりする程度のもので、銃で撃たれるに値するような大悪党ではないのである。しかし逆に、たとえば映画『イージー・ライダー』（一九六九）で虫ケラのように撃ち殺されるバイク乗りのように、彼らが保守的な連中の恐ろしさを浮き出させているわけでもない。レッド・デビルズの「レッド」は、先住民の肌の色を連想させるものだが、このことは『甲虫の脚』がウエスタンのパロディとして、保安官らとレッド・デビルズの争いを、白人と先住民の争いになぞらえているというほどの表面的な意味しか持たず、レッド・デビルズは実質的には先住民とまったく無関係な存在として描かれている。そもそも、彼らに人格が備わっているようには見えない。虫ケラのごとく殺されようと、読者が決して彼らに同情しないのは、まさに彼らが一貫して虫ケラのように描かれているからである。虫ケラの中でも特に連想されるのは、人間に対してさほどの害を与えているわけではないのに、そのグロテスクな肢体と小癪な敏捷性ゆえに、不当なまでの憎悪と殺意を向けられているゴキブリである。この連想は、タイトルの『甲虫の脚』とも響き合うものである。キャンパーの妻ルーが、簡易宿泊所の部屋の窓外から中を覗き込むレッド・デビルズの一員を目撃する以下の場面は、おそらくこの小説で最も頻繁に引用されるものであろう。

その生き物は見つめ続けた。そいつは革でできていた。革ひもと黒い締め金と呼吸のための管が、ルーと同じくらい小さい顔を埋めつくしている。その顔は髪がなく、ワニ革でぴっちりとくるまれていた。そいつは野球のタマのような造りになっている。小さなゴムの芯をくるんだような造りに。運転用のゴーグルがてかてかしたコルクから突き出ており、革で固定した灰色の眼鏡をかけているため、その目は悪意のこもった過剰な目のように見える。片側に、締め金が外れたためだらりと垂れ下がった革が、イヤホンのために開けた穴を覆っている。そいつの口吻は網戸に押しつけられ、部屋に向けて小さな隆起をつくり出す。（五二）

まるでガスマスクのような、地肌をおおいつくす装備を顔にまとったレッド・デビルズの一員は、あたかも自分の意志でゴキブリに変身しようとしているかのようにさえみえる。これは、『甲虫の脚』における、人間的に描かれたヘビと対をなすような、動物化した人間の典型例といえるだろう。

ホークスは、レッド・デビルズのグロテスクな様子を強調する断片的な描写を、作中にちりばめている。しかし、彼らの登場場面がそれぞれ何らかの因果関係で結ばれていくことはない。先に引用した場面も、この場限りで完結しており、前後にレッド・デビルズとルーのからみがあるわけではないのである。この暴走族が何人のメンバーで構成され、各人がどのような固有名を持つか、読者はまったく知らされない。彼らの内面はおろか、交わされる言葉すら、書きとめられはしない。彼らをゴキブリのように描こうというホークスの意志は徹底しているのだ。その意志は主要登場人物にも共有される。ある少年が彼らの身につけた宝石に注目したとき、主人公格のルークは「おれたちはそんなこと聞きたくないんだ」（六二）と言っている。宝石を身につけるという人間らしさを指摘する少年は、「裸の王様」の少年のように、純粋な目からありのままのレッド・デビルズの姿を認めることができている。だが、この作品にあっては、そのような純粋な目は邪魔物扱いされるのだ。

純粋な目は偏見から自由であるという長所を持つ。しかし、それが備えていないのは、偏見という悪しきものにとどまらない。偏見をその一部として含み込む共同幻想的なものが、この純粋な目には欠けている。したがってこの目からは、ゴキブリもカブトムシも似たものに見えてしまうかもしれない。特に日本において顕著な、カブトムシ・クワガタムシ愛好とゴキブリ嫌悪の落差は、おそらく偏見と呼ぶべきものではないだろう。こうしたものは良くも悪くも、ひとつの共同幻想的な文化なのである。そして、何もない田舎を、共同幻想的な文化の色に染めて、刺激的な場所であるかのように描き出しえたことが、『甲虫の脚』の最大の魅力となっているといっても過言ではない。

この作品の舞台となっているクレア、ガブ・シティ、ミスルトーは、実際、客観的に見て、文化的に不毛な西部の田舎町にすぎない。また、非凡な人物もいなければ、大きな事件が起きるわけでもない。せいぜいありふれた事故で人死にが出る程度である。ダム建設中の山くずれによるマルジ・ランプソンの事故死も、べつだん珍しい出来事ではないが、その死体が土砂に埋もれて発見されていないこともあって、彼の死は神話的特権性を持つに至っている。作品の現在時からはマルジの死はひと昔前のことであるにもかかわらず、町の人びとにとって、彼の存在は忘れ去られるどころか、いよいよ重いものになってきているようだ。彼の遺品のカミソリなどが理髪店で展示されており、さらにはそれらの写真がプリントされた葉書がドラッグストアなどで販売されている。

しかし、生前のマルジ・ランプソンには、人並み外れたところなど、どこにもありはしなかった。山くずれで死んだことによって初めてアイデンティティを獲得したかのようなマルジは、生前の姿がおぼろげにしか読者に伝えられない。ダム工事の人夫としては有能であったらしい。また、結婚式直後に、新妻を置き去りにして、他の女のもとへ行くという、体裁の悪いこともやっている。しかし情報が断片的であるため、マルジの真の姿が立体的に浮かび上がってはこない。妻を置き去りにした件も、単にマルジの身持ちが悪いということなのではなくて、そもそもマルジが妻に対して愛情を抱いていないようなのだが、それならばなぜそのような女性と結婚することになったか、その点がほとんど説明されていない。

この結婚式をめぐっては、新郎新婦、マルジの母、弟のルーク、その他の出席者が、ミスルトーの外れにあるランプソンの住居から馬車に分乗して、式が挙行されるクレアまで進んでいく場面が、第五章でおよそ十五ページも費やして描かれているにもかかわらず、結婚式の主役のひとりであるはずの新郎マルジはほとんど言及されず、あたかもこの場に存在していないかのようにさえみえる。実は何者でもなさそうな人間の凡庸さを、内面のみならず外面までもその描写をなるべく控えることによって打ち消し、彼が何者かであるかもしれない可能性を強調するという方法が『甲虫の脚』の多くの登場人物に用いられているのだが、マルジ・ランプソンこそ、そのような登場人物たちの中心に位置を占めている。

この作品の主要登場人物として挙げられるのは、マルジとルークの兄弟、彼らの父である医師キャップ・リーチ、保安官の四人であり、二十の章を保安官の語りによるプロローグと、リーチの語りによるエピローグがはさんでいる。そして、プロローグとエピローグはそれぞれ独言のように見えるものの、実はいずれも第二章で保安官とリーチが会ったときの会話の一部である。それらをプロローグとエピローグとしてしつらえることにより、ホークスは保安官とリーチを特権的な存在にしている。

まず、かりそめの語り手として九ページ分の語りをなす保安官は、星占いの本を読みさして、「ここは無法の土地だ」（七）と語り始める。あたかもこれから西部劇的な波乱万丈の物語が展開するかのように。しかし、彼が西部劇のヒーローからはほど遠い、なにかと大袈裟な人物であることが、次第に分かってくる。彼はこの土地を「無法」というが、べつにならず者が横行して暴力沙汰が日常茶飯事になっているわけではない。彼が駐在するクレアも、隣接するガブ・シティやミスルトーも、暴行、傷害、盗難などの犯罪とはほとんど縁がないのである。この保安官が取り締まることに最も力をいれているのは、犯罪などではなく、男女間の淫らな関係という、法よりもむしろ道徳の領域に属するものなのだ。しかも彼の性的なものに対する抑圧性は度を越しており、到底淫らなものとは思われないようなものまでも、それが少しでも性的な匂いを帯びていれば、取り締まろうとする。クレアで結婚式を挙げようとするマルジたちを町に入れようとしないのは、彼の最も理不尽な取り締まりの一例といえるだろう。

エリオット・ベリーは「保安官の道徳律の根本的不能性は、彼が女性を娼婦もしくは母親のどちらかとしか見なせないことにある」と指摘している(3)。つまり性的なものを感じさせる女性であるならば、彼はすべて娼婦として排除しようとするのである。彼のこのような性的抑圧が、作中で際立つ荒れ地の風景によって示される不毛性と響き合っていることは間違いないだろう。雌雄が結ばれ繁殖していくという自然のあるべき姿が、この作品の世界にあっては不当に妨げられているように見えなくもない。

しかし保安官がこの土地に不毛さだけをもたらしているとみるのは一面的である。彼はそのものものしい語りやふるまいによって、この土地が決して退屈ではない、刺激的なところであることを伝えているのだ。それは単に、凡庸なものを非凡に見せかけているというネガティブなものではない。たとえそれが妄想の一歩手前まで来ていようと、それなりに味わいのある想像力をこの保安官は示している。

プロローグにおける彼の主要な役割は生前のマルジの姿を読者に提示することにあり、川べりに座って何をしているわけでもないマルジを、彼は「一時間でも二時間でも見つめているべき存在」(一四)と考える。これは、保安官が初めてマルジを見たときのことである。少女から不審な男がいるという電話での連絡を受けた保安官は、現場に赴きマルジの様子を観察するのだが、性的なものに対して極端に厳しいこの保安官でさえ、マルジからは性的欲求の匂いが嗅ぎとれず、不問に付すこととなる。しかし保安官は、いわば彼の専門といえる性的問題とは別の領域におけるトラブルの種を、マルジに認めていた。「ここに、この川にもつれ込んだ男がいると、おれは思った。こいつはこれからこの川でさらに問題を起こすだろうと、おれは考えた」(一三)。むろん、これはマルジがダム建設中の山くずれで死んだあとの語りであるから、保安官が必ずしも予見の能力を持っていたことにはならないが、このようにマルジが生前から川、そしてダムと宿命的な結びつきを持っていたかのような印象を与えることによって、保安官はマルジをめぐる神話の創造、維持に加担しているのである。

プロローグだけ読むと主人公であるかのような錯覚を与える保安官は、その後すっかり影が薄くなり、最後のレッド・デビルズ狩りの場面では、主導者であるべきはずであるにもかかわらず、いるのかいないのか分からないほど存在感がない。しかし、プロローグで彼の語りがこの虚構世界を染めた色は、作品を通じて保たれている。したがって、彼の語りが終わったあとも、テクストにおいて、ダムをめぐるマルジの神話が強く意識され、また、男女の結びつきが断ち切られていく。性的抑圧を最大の使命と考えるこの保安官は、マルジが女性から断ち切られているという印象を抱いており、それに基づいて、彼を特権化しているのかもしれない。むろん、マルジが女性から断ち切られていると見るのは、保安官の主観にすぎないが、その主観が神話に加担する過程で、マルジの性的側面が隠蔽されるのである。それゆえに、保安官が語るプロローグに限らず、マルジの女性との係わりに対する言及が避けられる。

結婚式のためクレアに向かう一行の中で彼の存在感がほとんどないことにはすでにふれたが、これは単に彼を謎めいた人物に仕立てるというだけでなく、彼と女性との間に性的な繋がりがないことを強調する効果も持っているのだ。マルジは結婚式直後、妻を置き去りにして、セグナという他の女性のところへ行くが、彼とセグナの繋がりが重い意味を持つわけではない。両者の間柄がどのようなものであったかを表現するのに、ホークスはあまり熱心ではなさそうである。セグナのこの作品における最大の役割は、マルジと妻の性的関係を断ち切ることにあるといってもよいだろう。だから保安官は、本来最も憎むべきであるはずのマルジとセグナの不倫を、問題にしようとはしないのである。

そして山くずれによる事故死は、マルジをすべての女性の手が届かぬところへ追いやってしまう。それは逆に、死後、神話的な影響力を持つに至るマルジが君臨するこの作品世界にあって、女性たちが切り捨てられ、せいぜい端役しか与えられないということでもある。川の流れを断ち切るダムは、川を女性的なものとみるならば、象徴的な意味を帯びているようではある。しかし、このダムは、性的抑圧の象徴、もしくは自然を歪める文明の象徴と見なして、単純に割り切ってよいものではない。このダムには、ひと筋縄ではいかない奥の深いところがある。それに関しては、またのちに考えてみたい。

この作品に登場する女性たちは、マルジをめぐる神話の毒気に当てられたかのように、性的な潤いを剥奪され、不毛な生活を余儀なくされているようにみえる。夫マルジを失った寡婦マーはむろんのこと、なぜかランプソン家に小さい頃から同居している先住民マンダン族の娘マーベリックも、簡易宿泊所で料理を作っているセグナも、男性を惹きつける魅力などおよそ持ち合わせていないようなくすんだ存在として描かれている。欲情を内に秘めている気配はあるけれども、口数の少ないこの女性たちは、それを表に出すことがほとんどない。

彼女らと対照的に派手で口数が多いのが、キャンパーの妻ルーである。しかし彼女がそのようでありえたのは、この土地の住人ではなく、余所からやってきた人間だからであろう。この土地に立ち入ったからには、彼女も神話の影響力をこうむらざるをえず、夫とともに時を過ごすことを妨げられる。むろん、妨げられるといっても、それは特定の人間の明確な意思によるものではなく、単に夫が妻をほったらかしにしているにすぎないのではあるけれども、その放置が極端であり、また彼女がその間、レッド・デビルズに覗き見られたり、トランプ賭博で大負けしたりと、嫌な目に遭い続けるため、罠にでもかけられているかのようにさえ見えてしまうのだ。

ホークスは被虐の女性を描くのを得意としており、「シャーリバーリ」や『人食い』、そして『ライム・トゥイッグ』などで、理不尽に責めたてられる女性の姿が印象深いものになっているが、ルーもそのような女性たちの系譜に属しているといえるだろう。ただし、ルーの場合、被虐の度合いはかなり小さい。レッド・デビルズの一員はただ覗いていただけにとどまるし、賭博も彼女が金をつぎこんでいるだけで、相手には彼女をカモにしてやろうという悪意がかけらもない。夫に置き去りにされたことが相当こたえた彼女は、いささか錯乱気味になり、自縄自縛に陥っているかのように見える。

ルーのような派手好きの女性にとって、ミスルトーやクレアなどの田舎町の退屈さは最も耐えがたいものであるにちがいない。いっぽう夫のキャンパーは、かつてこの土地でダム建設工事に携わっていたこともあって、退屈したりはしない。むしろ、ここが自分の勝手知ったる土地であることを誇示しようとしている。彼が妻を置き去りにしてダム湖で釣りをしようとするのも、誇示めいた酔狂であり、そうした夫の行動がルーにはまったく理解できない。彼女は「夫はここに釣りをするために来たなんて言っているけれど、そんなことは浴槽でもできるでしょう」（五八）と不満を述べるいっぽうで、「他の場所でならば彼がいないのを淋しく思ったりしない」（五八）と、この土地にいる限りは夫から放置されるのが相当こたえることを認めている。ルーはさらに、夫がセグナとかつて関係をもっていたのではないかと勘繰るのだが、それが実際にセグナと関係したマルジと、ルーの夫のキャンパーの混同に結びついていく。といっても、ルーが二人の男を混同するのではなく、テクストが混同するのだ。つまり、キャンパーを指示していたはずの「彼」がいつの間にか、マルジを指すものにすり替わったりするのである。これは、キャンパーがマルジの神話に取り込まれていることを示すものと考えてよいだろう。ルーが夫との関係を正常なものに修復するためには、神話が男女の関係を断ち切るこの土地から出ていくしかないのである。

マルジの神話は、この土地の住人のみならずキャンパーのような来訪者に対しても、侮れない影響力を持っている。しかし、この神話が、理髪店の遺品展示に見られるような、あざとい安っぽさを含んでいることも忘れてはならない。そしてマルジの死体を地中に呑み込んだまま建設されたダムも、この安っぽさを共有している。このダムは、どうやら、水流を人工的に調節して洪水や旱魃などの自然の脅威を克服し、さらには発電などのエネルギー生成に寄与するという、ダムの本来あるべき姿からいささか離れていると思われる。ダム建設後に人びとの暮らしが目ざましく改善されたような気配はない。むろん、このダムが役に立っていないわけではないし、そもそもダム建設以前は、この土地に住む人間はさらに少なかったはずなのだ。ダム建設が労働力の需要を作り出すことによってこの土地に人間を呼び集めたという事実があり、キャンパーのようにその後ここから離れていった者もいるが、ここに残って工員として働く人間も少なくないようである。しかし、それにもかかわらず、テクストにおいてはダムの有意義な側面は隠蔽され、何かと禍々《まがまが》しい点が強調されて、あたかもダムができたために、逆に洪水や旱魃がふえ、土地が荒れ果ててしまったかのような印象さえ与えている。このダムの最大の危うさは、それが不安定で、少しずつではあるが動いているということである。

それは動いていた。発電所で年老いた見張人がチェックしている針とシリンダー、そして熱で不鮮明になったグラフ上のにじんだインクの線は、薄い夕闇のなか、ダムの忍びやかな下流への動きを検出していた。水の重みにのしかかられて、それは烙印押し作業や藪火事などの数世紀にわたる未来の出来事を掲載した暦にしたがって、南方へ、湾に向けて進んでいた。来訪者はぽかんと口を開けて、信じようとはしないのだが、いくつかの年中行事が過ぎていくたびごとに、甲虫の脚の長さほどではあるが、丘は腐食する泥板岩を下流へ動かした。ダムを誇りとするガブ・シティの男たちは、追いすがるためには迅速に動かなければならないだろう。（六七－六八）

作品のタイトル『甲虫の脚』は、すでに述べたようにレッド・デビルズのゴキブリのような存在感と響き合うものではあるが、その言いまわし自体はこの箇所に直接由来する。わずかな長さのたとえとしては、ほかにさまざまな表現が考えられるだろう。あえて選ばれた「甲虫の脚」というひねりの効いたたとえは、このダムにグロテスクなイメージを与えている。ダム自体が脚のはえた一匹の巨大な甲虫であるかのような幻想が生まれてくる余地も、あるのかもしれない。このダムは、何もないところから鉄筋コンクリートなどを用いて人工的に造り上げられたというより、もともとそこにあった丘に手を加え、水を堰き止めてできたようであり、その危うさは人工のものであると同時に自然のものであるという印象が強い。

このダムは自然を歪める人工的装置になりきれていないだけでなく、少しずつではあるが動くことによって、性的抑圧のイメージを不確かなものにしている。しかし、もちろんダムが動くことは、破滅へと通じる不吉な事態である。水流のダムに対する優勢から、被支配に甘んじることのできない女性の力を読みとることもできないわけではないが、そのプラス面を相殺して余るマイナス面が、ここにはある。ダムが崩れ、文明が自然に敗北し、この土地から人間が立ち去っていくことは、誰にとっても望ましくはないのだ。

ホークスの他の作品にもいえることだが、『甲虫の脚』においても、動くものは破滅へと向かう不吉な印象を与える。このダム、そして暴走族レッド・デビルズもそうだ。両者の動きには速度において雲泥の差がありはするけれども、共有される甲虫のイメージがその差を打ち消す効果を持っている。

自動車、馬車、ボートなどの乗り物には、全般的に不穏な匂いがついてまわる。たとえヘビに襲われるキャンパーのクルマのように、具体的な危険にさらされていなくても、乗り物に乗る人間たちは、妙に緊張して身構えている。彼らは、動くことそれ自体が危険性をはらむと知っているかのようにみえるのだ。しかし彼らは動かずにはいられない。何もない土地の沈滞にからめとられるのを避けるためには、そうせざるをえないのだろう。

ただし、保安官はクルマに乗っているときあまり存在感がない。特に、最後のレッド・デビルズを追う場面では、彼が中心的な役割を果たすべきであるにもかかわらず、ほとんど言及されることがなくなっている。逆に乗り物における姿が印象的なのが、キャンパーとリーチの二人である。どちらも外からの来訪者であるから乗り物で移動する印象が強いのは当然だが、彼らはこの土地に着いてからもあちこち動き回っているかのように描かれている。キャンパー、リーチ、ルークの三人が、ボートでダム湖に乗り出す場面では、湖まで同行していた保安官たちが湖岸に取り残されるため、ボートに乗った三人の特権性が感じられる。三人の中ではルークがこの土地を代表する者としてもてなし役を演じるかたちで、キャンパーとリーチという二人の客人を剣呑なボートに乗せて、進んでいく。

このボートが湖上に漕ぎ出されるのは、表面的にはキャンパーが釣りを楽しむためという理由づけがなされているけれども、ルークには埋もれたままの兄マルジが意識されている。この点に関して、フレデリック・ブッシュは以下のように述べている。「この恐ろしい場面で、キャンパーはいまだに、自分が単に釣りに出かけているにすぎないと確信している。しかし、ルークはいまだに、湖水から浮かび上がってくるマルジの死体を捜しているのだ」[4]。三人がボートで湖に乗り出す場面の直前に、フラッシュバックのようなかたちで、胎児の死体を釣り上げるルークの姿が描かれており、それは兄を釣り上げたいというルークの思いを暗示していると考えられる。ただし、兄を釣り上げるといっても、それは文字通りではなく、精神的な意味合いが強い。つまり、死体そのものよりも魂を捜し出すことが、ルークにとって重要なのである。父のリーチをボートに乗せたのも、リーチを息子であるマルジの魂に引き合わせたいからであろう。こう考えてくると、キャンパーはダシに使われた道化回しのように見えもするが、すでに述べたように、キャンパーは彼自身やルークなどの意識を越えたレベルで、テクストによってマルジと重ね合わされており、湖上でマルジの魂に出合う資格には欠けていない。動き回るということだけでも、何もない田舎町の沈滞を破って活気をもたらす二人の外来者は、さらにマルジをめぐる神話の維持にも加担することによって、この土地を活性化するのに大いに貢献しているといえるだろう。

プロローグの語りを担う保安官と対比されるかたちでエピローグを受け持つキャップ・リーチは、多くの研究者から、保安官やキャンパーよりもさらに重要な人物として注目を集めている。たしかに、リーチはこれまで考察してきたこの小説のいくつかの目立った特徴に、ほとんど係わっているという意味では、『甲虫の脚』のエッセンスを体現しているようである。第一に、医師である彼はウエスタンのパロディの登場人物としてふさわしい。第二に、マルジの死に先立って妻子から離れていった彼は、この土地における、男女関係を断ち切った先駆的存在である。第三に、彼は動き回ることによって、この虚構世界を不吉な色に染め上げている。第四に、彼が鶏を殺す場面がかなり詳しく描かれており、これはこの作品を彩る動物関連のバイオレンスの一環をなしている。たしかに、研究者たちの注目が集まるのも当然といえよう。

パトリック・オドンネルは、「この虚構世界と奇妙な住人たちを支配しているのが、キャップ・リーチという人物である」と述べている。(5) オドンネルによれば、リーチはドク・ホリデイとシャーマンを合成したキャラクターであり、神秘的な力を持っていて、レッド・デビルズ狩りも実は彼の差し金によるものである。したがって、射撃中におけるルークの事故死も、父であるリーチに間接的な責任があるということになるだろう。リーチは、「神のような力をもつ、この小説の独裁者であり、ダムを中心とする閉ざされた世界の中で、生と死の流転を舞台裏から操っている」(6)。

しかし、オドンネルはリーチをあまりにも重く捉えすぎているように思われなくもない。たしかに、リーチはいかにも只者ではなく、侮れない力を持った人物であるかのように描かれてはいるけれども、それは概《おおむ》ね見掛け倒しである。彼は医師として特別すぐれた技量を持つわけでもないし、めざましい英知の閃きを見せることもない。それどころか、鶏を殺そうとする彼の姿には、狂気さえ感じられる。

エリオット・ベリーは、リーチに秘められた狂気をふまえたうえで、以下のように論じている。まずベリーは、『甲虫の脚』において自由と支配の二項対立が顕著であり、前者は荒野、砂漠、川、女性たち、意識と無意識の中間領域、犬、そしてレッド・デビルズと、そして後者は保安官、牢獄、ダム、ビジネス、管理、不能の男たちと結びつくと考える(7)。そして、リーチに関しては次のように述べている。「この対立において生き残れる人間が一人だけいる。荒野と支配という二極の境界線を横切ることのできる唯一の人間だ。そして彼は狂っている。荒野とテクノロジーを超越する有力者として、キャップ・リーチはまずまず無難に広大な荒れ地の上を動くことができる」(8)。ベリーの二項対立の読み取りは図式的すぎて、いささか窮屈であるが、リーチを二項のいずれにも属させない判断は当を得ている。また、ベリーはリーチが保安官と相補的な関係にあることを強調しており、保安官が倫理と法の権威であるのに対して、リーチは「無意識と性の世界を支配している」と述べている。[9] リーチのいかがわしさがかえって強みとなっている側面に着目した、適切な解釈といえるだろう。

リーチのはったりを利かせたふるまいは、それ自体底の浅いものであっても、周りの人間の想像力を刺激し、退屈な日常に活気をもたらす。実際、決して巧みではない彼の治療は人びとの好奇心をそそり、祭りにも似た賑わいを呼んでいる。彼のカーニバル的なところ、あるいはトリックスター的なところを考察してみるのも面白いだろう。縁日の見世物小屋を連想させる、愛すべきいかがわしさ、それが何よりもリーチのキャラクターとしての魅力を醸し出していることは確かである。彼には支配者という言葉は似合わない。せいぜい怪しげな世界への案内人といったところではないだろうか。支配欲という点では、保安官がリーチを上回っている。しかし、保安官もまた支配者の名に値するほど、強い力を持ってはいない。ベリーのいうように、リーチと保安官の相補関係にこそ、見るべきものがあるのだ。「動かない」保安官が、この土地の定点として、「動き回る」医師リーチを迎え入れ、それぞれがプロローグとエピローグを受け持って、『甲虫の脚』の虚構世界の枠組みを形成し、両者とも、何もない退屈な田舎町を刺激的なものにするために貢献しているということが重要なのである。

この作品で描かれる事物や人物は、素材としては本来面白味のないものである。粗末なダム、荒れ地、簡易宿泊所、事故死、暴走族、うるさ型の保安官、やぶ医者、鈍感で粗野な連中。現実の田舎町でいくらでも出会うことのできる、うんざりさせられるような素材ばかりが寄せ集められている。それらをもとにして、想像力をかき立てるような仕掛けをはりめぐらせながら、陰鬱ではあるが謎めいて刺激的な世界を作り出したということに、ホークスのこの仕事の最大の意義があるように思われる。

この虚構世界に登場してくる人物たちは、いずれも読者の憧れの対象になりえないのはむろんのこと、ある程度の感情移入を促すことすら難しいであろう。各人が何を感じ何を考えて行動しているのか、非常に曖昧なのだから。

ホークスは彼らの不可解な行動に分かりやすい理由をつけることをあえて避ける。どのような人間にも侮れない深みがあることをよく知っているホークスは、読者が簡単に理解でき、場合によっては便宜的に図式にはめ込みうるような平板なキャラクターを造形することを決して望んでいない。

マルジもルークも、保安官もリーチも、キャンパーもルーも、マーもマーベリックも、そういう意味で立体的な、底の深い、とても人間的な、愛すべきキャラクターなのである。各人の固有名が与えられないレッド・デビルズは、さすがに愛すべき存在とはいえないけれども、大した悪事をはたらいているわけでもないのに退治されるという意味で、哀れみの対象にはなりうる。

『甲虫の脚』には、よく指摘されるように悪夢的な雰囲気が濃く漂っていることは確かだけれども、それではどこに「悪」があるのか、いずこに魔性が潜んでいるのかと検討してみても、実はその類のものは何もなく、「夢」にすぎないことを知らされるだけだ。『人食い』におけるジッツェンドルフのような悪党は、『甲虫の脚』には一人も登場していないのである。

『甲虫の脚』はたしかに、悪夢につきものの、恐ろしさ、気味の悪さ、苦しさ、悲しさを感じさせるが、それと同時に奇妙な心躍りを促してもいる。その心躍りは、人間というものの謎に対する好奇心に由来するのである。

第二章

DJとJR——資本主義社会における青少年

一　ノーマン・メイラー『なぜぼくらはヴェトナムへ行くのか？』

(一)　メイラーの思想の枠組み

ノーマン・メイラーは「白いニグロ」(一九五七)において、人間を没個性化する画一的なシステムに昂然と背を向け、自らの本能に従って生きるヒップスターの道を唱えて、大きな反響を呼んだ。メイラーがヒップスターとして定義づけたような人格は、このエッセイにおいて初めて明確に提示されたのだが、ヒップスター的なキャラクターは、それ以前の彼の作品にも姿を現している。第一長編の『裸者と死者』(一九四八)のクロフト軍曹、そして第三長編の『鹿の園』(一九五五)のマリオン・フェイ。しかし両者とも魅力あるキャラクターではあるが、全面的にその生き方が肯定されているわけではない。

クロフトは全体主義者であるカミングス将軍と同じように、征服欲、権力志向をふんだんに持ち、兵卒たちを酷使して、自分の目的を遂行するためにはどんな犠牲でも払う。リベラルな立場を固持する上官ハーンは彼にとって邪魔者であった。それゆえクロフトは間接的にハーンを死に追いやる。また執拗に反抗的な姿勢を示す部下のヴァルセンに対しては、命令に従うか死を選ぶかの二者択一を迫り、結局彼を屈服させる。しかしクロフトとカミングスの最大の相違点は、クロフトが自分の本能的な衝動を直截《ちょくせつ》的に表出させ、あくまで個人的、唯我的な生き方にこだわるところにある。クロフトはカミングスよりも勇敢に危険なものに向き合い、自身がその危険な局面を乗り越えることを組織の保全よりもはるかに重視する。

クロフトが本能的、感情的な面においてヒップスターの条件を満たしているとすれば、独特な人生観を持つマリオン・フェイは、知的な面において満たしているといえるだろう。この二つの面が満たされてこそ、完全なヒップスターが誕生するのだが、クロフトは知的側面が欠けていたため野獣に近い存在になってしまい、フェイのほうは本能的側面の欠如のため、システムに対抗するだけの強靭な力を持つことができなかった。フェイには、単なる逃避者と見なされても仕方がないひ弱さが認められる。

「白いニグロ」以後もメイラーの作品の中で、さまざまなかたちでヒップスター的な生き方が変奏されていく。『アメリカの夢』（一九六五）のロージャックと『なぜぼくらはヴェトナムへ行くのか？』のDJは、メイラーがより深くヒップスター的な生き方を探究していくうえで生まれてきた。実存的殺人者ロージャックはメイラーの全作品中、最も理想的なヒップスターに近いキャラクターである。そしてDJはロージャックよりも後退したところに位置づけられる。アラスカの厳しい自然の中で、一時的に神聖で理想的な生き方を把握したDJが、その二年後ヴェトナム戦争にすすんで遠征していくのはなぜかと、メイラーはわれわれに作品のタイトルで問いかける。ヴェトナムが舞台となる場面がまったくないこの作品の原題が *Why Are We in Vietnam?*（なぜぼくらはヴェトナムにいるのか？）であるのは、この問題が非常に重要だからである。この問題を解決することが、ひいてはなぜメイラーがDJをロージャックの到達した地点から後退させたのかという疑問に対する回答、そしてこの作品以降メイラーの過激さが次第に薄れていくことの説明に繋がってくる。

メイラーはヒップスターをシステムに取り込まれた没個性的な人間「スクウェア」と対照的な位置に据え、鮮やかにその違いを示した。しかしあらゆる人間をヒップスターとスクウェアのどちらかの陣営に押し込めるという安易なやり方は、メイラーの本意であるはずがなかった。そのような色分けこそシステム的思考にふさわしいものである。犯罪者や不良などは当然スクウェアの範疇に属さないが、だからといって彼らがすなわちヒップスターの名に値するということにはならない。しかしまたメイラーがこのような人間たちをスクウェアと同等、あるいはそれ以下のクズと見なしているのではなく、彼らのうちにヒップスターへと通じていく可能性を見いだしていることは明らかである。ヒップスターとスクウェアの間に位置する領域を特徴づけているのは悪魔性である。スクウェアの集合体であるシステムもメイラーにとっては悪以外の何物でもないが、こちらが偽善的であるのに対して、スクウェアとヒップスターの間にくるものは露悪的である。

六〇年代に入ってメイラーはしばしば神と悪魔の戦いについて語った。彼によると、神は相対的な力しか持っておらず、現在悪魔に押されがちであり、人間のほうからの助けを必要としているということである。悪魔の力が強大になったことに関しては、テクノロジーの進展に依るところが大きい。さらに言えば、テクノロジーは悪魔を変質させつつある。メイラーにとってテクノロジーとは人間の没個性化を促し、システムを強固にするものだが、そのテクノロジーについて、インタビューで聞き手のリチャード・ストラットンに対して、メイラーは次のように語る。

メイラー　「わたしたちはここで意見が分かれます。わたしたちはテクノロジーが宇宙からやってきた第三の力だという可能性に直面しなければならないと、わたしは考えているからです。テクノロジーは神や悪魔とはほとんど関係がないかもしれません。」

ストラットン　「まったく別のものかもしれないということですか。」

メイラー

「実質的には別のものです。わたしがずっと前から確信していることに話を戻しますが、もし宇宙というものが結局のところ、互いに争っている一連の概念から成り立っているとしたらどうでしょうか。われわれが神と考えているものは、この宇宙では他の概念と争うひとつの概念にすぎないとしたら。テクノロジーが外からの地球侵略だとしたらどうでしょうか。テクノロジーは、われわれの世界の性質に対して何らかの共感を示している様子がまったく見えず、われわれが住む地球に対するわれわれの欲求にまったく関係がないからです。」(1)

テクノロジーは神でも悪魔でもなく、より非人間的な性質を持つ。神、悪魔、そしてテクノロジーの形成するシステムがそれぞれ君臨する三つの領域が、メイラーには強く意識されている。神の支配する領域が最も望ましいのは当然としても、メイラーはシステムの中で個性を喪失してしまった人間より、悪魔に憑かれた人間のほうが神に近い位置にあると考えている。

メイラーの小説には完全なヒップスターなどひとりも登場していない。多くの場合、悪魔の領域から向上して神の領域へ近づくという過程が描かれている。マリオン・フェイもロージャックもDJも、悪魔に片足をとられているのだ。マリオン・フェイは、「崇高」、「悪徳」、「凡庸」を、それぞれ神性、悪魔性、没個性を特徴づけるものと捉え、次のように言っている。

「崇高と悪徳は同じものだ。単に進む方向が違っているだけのことだ。だから、もしうまくいったなら、おれはぐるりと向きを変えて、もうひとつの道を進む。崇高に向かってね。それでいい。最後までやり遂げるんだ。」
「それで、両者の間には何がある」と、わたしは訊いた。
「凡庸なやつらがいるさ。」彼は口の端にくわえていたマリファナの火を消して、吸いさしを壷に戻した。「おれは凡庸なやつらが嫌いだ。あいつらはいつも、自分が考えなければいけないことを考えている」と彼は言った。(2)

この三つの領域は、人間関係においてそれぞれ愛、憎しみ、無関心という形態をとる。悪魔に憑かれた人間は他人を憎み、その果てに殺意を抱くこともあれば、他人を屈服させ自分の支配下に置こうとする場合もある。クロフトはハーンに対して殺意を抱き、彼を死に至らしめたし、ヴァルセンを脅かして自分に隷属させた。殺意を抱く場合のほうが、本人にとって意識されている危険の度合いが高く、そういう局面において人は自身の死に向き合い、自身の内的エネルギーを呼び起こすことになる。そのため憎しみから殺意へ向かう道筋のほうが、憎しみから支配欲へ向かう道筋よりも、メイラーに高く評価される。憎しみが支配欲に走ったとき、クロフトはカミングスに近づき、悪魔から見放されシステムに取り込まれていく。

人間関係を性愛面に特定してみると、それぞれ、正常な性愛、さまざまな形態をとった変態性欲の発現（特に同性愛、アナルセックス）、抑圧された禁欲状態、という三種の現れかたをする。メイラーが同性愛と並んで、特に言葉を費やして批判し続けてきた自慰行為は、おそらく第三の範疇に含められるべきものであろう。メイラーは性愛面に代表させて、神と悪魔の戦い、ならびにそこへ介入してくるシステムの様態を描き出すことが多いので、特にこの点はよく押さえておく必要がある。

悪魔的人間は危険に直面する勇気を持ち、自己のエネルギーを解放できるがゆえに、神の領域に至る可能性を蔵しているのだが、その反面、解放された膨大な力を他者を支配するために用いることによって、システムに取り込まれていくことも少なくない。メイラーの第三エッセイ集『人食いとクリスチャン』（一九六六、邦訳題『人食い人とクリスチャン』）のタイトルに見られる「人食い」は悪魔的人間を、「クリスチャン」はシステムに取り込まれた人間を、それぞれ指し示しているのだが、この本の中で、「人食い」がマスメディアを支配することを契機として「クリスチャン」に変貌していく過程が、次のように描かれている。

彼らはクリスチャンにキリスト教を売る人食いだった。そして彼らはそのメッセージを軽蔑し、心の中でそれをあざけっていたので、他のものを売るのに成功した。それはウイルスだったかもしれない。電子的ニヒリズムがアメリカのマスメディアに行き渡り、クリスチャンの中に入り込んだ。そしてクリスチャンは人食いに似ていた。彼らは堅苦しく生気のない人種で、自分たちの憎しみを、鎮静剤や性的なコマーシャルといっしょに飲み下していた。いっぽうマスメディアのおっぱいをしゃぶる古くからの人食いたちはみんな、自分たちの情けない病気をうつすという過ちを犯し、いまや取り残されて、優しすぎ、寛大すぎ、プログラムにこだわりすぎる人間になってしまった。社会福祉のプランを練るのに忙しく、ショービジネスのスタイルで装い、語っているが、そこには本当にスタイルといえるようなものはなく、概して地下室や洞穴に住むクリスチャンと同じく不健全だった。

移民してきた人食いの息子たちがクリスチャンになったのだ。そして自分たちのマスメディアのために形のない形を考案した。全国に放つテレビ芸の偽善的で空しく没個性的な趣向は、悪くすれば、小さな町でおっぱいをしゃぶっているような人食い的精神の、形のない形と没個性的な趣向に出会った。この衝突は全国に精神分裂症を生み出した(3)。

そもそも支配欲は勇気の不足から出てくるものである。ヒップスターも悪魔的人間も、他者と向き合い、その異質性を認識するがゆえに、不安、恐怖をおぼえる。この実存主義的姿勢の有無が、第一、第二の範疇と、第三の範疇を大きく隔てる。真のヒップスターは自己のアイデンティティの崩壊を覚悟し、それを前提として、異質な他者と向き合う。そして、その影響力のもとで自己を解体、再構成していく。勇気が不足している場合、精神的な死(アイデンティティの崩壊)の恐怖に耐えられず、時として相手に殺意を抱く。この殺意は、単に自分のアイデンティティを守るために相手のアイデンティティを崩壊させる、ということにとどまるとは限らない。相手を実際に殺してしまう場合もある。クロフトのヴァルセンとハーンに対する態度はすでに例として挙げたが、ロージャックが妻のデボラを殺してしまうのも、自己のアイデンティティを守るためであった。しかしロージャックの行いは、メイラーによってある程度正当化される。なぜ正当化されるか説明する前に、その前提となる他者との理想的な関係について述べておこう。

他者と懸命に向き合い、アイデンティティを崩壊するにまかせるとき、相手も同じように正しい態度で向き合っていれば別に問題はない。ここで相互に崩壊したアイデンティティは弁証法的に単一のものに変化していくのではなく、それぞれかつての自己のアイデンティティよりも強い個性を持った、互いにより異質なアイデンティティが、新たに形成されるべきなのである。

性愛を実存的にとらえたエッセイ『性の囚人』(一九七一)において、メイラーは男性と女性が互いの異質性を十全に受けとめたうえで触れ合うことにより、男性はより男らしく、女性はより女らしく変貌すると言う。そのような向き合いなくしては、男は本物の男でありえず、女もまたしかりという言い方をしている。

念を押しておきたいが、より男性的になるということは単なる「刷り込み」の問題ではない。危険で痛い目に遭う可能性のあることに挑まなければならない。戦いには自動的なものは何ひとつない。少なくとも、大きな屈辱を味わう覚悟をすることになる。男になることは、女になろうとすることより容易なわけではない。実際に、男にとって、自分が男になったと決め込むことはとても難しい。そのような自己満足に浸った瞬間に、彼は男らしさを失い始めるかもしれない。だから、男らしさ、女らしさの文化的条件づけは、父権社会の恣意的な訓練というよりむしろ、自然の本能や衝動に由来するのかもしれない。筆者は少なくとも、人生には最も簡単で決まりきったことを乗り越える必然性があるという可能性について考えることに決めた。つまり、男根を持つ人間は生まれたときはまだ男とはいえず、ミレットが言うように、単に男になるように条件づけられるのではなく男になるために努力しなければならない。女陰を持つ人間は必ずしも最初から母親になるように生まれついているのではなく、自動的に女らしくなるわけではないような条件の中で深まっていき、女になることに向けて生産的な跳躍をしなければならない。(4)

当然、男性と女性が本来的に異質であるという考え方に立脚しないウーマン・リブの運動家たちから彼は非難を浴び、セクシストの烙印を押されることになる。しかし理論的には、メイラーは男性が女性より優位に立つと言っているわけではなく、両者が異質であるため男性と女性がまったく同じようになることはありえないし、もしそのような中性化がテクノロジーの助けを借りて推し進められるならば、それは人間性の喪失に繋がると考えているのである。

このような相互成長の考え方は、もちろん同性間の関係にも敷衍《ふえん》されるのだが、同性間の異質性に比べ異性間の異質性が決定的であるため、メイラーは理想的な他者との関係を説くとき、特に男女間のセックスを契機とした向き合いを例にとり、そこに可能性を見いだすことが多い。同性愛はえてして相互の異質性を隠蔽する方向に進む。男同士の同性愛の場合、男役のほうは自己の本来的なアイデンティティを保持したままだが、女役のほうはアイデンティティを棄却し、それを相手に委ねる。ここに支配―被支配の関係が生じる。支配する側は旧来のアイデンティティを保持しているとはいえ、それを他者にまで広げていくがゆえに希薄化させる。支配の側に立った瞬間から堕落が始まるのだ。先に引用した文章に述べられていたように、「人食い」の「クリスチャン」化が進行していく。

ロージャックとデボラの関係を例にとってみよう。二人の関係を端的に言えば、父の強大な権力を背景として、デボラが夫のロージャックを支配下に置こうとしており、彼はそのようなどん詰まりの状況から抜け出そうとあがいている、ということになる。この夫婦間の関係は私的なものだけに、クロフトとハーンの軍隊の中での公的な関係より遥かに絶望的であり、ロージャックは精神的な死（アイデンティティの崩壊）にさらされ、しかもそれを再構成する余地を与えられていない。彼のアイデンティティはデボラと彼女の父に吸収されようとしているのだ。もはや自殺と殺人の二つの選択肢しか残されておらず、その殺人も文字通りの身体的な殺人でしかあり得ないと、彼は思いつめる。デボラは夫との交わりの中で、精神的な死（アイデンティティの崩壊）を迎える覚悟などさらさら持たず、ロージャックがいくら奮闘してみても、彼女はそのような局面にやむなく追い込まれるには強固すぎるアイデンティティを固めてしまっている。彼女は常に相手を支配する側にまわる。「だがデボラは大したあばずれだった。人間の世界に君臨するメスライオンだ。彼女に無条件降伏することは、生の肉を差し出すことにひとしい」(5)。

時として暴力、殺人を正当化するメイラーの思想は、一見非常識なのだが、このような彼の考え方は、文字通りの死とアイデンティティの崩壊の間の径庭を極小化し、場合によっては両者を差異なく扱う態度から生まれてくる。メイラーは、殺し合いという肉体的闘争において、人が死に直面することにより精神的な成長を約束されるという、精神と肉体を切り離さない考えを抱いている。アイデンティティの崩壊は、再構成による成長と被支配による没個性化の二つの可能性を持つが、文字通りの死には、個の消滅というネガティブな方向以外に進みうる道があるのだろうか。ここでメイラーは輪廻思想を持ち出すのだが、この点では十分な説得力を持った理論が整っているとはいえない。たとえどれほど精密な理論が用意されていようと、輪廻のような宗教的神秘主義は万人を得心させる説得力を持ちえないだろう。この限界を意識してか、メイラーは以後、殺人犯ゲイリー・ギルモアを主人公とした長大なノンフィクション小説『死刑執行人の歌』（一九七九）を世に送るなど、殺人という行為、そして人殺しという悪魔的人間に対して強い関心を抱きつづけるものの、殺人の正当化に関しては次第に慎重な態度をとるようになっていく。

メイラーは他者との向き合いにおいてフェアプレイを必須のものと考える。自己と他者の実存的な向き合いは一種の闘争である。そして望ましい闘争においては勝ち負けがなく、双方がこの戦いによって成長する。しかしその前提条件になるのは、両者が同等の大きさの力を持つことである。アイデンティティの破壊にかかわる精神力、あるいは殺しにかかわる戦闘能力が同じレベルでないと、闘争を経ての成長は成り立たない。弱者が中途で戦いの場から退くか、強者が弱者を支配下に取り込むか、どちらかの結果を招くこととなる。ロージャックは精神力ではデボラに太刀打ちできなかった。逆に肉体的な力では両者が同等であるような描き方がなされている。

彼女は強かった。おれはいつも彼女が強いことを知っていた。しかしいま、彼女の力は巨大なものとなっていた。一瞬、おれは彼女を押さえ込んでおく自信が持てなくなった。彼女には、もう少しで立ち上がっておれを宙へ投げ出すほどの力が備わっていた。その姿勢からだと、たとえレスラーであっても珍しいほどの怪力である。(6)

しかし筋力に関しては、男性は普通、女性よりも優位に立っているはずであり、男性が女性を絞め殺す行為をフェアプレイと見なすことは抵抗をともなう。殺人という行為を社会に向けて正当化する困難と、フェアプレイをめぐる疑念が、ロージャックを理想的なヒップスターから隔てている。理想的なヒップスターを描き出すためには、アイデンティティの破壊と暴力や殺しの間に一線を画し、前者だけをテーマとした物語を作ることが必要だったと思われる。しかしメイラーは『アメリカの夢』のあとも、暴力や殺しにこだわった。殺人は社会的に正当化されなくても、フェアプレイに基づいた狩猟による動物殺しは正当化されうると考えたメイラーは、次の作品『なぜぼくらはヴェトナムへ行くのか?』において、人間同士の向き合いとともに、人間と動物の向き合いをテーマとして追究する。

(二)『なぜぼくらはヴェトナムへ行くのか?』

この作品を語るに足りない駄作と決めつける研究者もいれば、『裸者と死者』以来の、あるいはそれを超える傑作と誉めそやす研究者もいる。(7) ロバート・メリルはこの作品をある程度評価しながらも、「(略)またしてもメイラーは、われわれが彼の寓話の含意を理解するためには、彼の他の著作の知識を必要とする状況をつくってしまった」と不満を述べている。(8) たしかにメイラーの思想の枠組みを把握せず、この作品だけを読んで十分な解釈をすることは難しいかもしれない。ここではこの小説を、メイラーの他の作品と切り離して評価するのではなく、彼の思想のひとつの通過点として受けとめることにする。

この作品はメイラーの全作品の中にあってとりわけ異色の目立つものだが、それはウィリアム・バロウズ風の猥雑で破壊的な文体によるところが大きい。たしかにこの作品では文体が特に前景化されているが、だからといって文体だけを切り離し、その新しい創造に繋がりうる破壊性をもてはやして、ストーリーやそこに埋め込まれた思想への目配りをおろそかにすることはできないだろう。ストーリーが語り手である主人公DJの堕落を提示しているのに、文体が彼の全面勝利を保証するなどということはありえない。

この作品は終始ＤＪの語りによって成り立っているが、この語りは特殊な性質を持つ。ＤＪはその名の通りディスクジョッキーの役割を負い、テレパシーという特殊な手段を用いたこのマスコミュニケーションは、システムの中心的な役割を受け持つ通常のマスコミと違って、抑圧性を持たない。ここでは、規制のためにテレビやラジオの放送において使用することを許されないような言葉が連発される。猥語や地口、造語、俗語などが豊富に使用されるが、単語のレベルのみならず、統語のレベルでもＤＪの語りは大いに乱れ、非文法的なセンテンスが珍しくない。論理の飛躍も目立っている。この極めてアンダーグラウンド的な性質を持つ語りは、既成のシステムに衝撃を与え、それを破壊する起爆力を持つ悪魔的なものである。語り手は聞き手にアイデンティティの崩壊を迫り、また自身もこの語りの混沌状態が示すように、固定されたアイデンティティをなげうっている。

しかしこのことがそれだけで、悪魔性から神性への向上を約束するわけではない。相手は個人ではなく、大衆《マス》である。そして個人レベルではなく集団レベルの相手と向き合って実存的な相互成長をすることは、大衆によって形作られているシステムの力がこの上なく巨大になってしまった現代社会においては、非常に困難なことなのである。個人が大衆に向けていくらその強烈な個性をぶつけようとしても、多くの場合その個性は希薄化され、牙を抜かれて、大衆のシステムに取り込みやすいように変質させられる。たとえば、アンダーグラウンドの世界で観衆に大きな衝撃を与え続けてきた芸人が、ひとたびマスコミに登場するとすっかり生彩を失ってしまうことがよくある。まず用語規制による芸の希薄化が考えられる。特に毒舌を持ち味にしている芸人には、用語規制は厳しい制約になるはずである。規制を案じるあまり必要以上に萎縮する場合もあるだろう。芸人にとって最も危険なのは、反復によるアイデンティティの固定化である。当人が芸を反復しなくても、マスコミ側が録画、録音によって反復を行い、過剰な部分はカットする。こうして固定化され口当たりがよく底の浅いものとなった芸人のアイデンティティは、大衆によって安心して受け入れられていく。ＤＪも大衆に向けて語るときには、通常のマスコミにおける制約が課されるわけではないけれども、自らの規制によって、個人を相手にする場合とは違った語り方をせざるをえないだろう。そして、この語りが一方的であり、聞き手からＤＪに対して彼のアイデンティティを脅かすほどの反応が示されないことも、大きな問題である。彼の語りの持つ神性への向上の可能性は、システムへの没入の危険性に比べれば小さいものだと言わねばなるまい。

ＤＪの語りには、二種のものが交互に現れ、それぞれ「イントロ・ビープ」、「チャップ」と呼ばれている。前者のほうがより過激な文体になっている。「ビープ」とは、ビーと鳴らされる音の擬音表現で、その名の示す通り、「イントロ・ビープ」は耳障りな雑音に満ちている。「チャップ」とは「チャプター」（章）のことで、こちらもある程度過激な語りではあるが、「イントロ・ビープ」ほどではない。「イントロ・ビープ」では、語っている時点におけるＤＪの混沌とした意識が投射されている。それに対して「チャップ」は、二年前のアラスカでの狩猟について語る、物語性を持ったものである。聞き手が物語だけに関心を払うならば、「イントロ・ビープ」の部分を聞き流すということもありうるだろう。

ＤＪの特殊な言葉遣いの一例をあげておこう。彼はヘリコプターに対して、憎悪と侮蔑の念をこめて、「ヘイル・ザ・コップ・タード」（Hail the Cop Turd）という呼称を用いる。訳すれば「ようこそ、おまわりのクソ野郎」というほどの意味になる駄洒落である。最初に使用されたときには、聞き手に鮮烈な言い回しだという印象を与えるかもしれないが、反復使用によってその効果が激減してしまう。ＤＪの語り全体が、この言い回しに代表されている。一発勝負で、反復に耐えない。それゆえメイラー自身かなり気に入っているこの文体を、以後決して再び用いることがなかった。またこの小説が彼の全長編小説の中で最も短いということも、文体の反復に耐えない特殊性と無縁ではないと思われる。持続はしばしば何らかの形で反復を呼び込み、場合によっては作品を希薄なものにしてしまうからである。

結局ＤＪの語りは程度の差こそあれ、通常のマスコミと本質的には変わらない。あくまで一方通行であり、この点ではＤＪは支配者側に立つ。ＤＪの傲慢な物言いがその印象を強めている。ＤＪのアイデンティティは分裂しているが、それは語りを通して大衆と向き合うことで生じたものではない。それ以前に、彼のアイデンティティはすでに分裂していた。ＤＪは分裂したアイデンティティを自ら再構成することを放棄しており、そのため、システムがそれを規格に合わせて再構成することを許してしまう。彼も実はそれを望んでいるように思われる。大衆を支配しながら、それと同時にいつしか大衆の好みに合わせた役を演じさせられ、そのことに満足するのである。ここには支配願望と被支配願望が同居しているのだ。こうした相互的支配―被支配関係は、悪魔的人間にとって堕落の始まりであり、「人食い」の「クリスチャン」化を促す。これまで悪魔的領域に神へと至る可能性を求めてきたメイラーが、この作品で悪魔的領域をシステム寄りに描いたことは、月面着陸を目前にしたテクノロジーの加速度的発達や、マクルーハンが絶賛した類のメディアの進展によって、システムが強大化し、ついには悪魔の領域を呑み込むに至ったことと関係がある。システムは悪を飼いならし、偽悪という範疇を作り出す。メイラーが最低の戦争だと考えるヴェトナム戦争は、偽善的であると同時に、偽悪的でもある。アメリカの大義名分がまがいものであるという意味で偽善的であり、この戦争における殺しが、メイラーの望ましいと考える成長を約束するような勇気ある殺しでないという意味で偽悪的である。この戦争の本質は、善悪のレベルを超えた非人間性によって特徴づけられている。

アラスカの熊狩りにおいて青年が、文明によって侵食されていく自然の中で文明社会の腐敗性を認識し、純粋な自然の驚異にふれることを通して変貌するという筋立ては、フォークナーの「熊」に似ているし、メイラーもフォークナーの作品を念頭に置いていたはずである。しかし、フォークナーの作品はイニシエーション・ストーリーであるが、メイラーの作品はイニシエーションの失敗を描いたものである。「熊」のアイク・マッキャスリンが土地を放棄することによって文明社会に背を向けるのに対して、ＤＪはヴェトナム戦争に出征することで、文明の最も腐敗した部分の中に身を置くことになる。

ロバート・エアリッヒは、ヴェトナム戦争に出征することをＤＪの堕落ととらえず、この行為を正当化して次のように言う。

たとえＤＪがダラスの「欲張り」どもの出席している送別晩餐会に出ていて、小説の結末でテックスとともにヴェトナムへ出発しようとしているとしても、彼は敵国においてはアウトローとなって、ヒップスターの才能で生き延びようとする。彼は「空飛ぶＣＩＡの間抜けども」を知っているが、それでもすべての人間の殺人的衝動に共感している。ヴェトナムは彼に、ひどい大虐殺を目撃し、彼自身の暴力にはけ口をつくる機会を与える。(9)

作品中、ヴェトナム戦争の性格を説明した部分がまったく見当たらないのだから、メイラーが特にヴェトナム戦争をフェアな戦争でないとして批判しているという事実を援用して、頭ごなしにヴェトナム出征を堕落した行為と決めつけるのは、作品の正しい読み方ではないかもしれない。しかしメイラーのヴェトナム戦争批判は決して奇矯なものではないし、知識人としてはヴェトナム戦争を批判する立場のほうが常識的だと思われるので、この戦争を正当化する記述が作品中に見られないならば、ＤＪの出征を堕落ととるのが自然であろう。彼が個対個のレベルで熊と向き合ったときの勇気と精力は、個が集団に埋没し、相手を遥かに上回る戦力を背景とした戦いとは無縁なのだ。

それでは、なぜＤＪは堕落してしまったのだろうか。フォークナーの作品の場合と同じように、自然と文明の二項対立をもとにしてその理由を探ろうとしても、自然と文明の共有する暴力性を見逃して、自然をたたえ文明をおとしめる限り、説明は十分なものになりえない。この暴力性（悪魔性）を中間項とした、神、悪魔、システムの三元論によってこそ、ＤＪの堕落の理由を明確にすることができるのである。

ＤＪは総じて悪魔的な人間だが、親友のテックス・ハイドに比べると、悪に徹してなく、抑圧された偽善的な一面を持っている。ＤＪもそのことは自覚しており、「ジキル博士」と自称して、「ハイド氏」たるテックスとの差を表現する。この差は両者の家柄、特に父親の人格に由来するところが大きい。テックスの父ゴットフリートは葬儀屋であり、その職権を利用したネクロフィリアを中心とするさまざまな変態行為を臆面もなく楽しむ悪魔的人間であるが、ＤＪの父ラスティは大企業の重役で、非常に体裁を気にかけ、自身が抑圧を感じているのみならず他者を強烈に抑圧する、典型的なシステム内人間の性質を備えている。ＤＪはシステム内人間を「アスホール」（ケツの穴）と呼ぶ。しかしラスティのような「上級アスホール」と、熊狩りに参加するラスティの部下ピートやビルなどの「中級アスホール」を、ＤＪは区別している。

理解すべきなのは、上級アスホールがその地位を獲得するに足るだけの、特殊な、独特といってもいい性質を持つということで、上級の場合、アスホールだと簡単に見分けられず、たいていアスホールと反対に見えるんだ。(10)

ピートやビルが、個性を喪失し上役の言うことならば何でも鵜呑みにするイエスマンであるのに対して、ラスティは強烈な個性と相手を脅かす力を持っている。システム内にあっても、彼はまだ個性が希薄化される段階に至っておらず、悪魔性を保持している。しかし彼には基本的に、自分の死に直面するだけの勇気が欠けている。彼は常に、自分が優勢な立場にあることを確認したうえで、他者との戦いの場におもむく。この父の怯懦《きょうだ》を見据えることによってその支配圏から脱することが、ＤＪのイニシエーションの出発点となる。

ＤＪが五歳のとき、ラスティは殺意を持って彼を打ち据えた。そしてこの幼児体験の影響は、ＤＪが十三歳のとき、父に尻を噛みつかれたことによって、さらに増幅される。こうして形成された父に対する恐怖心は、非常に大きなものであった。この恐怖心を克服し、父を乗り越えることが、ＤＪの成長のためには不可欠なのだ。

アラスカの広大な自然は、ラスティとDJに勇気のほどを確かめる機会を提供する。しかしアラスカの自然はすでに、文明によって侵食されつつあった。ヘリコプターや必要以上に強力な武器を使用して、ハンターたちが動物を狩りまくったため、動物たちは不安にさらされ、常態を失ってしまった。特に熊は凶暴化している。

ハンターの一隊のガイドをつとめるルークは、かつては熊と素手で戦いもした、フェアプレイを重んじる勇敢な男であった。向き合う者のアイデンティティを脅かすほどの強烈な個性を持ち、しかも死を見据えることを厭わないルークは、本物のヒップスター的キャラクターだったといえよう。しかし文明が自然を破壊するのと軌を一にして、ルークも堕落していった。

（略）ビッグ・ルークは、いまやヘリコプターにはまっていた。彼は本物のハンターと共にいるときには、決してそれを使わないプロだった。それは確かだ。だが彼はおれたちといっしょにいた。おれたちは役に立たない間抜けなアスホールの群れで、肉に胆汁がしみたカリブーを殺していた。だから七日間残っているその後の猟では、密かに望まれていたものを彼が与えてくれたのだ。それがヘリコプター天国というわけだ。そいつは奇妙で厄介な代物だった。規則だらけ、規制だらけなんだ。（後略）（九八－九九）

本物のハンターはフェアプレイを重んじるのでヘリコプターを使用しない。大物をしとめるためには手段を選ばない連中と付き合うことによって、ルークは文明の利器を用い、労苦や危険を伴わない安易な方法を選択するようになっていく。DJは、「したがって、アメリカの国民たちよ、ラスティがアスホールでない男、すなわちルーク・フェリンカを相手にしてどのように戦っていくか、注目していただきたい」（三八）と言い、お互い対立する理念を持つラスティとルークが、真っ向から対決することを聞き手に期待させる発言をしている。しかしそのような対決は起こらない。全般的に、ルークはラスティの風下に立つばかりで、彼がラスティを威圧するような場面はない。

アラスカの自然の中で生きる動物には、ラスティと似た性質を持つ者もいる。文明が侵入してくる以前は、自然の中で生息する動物はみな、かつてのルークのように、敬意を払うべき存在だったが、文明の侵入とともに堕落する動物が出てきたのかもしれない。あるいは弱肉強食の自然界の中で生き延びていくため、一部の動物たちにはもともとラスティのように、手段を選ばず敵を倒す性向が備わっていたのかもしれない。いずれにせよ、この作品に登場する動物の中には、敬意を払うべき者と、そうでない者がいる。特に鷲は、卑怯な動物としてDJたちの侮蔑の対象になっている。

「聞いてくれ、おれが今まで見た中で最悪のものについての話を。かわいそうな鹿が鷲に殺されていたんだ。その鹿は猟師に傷を負わされていて、鷲が仕事の仕上げをしていた。というか、仕上げをしようとしていたんだが、おれはもう黙って見ていられなくなって、鷲を撃ち、鹿を救ってやった。しかし鷲は舞い下りてきて、鹿の片目を引き抜き、ニガーが尻につけた羽を誇示するように、少しばかり羽ばたいて飛び上がった。そして、今度はもうひとつの目玉を引き抜いた。次には金玉を狙うだろう。鷲というのはひどい生き物だ。船乗りが口を使ってロープを引っ張るように、鷲が死体から腸を引っ張り出したりもするという話を聞いたことがある。（後略）」（一三二）

ここで鷲を悪く言っているのはラスティである。勝利を確信したうえで初めて戦いの場に臨むラスティが、同質の態度をとる鷲を批判するのは皮肉めいている。この時点では、まだDJは父の力に圧倒され、目を晦まされて、彼の卑劣さを見抜いていない。しかしこの直後に、熊との対決をめぐってラスティの化けの皮が剥がれ、彼が鷲と同列であることが暴露される。

鷲は父の話の中だけでなく、後にDJの目の前に姿を現し、狼との対決においてその卑劣さを披露する。鷲は空中という狼の手の届かぬ場所からの攻撃を繰り返し、狼が手強いことが分かるとあっさり逃げ去っていく。

当の狼は、その直前にDJとテックスの二人と対決している。メイラーは人間と動物の精神面での対決を実現させるための手段として、作品中にテレパシーを導入しており、DJたちと狼の対決は、テレパシーによる精神面に限定された対決であった。取り組みの半ばで負けを認めて退いていく狼は、人間たちと対等の位置で戦いに望むだけの勇気を持っており、その点で鷲よりも遥かに尊いが、それでも最後まで戦い抜く勇気が不足していたため、募っていく不安に打ち勝つことができず、途中で相手に背を向けてしまう。その退いていく姿は次のように描かれている。

（略）狼は彼らのもとを立ち去り、尾根をゆっくり下りていく。もはや、自由自在、絶好調で、曲芸師の手玉のように飛び跳ねたり、体を揺すったりしたときの面影はない。狼は老いてしまった。押さえつけられてしまった。狼という種を存続させる責任のある者にとっては困ったことである。（一八二）

しかし先にも述べたように、メイラーは精神面での対決と肉体面での対決を切り離して考えているわけではない。ＤＪとテックスは、檻越しに狼と向き合っているのではないのだから、攻撃を受ける身体的な危険にさらされている。結果的には精神面のみの対決に終わったが、これは肉体を、つまり生命を賭けた対決でもあったのだ。

ＤＪと致命傷を負った熊との対決は、精神肉体の両面にわたる最も理想的な向き合いになるはずであった。

二十フィート離れたところでＤＪの少しばかりの自信は消えてなくなった。そうなんだ、あの獣はでかい。それでは言い足りないぐらい、ばかでかい。しかもまだ生きていた。彼の目はＤＪの目を、賢い年とったゴリラの目のようにまっすぐ見ていた。そして、ルビーのように赤い水晶球を通して見た空のように、金色、茶色、そして赤い色に変わった。目は透明だった。ＤＪは二十フィート離れたところから覗き込み、一歩、もう一歩、さらにもう一歩進んだ。灰色熊の目の中の何かが彼の目を捉えていた。メッセージだ。仲間への。何かとてもすばらしく、とても遠く離れたところにあるものについての情報。ＤＪがいつもテキサス人の、あるいは世界中の国々の人の目の中に見てきた鋭い光とほとんど同じぐらい知的で邪悪で陽気なその目が、彼に何かを語り、彼をジリジリと焼き焦がす。ＤＪの未来の一部を焼きつけるのだ。（後略）（一四六）

ＤＪは、おびえて熊に近寄れない父を残して熊に進み寄るが、対決半ばでラスティの放った一撃によって熊は倒される。致命傷を負わせたのはＤＪだったが、ラスティはこのとどめの一撃を理由に、熊を自分の獲物であると主張する。ここで初めてＤＪは、父の本性を知らされるのだ。

真の勇気を試すため、ＤＪとテックスが二人だけで武器も持たず自然の中を進んでいく場面が、この作品のクライマックスとなる。ここでは、二人にのしかかる大きな不安と恐怖が克明に描かれる。そして彼らは狼と対決することとなった。この対決で狼を退けたところまでは良かったのだが、そのあと姿を現した熊と対決するだけの勇気は二人になく、彼らは木によじ登って熊から身を隠す。素手で熊と渡り合ったかつてのルークの勇気には、遠く及ばなかったのである。

猛獣らを含めた純粋な自然全体の異質性は、「ごたまぜのクソ」（mixed shit）と称されるシステム社会と袂を分かったＤＪたちを極度の不安に陥れる。彼らは鶴の大群を見て、その秩序ある美しさに心を打たれるが、これは無秩序な実存に耐えられない心弱りからのことであろう。二人は恐るべき自然の背後に恐るべき神を見る。「そうだ、神はここにいた。彼は現実に存在したが人間ではなかった。獣だったのだ」（二〇二）。そして神の支配に屈し、アイデンティティを放棄する誘惑にかられる。「彼らはもう少しで立ち上がり、池を歩いて横断し、ブーツも履かず北へ進んで、消え去り、死に、偉大な獣の仲間になるところであった」（二〇二）。アイデンティティの放棄は、さらに強力なアイデンティティの再構成に繋がる場合もあれば、システムへの埋没を招く場合もある。ここでの誘惑は、後者の方向性を持つものである。

ＤＪとテックスは、お互い相手を支配することを目的としたアナルセックスを遂行しようとする。この対決は、「相手を所有したいという欲情の闘争」（二〇三）である。これは相手と結合することにより、両者のアイデンティティの固定化を促すことを目的としている。しかし一方が従来のアイデンティティを保持し、他方が自分のアイデンティティを相手の要求に合わせたものに作り変えることとなるこの行為において、ＤＪもテックスも支配される側にまわることを受け入れられない。そしてお互いに殺意を抱くに至る。神は「出て行って殺せ、わたしの意志を実現せよ。殺しに行け」（二〇三）というメッセージを送る。「殺せ」というメッセージは曖昧だが、もしこれが本当に神のメッセージだとすれば、その意味するところは、お互いの異質性に直面することにより、相互のアイデンティティを解体させて、それを通して成長せよ、というものでなければならない。自己のアイデンティティを保持したまま相手のアイデンティティのみを解体させ、相手を自分の支配下に置くという意味にとれば、これは悪魔のメッセージになる。

引き続いて二人の間に次のようなことが起こる。

（略）時が経つにつれて光が変化し、北の輝きの何かが彼らの中に入ってきて、彼らの恐怖を制した。テレパシーの交わりのようなものが新しい力となった。そして彼らは双子になった。二度と恋人のように親密にはなれない。殺し屋兄弟だ。何者かに支配されているが、それが闇の王子か光の主か、彼らには分からなかった。（後略）（二〇四）

支配―被支配の関係を経由することなく、二人は単一の存在になる。彼らは個性を喪失して、同質のもの（双子）になった。「二度と恋人のように親密にはなれない」とは、お互いの異質性を尊重する姿勢を放棄したことを意味する。不安から身を守るため、彼らはいわば二人の人間から成る集団を形成し、その集団のアイデンティティを固定化して、そこに身を寄せた。以後彼らは、そのアイデンティティを脅かす他者を支配下に置くことを心がけ、抵抗する者を容赦なく殺していくことになるのだろう。「殺し屋兄弟」とは、軍隊の萌芽を暗示するものである。彼らを支配するのは、もちろん神（光の主）ではない。そしてまた、彼らが個人レベルでの破壊的な力を持つアイデンティティを放棄してしまったからには、彼らを支配するのは悪魔（闇の王子）ですらない。こうしてラスティのようなシステム内人間に堕落してしまったＤＪたちは、ヴェトナム戦争に出征していくことになる。ラスティが偽善的であるのに対して、DJとテックスは偽悪的だといううわべの違いはあるが、その本質は同じなのだ。DJの過激に聞こえる語りも、しょせんシステムに取り込まれていく見掛け倒しのものであることは、すでに述べた通りである。システムに対する敗北を表している点で、文体は物語に見合ったものになっているのである。

なぜヴェトナムに行くのかという問いに対する答えは、ある程度見えてきたのではないだろうか。もはや誰にも統御することができなくなったシステムは、加速度的に人間を没個性化していく。メイラーが反撃手段として珍重していた悪魔性をも、それは取り込んでしまったように思われる。システムがただ偽善的でしかなかった段階においては、抑圧された悪魔的エネルギーが破壊性を発揮してシステムに風穴を穿ち、揺さぶりをかける可能性もあった。しかしいまや悪魔の領域を取り込んだシステムは、偽悪というはけ口を設けて、抑圧されたエネルギーを適当に処分することができるようになってしまった。一九六〇年代の文化には俗悪なものが目立ったが、そのほとんどが、メイラーの考える「悪魔的なもの」とは程遠い、偽悪的なものにすぎなかったといえる。

メイラーはヴェトナム戦争において、システムの持つ抗しがたい力を見たのであろう。彼がアメリカ合衆国に対して抱いた絶望感は、相当深いものであったに違いない。

二　ウィリアム・ギャディス『JR』

ウィリアム・ギャディスが、第一長編『認識』の出版から二十年経て世に送った第二長編『JR』は、前作と同様に、現代資本主義社会における芸術のありかたを問いかける作品と、受けとめられることが多い。二作とも、本来金もうけとは縁のないはずの純粋な芸術を志しながら、ビジネスの世界に生きる人間と悪縁を結び、トラブルに巻き込まれていく芸術家の姿を描いている。すなわち、『認識』のワイアット・グワイヨンと、『ＪＲ』のエドワード・バストである。ただし、『認識』の主人公が画家のワイアット・グワイヨンであったのに対して、『ＪＲ』の主人公は作曲家のエドワード・バストではなく、ビジネスの世界で一時的な大成功を収める小学生Ｊ・Ｒ・ヴァンサントだというべきであろう。たしかに『ＪＲ』においてバストの演じる役割は相当重いものであるけれども、この小説は明らかに少年ＪＲを中心として展開している。

描かれるのは主としてビジネスの世界であり、芸術家の活動は点景のようなかたちでしか現れない。『ＪＲ』の構図は、『認識』のそれを裏返しにしたように見えなくもない。つまり、『認識』が芸術家の生きざまを中心に据えて、それをむしばむ資本家の毒牙をあくまで周縁的なものとして設定しているのと対照的に、『ＪＲ』では少年資本家の行動が主としてストーリーを形成し、バストをはじめとする芸術家たちの本来の営みのほうが、周縁へはじき出されている。しかも、この芸術家たちは、まっとうな仕事をするだけの時間的あるいは精神的な余裕を与えられない。

『ＪＲ』という作品は、従来、資本主義に毒された現代社会を風刺し、極めて不利な状況に置かれながら作品を生み出そうとする芸術家の創造力に救いを見いだすもの、と解釈される傾向にあった。たとえばスティーブン・ワイゼンバーガーは、ジェイムズ・ジョイスの『ユリシーズ』がホメロスの『オデュッセイア』を基盤にしているのと同様に、この作品がリヒャルト・ワーグナーの『ニーベルングの指環』（以後『指環』と略）をなぞっていると考え、ＪＲがアルベーリヒに、バストがジークムントとジークフリートに相当すると判断している。『指環』においては、アルベーリヒは所有欲、支配欲が強く、ずる賢い悪役であり、ジークムントとその息子であるジークフリートは、英雄といってよいキャラクターであった。つまりワイゼンバーガーは、『ＪＲ』の主役がバストで、少年ＪＲは敵役にすぎないという読み方をしているのである。さらにワイゼンバーガーは、ＪＲに酷使されたあげく錯乱状態に陥ったバストが、最後に自分を取り戻して作曲に打ち込み、一度は空しさを感じて破棄した楽譜を、考え直してゴミ箱から拾い上げたことを、『指環』の筋書きからの逸脱として特筆している。

しかしここで『指環』の神話からの、もうひとつの重要な逸脱が起こる。ギャディスのジークフリートは死なないのだ。バストは回復するとき、健康だけでなく芸術も取り戻す。バストが絶望してゴミ箱に投げ捨てた楽譜を拾い上げたということが、ひとつの勝利であるようにギャディスは描いている。この瞬間、ギャディスは芸術の孤立する力、JRの「でたらめ」(holy shit)のためにあえぐ世界を贖う力を肯定するのである(1)。

ただしワイゼンバーガーの説は極端な例で、スティーブン・ムーアは、バストを英雄視するこの解釈にきっぱりと異を唱えている。

ワーグナーの英雄であるジークムントとジークフリートに相当すると明確に分かる人物がいない、ということははっきりしている。スティーブン・ワイゼンバーガーは、さまざまな偶然の類似を根拠として、バストを両者と結びつける仮説を立てているが、ジークフリートの純真さを除けば、バストには彼らとの重要な共通点がほとんどない(2)。

しかしムーアも、バストを特権化して考えることはないものの、芸術の力に救いを見いだし、JRを否定的に見ている点では、ワイゼンバーガーと同じである。作中でバストは「きみは触れるものを何もかも台無しにしてしまう」(3)とJRをののしっている。われわれはこのバストの発言が妥当なものと見るべきなのだろうか。またJRは、彼の通う小学校で生徒たちによって上演されることになっていた『指環』において、実際にアルベーリヒの役を与えられていたのだが、彼がアルベーリヒ的な側面を持つことは間違いないにせよ、それがすべてなのだろうか。要するに、この作品はストーリーだけとってみれば、善玉が悪玉に苦しめられながらも、勝利に向かって突き進むという、単純なものにすぎないのだろうか。しかし、そう考えると、JRというキャラクターの過剰性が説明できなくなってしまう。

ここで再び『JR』と『認識』を比較して見ると、芸術対ビジネスという点では構図が逆転しているものの、主人公のＪＲとワイアットには奇妙な特徴が共有されているように思われる。両者とも過剰な存在感をもって作品の中心に君臨し、他のキャラクターに多大な影響を与えながら、存在そのものが隠蔽されているようなところがある。『認識』においては、作品の早い段階で、ワイアットはその固有名を作者ギャディスによって剥奪され、以後、代名詞の「彼」や偽名が用いられることとなった。これにはギャディスのいささか強引な作為が感じられたが、少年ＪＲの場合は、より必然的にその存在が隠蔽される。

彼がまだ小学生にすぎないという事実が、ビジネスの世界に直接参入するための妨げとなり、彼はまずバストを代理人として立てる。次から次へと成功をおさめ、その事業がスケールの大きいものになっていくにつれて、事業主である少年はいよいよ正体を隠す必要に迫られ、電話を通した作り声によってのみ、続々と増えていくバスト以外の部下たちに指示を与え続けることになる。かくして事業主としてのＪＲの存在は、バストを除く他のキャラクターから隠蔽されるのだが、バストも、さらにはわれわれ読者も、ＪＲの存在を全面的に認識する手掛かりを与えられていない。なぜなら、この作品においては、ビジネスから離れたＪＲの私生活や内面が、ほとんど描かれていないからである。まだ小学生なのだから、描くに値する内面などない、と考えることもできるだろうし、この血も涙もないように見える少年の場合、ビジネスから離れた私生活には見るべきものがない、と受けとることも可能だろう。ともかく少年ＪＲの存在は、彼自身と、そして作者ギャディスによって二重に隠蔽され、作品は中心が空洞化しているような印象を与える。

ただし、隠蔽され空洞を感じさせる点では共通していても、ワイアットがスタティック（静的）であるのに対し、ＪＲはダイナミック（動的）であり、前者がブラックホール的とすれば、後者は台風に似ている。ワイアットは、ブラックホールのように密度が高すぎるため光さえ吸収して不可視となった求心的な存在、いっぽうＪＲは、中心が台風の目のごとく実際に空洞化している遠心的な存在である。台風のように周囲の人間たちを揺り動かし、存分に破壊力を発揮するＪＲ。このたとえは、「きみは触れるものを何もかも台無しにしてしまう」というバストのＪＲに向けたののしりと符合するのだが、彼が破壊するのは、はたして保っていく価値のあるものばかりだったのだろうか。

スティーブン・ムーアは、ＪＲが倫理的に空洞化していることを強調し、彼は必ずしも悪の権化なのではなく、むしろ他の子どもたち同様、悪い大人たちのつくった現代社会の犠牲者であると、ありがちな解釈をしている。そのうえでこの作品を、たとえば『ハックルベリー・フィンの冒険』に顕著な、子どもが大人の社会を批評するというアメリカ文学の伝統と結びつけて捉え、ＪＲや、行きあたりばったりの生活を送る自堕落な若い娘ローダに、王様が裸であると言ってのけられるだけの正直さがあることを指摘する。ムーアは、ＪＲやローダの侮れない言辞が、資本主義社会の批判として機能するケースを特に重視するのだが、人間味があることを理由に彼がどちらかといえば擁護しているバスト、ギブス、エイミーらに対しても、ＪＲとローダの批判が有効であることを看過している。

バストがＪ・Ｓ・バッハのカンタータ第二一番を聴かせて感想を求めたとき、ＪＲは次のように答えた。

――分かった分かった。つまり最初に聞こえたのがあの高い音だよね。それで女の人があなたのが上がる（up yours）と歌ってそしたら男の人がわたしのが上がる（up mine）と歌って、それからいくつか言葉があってそして彼女がわたしのが上がるわたしのが上がると歌い始めて彼があなたのが上がるあなたのが上がると歌い始めて二人でそんなふうにやりとりしたよねわたしのが上がるあなたのが上がるわたしのが上がるあなたのが上がるってねぼくが聞いたのはそれだけだよ。つまりもう一度聞かせたいのかな。（六五八）(4)

これを受けて、バストが「きみは触れるものを何もかも台無しにしてしまう」と、ＪＲをののしることになる。このやりとりは従来、芸術の持つ非物質的な価値をＪＲがおとしめたものと解されてきた。この解釈が全面的に誤っているわけではないが、ＪＲの感動する心の欠如とともに、バストの押しつけがましい態度も批判されるべきであろう。

小学生にバッハの曲、しかもドイツ語で歌われるカンタータを聴かせて、心を動かされるのが当然だと考えるのは、いささか独善的である。バッハのカンタータに感動しなければ人間味がないと、はたして決めつけうるのだろうか。この曲を絶対視し、その至高性を確信するバストには、危険なものさえ感じられる。むろん、だからといってＪＲの反応が正当化されるわけではないが、このやりとりは、ＪＲの感性が空虚であることを示すと同時に、バストの信念が普遍性を持ちえない独善的なもので、悪意がなく純粋であるだけにかえって有害となりうることを明らかにしている。ＪＲは、バストの顔色を窺って感動したふりをすることもできた。しかし彼は、バストが絶対的な真実と思い込んでいるものに迎合することをあえて拒み、正直に答えたのである。このことによって、彼は結果的に、バストの信念を相対化したといえるだろう。ただし、王様が裸であるという真実を述べた子どもとちがって、ＪＲの発言内容は、外見の客観性にもかかわらず、あくまでも主観的なものである。バッハのカンタータ第二一番の鑑賞においては、ＪＲもバストも、絶対的に正しいとはいえない。そもそも、絶対的に正しい鑑賞などありえないはずなのだから。

これに類したやりとりが、もうひとつある。金もうけばかりに執着して、美しいものに感動する心を持たないＪＲの心を入れ替えさせようとした教師エイミーは、目に見えるあらゆるものが金もうけに結びつくと考えるＪＲに反対して、空を見よという。空に浮かぶ月は金もうけと無縁だと断言するのだ。

――ええ空を見上げなさい見るのよ。空で金儲けした百万長者がいるかしら。しかし彼女自身の目は彼女が抱いているものがかよわいことにショックを受けそのショックを確認するためであるかのように彼の肩に置かれた自分の手を見下ろしていた。――どんなものも金儲けの対象にしなくちゃいけないのかしら。

――そりゃもちろん、というかいやつまり……

――あそこを見て、見るのよ。月が昇っているわ、見えないかしら。あの月が……

――あそこに何があるって。彼はもっとよく見えるようにと頭をひょいと傾けた。――いやでもあれは、ジュベール先生、あれは単なる、ちょっと待って……

——いいえ気にしないで、それはどうでもいいわ……（四七四）

一族が財界の大立者で、彼らのやり口に嫌気がさし、その反動として理想主義的な傾向を持つようになったエイミー・ジュベールが、ここでJRに伝えようとしているメッセージも、全否定されるべきものではないが、絶対視することもまた不可能である。彼女はおそらく、「美しい自然に感動せよ」と言いたいのであろうが、このメッセージはエイミーというキャラクター同様、甘っちょろい。そして同時に押しつけがましい。対象を指定して「さあ感動しなさい」と促した結果生まれてくる感動など、真の感動でありえないことを、エイミーは教師として知っておくべきだっただろう。

エイミーは理想主義という色眼鏡を通して月を見ているのだが、むろん月は美しいこともあれば狂おしいこともあり、近くから見れば、緑のない不毛で醜い地表をさらしているし、ビジネスの対象にすることも無理ではないだろう。

JRは、エイミーの発言に「いや」と異を唱えようとする。しかしエイミーは「気にしないで、それはどうでもいいわ」と答え、JRの言い分に耳を傾けようとしない。ここでJRが言わんとしていたことは、約二〇〇ページ後、バッハのカンタータをめぐって彼がバストと対立する場面で、ようやく明らかにされる。バストは、エイミーのメッセージを受け入れなかったJRを責める。しかしJRは、エイミーが月だと見なしたものが、実は月ではなかったと言う。

——しかし彼女はきみには分からんのか彼女が、きみはどうして頭を傾けたんだ。きみには分からんのか彼女がきみに言おうとしていたことが彼女は……

――何だって彼女にあれがカーベル・アイスクリームの売店の屋根だと言えばよかったのかい。それで金儲けしたやつがいるかどうか賭けてみようかと言えばよかったのかい。（六六一）

この点に関して、スティーブン・H・マタンリーは次のように述べている。

ＪＲとエイミーは同じものに目を向けているようだが、それぞれ違ったものが見えている。さらには、二人のうちどちらが正しいか知るすべはない。語り手がどちらの知覚も正しいと認めていないので、われわれはエイミーのロマン主義とＪＲの実用主義の決着のつかない戦いに直面することになる。(5)

ギャディスはあえて、ＪＲとエイミーのうち、どちらが正しいか決められないような書き方をしているのだ。

ＪＲというキャラクターは、作品の中心に位置しながらも、絶対的であるどころか、むしろ非常に欠陥の多い存在である。しかし、完全からほど遠い彼は、既成の価値観を破壊する者として著しい活躍をする。それが望ましいことなのか、それとも嘆かわしいことなのか、いちがいに判断することはできない。ＪＲのような少年が現れて、大人の世界を引っかき回すことができるような時代が到来しつつあることを、作者ギャディスはおそらく肌で感じ取ったのであろう。それは、だれしもが純粋であることを許されず、莫大な雑音にわずらわされ、あらゆるものが断片化していく時代、そして、ＪＲのように自ら雑音を発生させていく人間がチャンスをつかみうる時代である。(6) だがギャディスは、新しい時代の到来を単に黙認しているわけではない。彼は、壊されていく既成の価値観に哀惜の目を向けつつ、そのいっぽうで自ら、とてつもなく不純な、雑音に満ちた芸術作品を作り出しているのだ。

純粋な芸術作品を生み出すために、雑音からわずらわされることのない静かな場所を求めていたバストは、彼と同様、ＪＲの通う小学校に教師として勤務していたギブスから、アパートの鍵を渡され、そこの使用を許される。そのアパートは、芸術論の著作を世に出すことを夢見るギブスと、彼の友達でビジネスマン兼小説家のアイゲンが、執筆活動のために用意していたものであった。しかし、バストがこのアパートを利用するようになると、彼をビジネスにおける代理人として役立てているJRは、この場所がオフィスとして使えると考え、ビジネス関係の書類や物品を続々送りこんでくる。その量が相当なものであったため、アパートは、どこに何があるのか判然としない混沌とした状態に陥ってしまう。とめどもなく送りこまれる郵便物、スイッチがついたまま埋もれて音を出し続けるラジオ、頻繁に鳴る電話、そうした雑音に静寂な時間を寸断されながらの作曲活動を余儀なくされるバストは、時間の断片化と連動するかのごとく、当初は壮大であった志を徐々に小さくしていった。オペラからオラトリオへ、オラトリオから組曲へと、作ろうとする曲のジャンルが変わっていくのである。バストの苦戦は、現代において純粋な大作を作り出すことの困難を痛感させる。

小説『JR』はある意味で、主人公の少年JRとパラレルの関係にある。登場人物のJRと同様に、この小説もまた膨大な雑音を発生させせて、従来の比較的純粋な芸術を攻撃し、自らとてつもなく不純な反芸術的芸術作品となりえているように思われる。

まず、この小説を構成する言語が、膨大な雑音を含んでいる。作品の大部分を占めるのは、数多い登場人物が口にする言葉なのだが、その言葉は、現実の世界におけるわれわれの話し言葉がそうであるように、不完全で、繰り返しが多く、必ずしも文法的でなく、時には意味をもたぬ単語が挿入され、誤解を招く可能性に満ちている。日常話されているような言葉をそのまま書き留めたように見えるもの、それはたしかに従来の文学的言語から遠く離れている。しかし、この特徴はむろん、『JR』が通俗的な小説であることを意味しない。一般に、通俗的な小説は、登場人物たちの会話を比較的多量に含む傾向がある。しかし、彼らの話し言葉には無駄がなく、とてもまとまりがよい。また、しばしば、話し相手に対して言う必要がないことを、読者に状況や背景を説明するために、あえて語る。通俗的な小説に用いられる言語は、会話の文にせよ地の文にせよ、おおむね説明的であり、したがって色のついてないジャーナリスティックなものになりがちである。いっぽう『JR』の言語は、これとまったく逆の性質を持つ。
この作品では、客観的な説明や解釈を目的とした言語が、徹底的に排除されている。地の文が存在しないわけではないが、それとて非常に禁欲的で、その場において見えるもの、聞こえるものを、客観を装いつつ具体的に描写した程度にとどまるのだ。決して抽象的な意味づけをすることがない。
『JR』という小説は、なくてもよいもの、すなわち雑音に満ちあふれていながらも、本来あるべきものが欠けていることが多い。最も顕著なのが、句読点の省略であろう。文が完結することなく、途切れたり、いきなり別の文に接続したりすることが頻繁であるテクストは、句読点の省略によって非常に読みづらいものになっている。この省略は、センテンスの秩序を破壊し、雑音を呼び込みやすくしているように思われる。いくつか単純な例を挙げてみよう。

いやいや待ってくれエイミーねえしゃんとして（No no wait Amy listen straighten right up）（四七五）

ええいえ待ってくださいあのですね聞いてくださいデビッドフさん（Yes no wait look listen Mister Davidoff）（五三八）

はいそうですともでもそれは看護師さんそれは何ですか（Yes sir but that's nurse what is it）（六九四）

句読点が入るべきところと、センテンスが途切れるところに、斜線をほどこせば、それぞれ次のようになる。

いや／いや／待ってくれ／エイミー／ねえ／しゃんとして（No /no/ wait/ Amy/ listen/ straighten right up）

ええ／いえ／待ってください／あのですね／聞いてください／デビッドフさん（Yes/ no/ wait/ look/ listen/ Mister Davidoff)
はい／そうですとも／でもそれは／看護師さん／それは何ですか（Yes/ sir/ but that's/ nurse/ what is it)

ここで切り分けられた言葉のまとまりは、いずれもそれほど多くの単語を含んでおらず、そのうえ、大した意味を担っていない。「ええ／いえ」の場合、「ええ」が「いえ」によって意味を打ち消される。「待ってください／あのですね／聞いてください」では、相手の気を引くための言葉が、形を変えて三つ並んでいるわけだが、そのぶん、ひとつひとつの言葉が担う意味は薄くなる。途切れたまま完結しない「でもそれは」にいたっては、意味を持ち損ねている。これらは、まったく無意味な言葉とまで決めつけられないにしても、読者がストーリーを追っていくうえでは間違いなく邪魔になる雑音なのだ。句読点の欠如は、読者が雑音を見切るのを妨げる。そのために雑音が、よりわずらわしいものとなる。つまり、雑音の雑音たる度合いが高まる。

似たような事情が、もっと大きなスケールでも見いだされる。この小説は、七〇〇ページを超えるものでありながら、いくつかの章に分けられておらず、最初から最後まで切れ目なく持続する。しかし、適度に時や場所は移り変わっていくので、読者が自分の判断で切れ目を入れながら読んでいくことになるだろう。それと分かりにくい場面転換が少なくないので、切れ目を入れる作業は若干わずらわしいが、慎重に読みさえすれば、切れ目をきちんと確定できる。そのようにして、小説はいくつかの部分に分割される。ところが奇妙なことに、分割された各部分の大半は物語性が希薄で、エピソードとすら呼びにくい。注目すべき出来事や事件はそこそこ起こっているにもかかわらず、それらは登場人物たちによって、事後、間接的に、そして断片的に語られるだけであることが多く、恣意的に動く視点はあえて事件の起こる場所を避け、何も起こらない場所を選んでいる。それゆえ、次に挙げるような極端な例も見いだされるのだ。

――ああ、あなたが起きて子どもたちに何かつくってやることはできないのかな。この家では何もかもわたしがやらなきゃいけないのかな……。ドアがバタンバタンと音をたてて、トイレで何度か水が流れる音がして、トースターから立ちのぼる煙が廊下に青いとばりを下ろし外でまだぐずついていた朝が腰をすえる決心をしたように見えたが、午後には勢いが衰えて灰色になった。――今度は何よノラ、ママはみんなにギャーギャーいわれずに一日を休んで過ごすこともできないのかな。パパのところに行ってピーナッツバターを塗ったトーストをつくってもらいなさいよまああの人が家を火事にせずにそれができたらの話だけど、ドアを閉めてテレビのボリュームを下げなさいよ……。そしてついに灰色が闇に屈し、時計がまた時を打ち鳴らそうとして、しくじり、待って、また試みるも聞こえることなく、また繰り返され、とうとうアラームが静けさを破ってまたしても曇った日を迎える。(三二六)

ある日の朝から翌日の朝まで、ひとりの脇役の家庭風景。この一日、この場所では何も起こっていない。「何事もなく一日が過ぎた」とでも書けばすむところである。ストーリーを追う読者にとっては、この部分全体が雑音といえるだろう。

本来あるべきでありながら欠けているもうひとつのものは、通常会話文に付され、話し手が誰であるかを示す言葉である。したがって、読者はここでも、それぞれの会話文を誰が口にしているのか確定するために、頭をひねることを要求される。とはいえ、話し手の確定が不可能な会話文はごく少数で、筋道を立てて考えればそれぞれが誰の言葉かほとんど明らかにできる。そのときにひとつの手掛かりとなるのが、各登場人物の特に意味をもたない口癖のようなもの、すなわち雑音である。これに関しては、グレゴリー・コムネスがすでに整理しているので、そのまま紹介しておこう。

前に説明したように、ジャック・ギブスの存在は「いまいましい」(God damned)という表現によって示され、JRの繰り返し使う言葉は、「ねぇ」(hey)と「でたらめだ」(Holy shit)である。学校の校長で、銀行の頭取もつとめるホワイトバック氏の場合、とりとめのない話の中に頻出する「あーむ」(ahm)によって、話しているのが彼だと明らかにされる。九六丁目のフラットに住みそこで営業している娼婦のローダは、「みたいな」(like)というヒッピー的な言い方を好んでいることから、発言が彼女のものだと

見分けられ、総裁のケイツは命令法への偏愛を見せつけている。(7)

なかでも最も印象に残るホワイトバックの「あーむ」は言葉ですらなく、純粋な雑音にほかならない。話し相手にメッセージを伝えるにあたって、ホワイトバックの「あーむ」は、まったく何の意味も持っていないのだ。メッセージの伝達を中断したり妨げたりすることが、雑音の雑音たるゆえんなのだろうが、しかし、一般に雑音と見なされるものも、必ずしも万人にとっての雑音ではない。観点を変えれば、雑音もメッセージとなりうる。ホワイトバックの「あーむ」などは、その二重性を示す好例である。ホワイトバックが話している相手にとっては雑音でも、読者にとっては話者を特定するためのありがたいメッセージなのだから。このホワイトバックは、学校の校長であると同時に、銀行の頭取でもあり、そのために校長室には二台の電話機が置かれている。いつも矢継ぎ早に電話がかかってきて、ホワイトバックは二つの役を交互に演じることを余儀なくされる。用件があって校長室を訪れている者にしてみれば、もしその人物が学校の関係者であれば、ビジネスに関する電話は雑音であり、またビジネスの関係者であれば、学校教育に関する電話が雑音となるだろう。しかし、ホワイトバックは二つの役回りの比重を曖昧にしているため、彼自身にとっていかなる電話が本来の仕事を妨げる雑音なのか決めることはできない。ある意味では、すべてが価値のある情報だが、またある意味では、すべてが雑音ともいえる。見かねたギブスが、どちらかの役を断念するつもりはないのかと、ホワイトバックに尋ねるのだが、彼の答も曖昧そのものである。

――ひとつ聞いてもいいですか、ホワイトバックさん。
――ああそうもちろんわたしはあーむ……
――時々あなたのことが心配になるのだけど、どちらかひとつあきらめようと思ったことはないですか。銀行か学校かを。あなたがちょっと……

――ああそうもちろんそのあーむ、わたしにどちらが生き残るか分かっていればそれはつまりもちろんわたしがあーむ、ああわたしはきみに今日グランシーさんのクラスを担当してもらえないかと頼みたかったんだよ、彼はどうやらあーむ、彼はどうやら出かけて……（二四〇－四一）

ホワイトバックにとっても、そしてJRにとっても、それぞれ仕事をするにあたって電話は必要不可欠である。ことにJRの場合、電話で話すことが彼のビジネスのすべてとさえいってよい。したがって、この作品では、JRをはじめとする登場人物たちが電話で話をするシーンが、まことに顕著になっている。頻繁に鳴り響く電話のベルの音は、たとえばバストのような受信者にとって、創作活動を中断させる雑音として作用する。しかし、バストは創作活動を続けるためにある程度の金銭を必要としており、JRからかかってくるビジネスがらみの電話が彼の収入と結びつくものである以上、電話のベルは単なる雑音でなく、意味を持つ情報でもある。この両義性は、おそらく電話というもの一般についてまわるだろう。電話のベルは、ほぼ確実に人間の活動を中断させる力を持つように見受けられるが、現代社会に生きる人間の大半は、たぶんそれを嘆いていない。この小説に描き出されているのは、そうした現代社会のありさまなのである。

むろん、雑音は大昔からあったにちがいないが、現代では雑音が電話などのために倍増し、時間がコマ切れに断片化されるようになった。その事情を読者は痛感させられることだろう。読者が静寂を愛するバストに共感するならば、その事情は悲観的に受けとめられ、自ら莫大な雑音を発生させるJRに共感するならば、楽観的に受けとめられる。しかし、バストもJRも、大きすぎる欠陥をもつ独善的なエゴイストであり、容易に感情移入することはできない。そのため、われわれは、悲観と楽観の間を揺さぶられながら、宙吊り状態で、この小説を通して現代のいわゆる情報化時代の姿を再確認するほかない。

『JR』は、現代社会において雑音を無視することはできないという事実認識に裏打ちされた作品である。確言できるのは、この作品が雑音を前景化しているということだけであり、雑音が望ましいものなのか、それとも嘆かわしいものなのか、その二者択一の価値判断は含まれていない。雑音発生装置ともいえるＪＲというキャラクターに関しても、同じように価値判断は保留されているのだ。

第三章　小説の中のポップカルチャー

一　アン・ビーティとポピュラー・ミュージック――『ラブ・オールウェイズ』について

（一）『ラブ・オールウェイズ』における曲名・歌手名への言及

アン・ビーティの作品に関して全般的にいえることかもしれないが、『ラブ・オールウェイズ』（一九八五、邦訳題『愛している』）ではとりわけ、流行歌の曲名や実在する歌手の名前への言及が目立つ。バーブラ・ストライザンドの「ハッピー・デイズ」、ミック・ジャガー、ビーチ・ボーイズ、マイケル・ジャクソン、ロッド・スチュワート、ユーリズミックスの「スイート・ドリームズ」、メン・アット・ワーク、カルチャー・クラブ、ドアーズ、ビートルズ（ジョン・レノン、ポール・マッカートニー）、ジャクソン・ブラウン、ブルース・スプリングスティーン、ヴァン・ヘイレン、シンディ・ローパーの「タイム・アフター・タイム」、デュラン・デュラン、ディオンヌ・ワーウィック、マール・ハガード、ボブ・ウイルス、チャーリー・プライド、スタンリー・ブラザーズ、クリスタル・ゲイル、ジョニー・キャッシュ、プロコル・ハルムの「青い影」、ピーボ・ブライソンの「愛をもう一度」（“If Ever

You're In My Arms Again")、ジェリー・リー・ルイス、マドンナ、シンディ・ローパーの「ガールズ・ジャスト・ワナ・ハヴ・ファン」、「ヒア・カムズ・ザ・サン」(ビートルズ・ナンバー)、フランキー・アヴァロンの「ヴィーナス」、エルヴィス・プレスリー、ドリー・パートン、スティーヴィー・ワンダーの「可愛いアイシャ」("Isn't She Lovely")、ビートルズの「ザ・ロング・アンド・ワインディング・ロード」と「オブラディ・オブラダ」、デビー・ハリー(ブロンディのリード・シンガー)、アニー・レノックス(ユーリズミックスのリード・シンガー)、「アイ・ラヴ・ユー・トゥルーリー」(エルシー・ベイカーのヒット曲)、「ユー・アー・マイ・サンシャイン」、カーリー・サイモンとジェームズ・テイラーの「愛のモッキンバード」。[1] ポピュラー・ミュージックの世界を描いたわけではない小説にしては、異例ともいうべき多さである。

主人公ルーシーの姪で、主要登場人物のひとりであるニコルは、子役の俳優だが、彼女が芸能界の一員であることと、歌手名・曲名への言及とが直接関連しているケースは、ごくわずかである。

それでは、こうした言及はいたずらなもので、何の意味も持たないのだろうか。作者の趣味が表れただけのことで、読者にとってはわずらわしく、有害無益な瑕瑾と見なすべきなのだろうか。

あるインタビューで、ポップ・カルチャーへの言及が作品の寿命を短くするとは考えないかと問われたビーティは、次のように答えている。

わたしはこのようなものが、自分がやっている他のことを補うために使われる必要があると思います。もしそれらが物語の内容と重みを担うとするならば、作者は本当の予言者でもない限りほぼ確実に失敗するでしょうし、わたしは予言者ではありません。このような言及は、まったく二次的なものです。補強か説明です。物語の上部構造全体が物語の重みを担うわけではありません。それでは決してうまくいかないでしょう。[2]

彼女にいわせれば、こうした言及は物語に直接関連するのではなく、あくまで二次的なものにとどまり、物語に厚みを与えるための、時間的にも空間的にもローカルな風俗を醸し出す手段なのである。

しかし『ラブ・オールウェイズ』におけるポピュラー・ミュージック関連の執拗な言及は、単に一九八〇年代の米国の風俗を醸し出すだけでなく、また別の意味合いを帯びているように思われる。それは、偏ったポピュラー・ミュージック評価に対する批判である。ポピュラー・ミュージックの偏った評価は、怪しげな神話を形成し、時代風俗の再現に歪みをもたらしうるものである。

(二) 体制への反抗と偏った通念

米国のようにポピュラー・ミュージック産業のさかんな国にあっては、時代風俗が流行歌と密接に結びついている。一九五〇年代の風俗を語るときに、エルヴィス・プレスリーが本格的に流行させたロックンロールを無視することはできないし、一九六〇年代ならば、ビートルズをはじめとするブリティッシュ・インベイジョンへの言及を避けるわけにはいかないだろう。プレスリーやビートルズの歌が単なるはやりものにとどまらず、ジャンルこそ異なるが質の高い音楽として、バッハやモーツァルトの曲と同じように末永く聴き継がれていくであろうことはほぼ確実だが、それはさておき、彼らが五〇年代、六〇年代の文脈で語られるとき、その音楽に過大な意味づけがなされることが多かった。それは「体制への反抗」ということに収束されうるだろう。

プレスリーの腰の振りも、ビートルズの長髪も、体制に反抗するものと考えられた。斬新なもの、過激なもの、卑猥なもの、奇矯なもの、暴力的なもの、涜神的なもの、黒人や東洋人の文化に由来するエキゾチックなもの、これらが体制に揺さぶりをかけうるという理由で、多くの若者たちに熱愛されたのである。

しかし五〇年代、六〇年代に流行した音楽は、このようなものばかりでなかった。エルヴィス・プレスリーが最初のヒット曲「ハートブレイク・ホテル」を送り出したのは一九五六年のことである。プレスリーとロックンロールの時代は一九五〇年代後半に限定され、五〇年代前半はジャズ・ヴォーカルの時代であった。ペリー・コモ、エディ・フィッシャー、フランキー・レイン、パティ・ペイジ、ナット・キング・コールらが、当時の主要な歌手である。ビートルズもまた、六〇年代が始まるとともに登場したわけではない。本国イギリスでは最初のヒット曲「ラヴ・ミー・ドゥ」を一九六二年に発表しているが、米国のヒット・チャートに顔を出すのはいささか遅れて一九六四年、イギリスでの六曲目のヒット「抱きしめたい」で米国デビューを飾っている。それでは、一九六〇－六三年の四年間、どのような音楽が米国で流行していたのだろうか。

一九五八年三月から六〇年三月まで、まるまる二年間陸軍に徴兵されていたプレスリーは、戻ってきてからも依然人気者だったが、以前の過激さが薄れ、ビートが弱くメロディーの美しい歌を歌うことが多くなっていく。「オー・ソレ・ミオ」を原曲とする「イッツ・ナウ・オア・ネバー」や、一九二七年にヴォーン・デレーセとヘンリー・バーがそれぞれヒットさせたスタンダード・ナンバー「今夜はひとりかい？」（プレスリーの歌ったものがどちらも一九六〇年に発表され、ナンバーワン・ヒットとなった）などが、その典型例といえるだろう。一九六〇年から六三年にかけて人気があった歌手としては、プレスリーのほかに、コニー・フランシス、ブレンダ・リー、ニール・セダカ、フォー・シーズンズなどの名が挙げられる。

この時期は「ポップス黄金時代」と呼ばれることもあるが、その場合の「ポップス」はロックとはっきり区別された、刺激が小さくおとなしめの音楽ということになるらしい。しかしこの時期に、ニール・セダカにおいて典型的に見られるような、甘美で端正、健康的な曲ばかりがはやっていたわけではない。ゴスペルとブルースを結びつけてソウルの基盤をつくり、さらにはカントリー・ナンバーを自己流に歌いこなしてヒットさせた、ジャンルを越えるクロスオーバーのR&B歌手レイ・チャールズ。ツイストの大流行を巻き起こしたチャビー・チェッカー。このふたりの黒人歌手の全盛期も一九六〇－六三年であった。またニール・セダカ調の明るく軽快な曲（いわゆるティーン・ポップ）は、一九六〇年に入っていきなり流行しはじめたわけでなく、一九五〇年代後半にまでさかのぼられる。五〇年代後半も実のところ、「プレスリーとロックンロールの時代」と呼ぶべきではない。この時期、エルヴィス・プレスリー、チャック・ベリー、リトル・リチャード、バディ・ホリー、エディ・コクラン、ジーン・ヴィンセント、ジェリー・リー・ルイスなどのロックンローラーたちが活躍するいっぽうで、ポール・アンカの「ダイアナ」（一九五七年）のような曲がヒットしている。チャートの成績を客観的にみれば、プレスリーに次ぐ存在は、ロック色のない、ジャズ・ヴォーカルとティーン・ポップの中間に位置づけうるようなスロー・バラードを数多く歌ったパット・ブーンである。

ロックが誕生した一九五五年は、それ以後もペリー・コモ、ナット・キング・コールなど一部のジャズ・ヴォーカリストがしばらくの間残り火的に人気を保ったとはいえ、大人向きのジャズ・ヴォーカルを圧して若者のための音楽が主流となった年であり、文字通り画期的だったといえる。一九五五年は間違いなく大きな境目なのだ。しかし、一九六〇年あたりでロックンロールの時代とティーン・ポップの時代を区切るのは難しいし、それほど意義があるとも思えない。「ポップス」をロックンロールや一部のR&B（ファッツ・ドミノ、サム・クック、レイ・チャールズ、チャビー・チェッカーなど）も含めた広い意味を持つものと考え、音楽評論家の杉原志啓が『全米TOPヒッツ熱中本 '55-'63』のイントロダクションで述べているように、一九五五年から六三年までを「ポップス黄金時代」と呼ぶのが順当だろう。杉原はさらに次のような指摘をしている。

これがじつは、困った状況にあります。というか、偏った通念がまかりとおっているとおもいます。どういうことかといえば、この時代は、そもそもポップス黄金時代なんかじゃないととらえられているみたいなのです。つまりこの時代のロックは、この本が重視している、いわゆるポップ系のレコードよりももっとシリアスなロックンロール・レコードのほうが重要な時代だと考えられているようにおもえるのです。

ここでの「いわゆるポップ系」というのは、ロック的な要素の少ない狭い意味のポップスに相当するものと考えてよいだろう。そして杉原によれば、一九五五－六三年の間、こちらのほうが主流だったという。

ただ、あと知恵によるこの通念なり現況は、ちょっと偏っているとおもっているのです。なぜならわれらは、R&B＝ヘヴィなロックンロールやピュア・ロカビリーは、この時代の裏筋にあるサウンドだったとおもっています。裏筋といって悪かったら、決して主流じゃなかったんだと。そしてそうした当時の傍流に踏み込むまえに、まずは本流をもっと聴いてほしいと考えています。すなわち、1955年から63年にかけて、アメリカで、そして日本でももっとも流布・歓迎され、もっともヒットしたあの古きよき時代の黄金のポップスに、もうちょっと耳を傾けてほしいと熱望しているってわけです。(3)

あと知恵による偏った通念とは、おそらく「体制への反抗」を唯一の評価軸として形成されたものである。この通念を定着させた人たちは、プレスリーが六〇年代に入ってからスランプに陥ったと決めつけて、彼の業績の一部分だけに光を当て、五〇年代末にロックンロールが退潮してからビートルズが登場するまでの期間を、資本家が売らんかなの姿勢で市場に送りこんだ毒にも薬にもならぬ幼稚な曲ばかりがヒットした不毛の時代のように見なし、五〇年代のプレスリーと六〇年代のビートルズをふたつの山の頂点にすえた階層を作り出してしまったのである。

ビートルズの出現がロックをポピュラー・ミュージックの主流にしたことは否定できない。七〇年代、ビートルズが解散したのちも、ロックは主流であり続けた。六〇年代の文化全般における反体制的な流れが行き詰まり、七〇年代においては見る影もなくなってしまったにもかかわらず、ポピュラー・ミュージックの世界に限ってロックという前衛は健在だった。しかし前衛は前衛であるかぎり立ち止まることを許されない。七〇年代のロックはめまぐるしく変化し、分裂していった。サウンドを重くしたり、ビートをより強くしたり、アート志向を強めたり、あるいは、より落ち着きのある土着的な音を追求したり、他のジャンルと融合したり、その方向はさまざまである。七〇年代においてロックは多様化した。また、ティーン・ポップは死に絶えたものの、カントリーやフォークの要素を取り入れたカーペンターズ、オリヴィア・ニュートン＝ジョンなど、新しいかたちのロック色のないポップスを歌うシンガーも人気を博した。ディスコ・ブームもあった。

五〇年代も六〇年代も七〇年代も、多様な曲がヒットしたのであり、それは健全なことでもあったのだ。だが、ともかくビートルズ以降の主流はロックだった。そのためロック支持者の発言権が大きくなり、一部の声高な人たちが「反体制」という名の体制を形成して、偏った通念を押しつけるようになる。

ところで、ある曲がヒットしたという事実と、その曲がのちのちまでも聴く価値のある質の高さを持つということは別問題であるから、はっきり区別して論じる必要があるだろう。ある曲、あるアルバム、あるアーティストが、時代を超えて耳を傾けられるか否か、それだけの価値を持っているのか、その判断がポピュラー・ミュージックの評価といえるのだろうが、実のところ、これはたいへん難しい。「反体制」の度合いというひとつの物差しで計ろうとするのは、むろん安易にすぎる。作詞・作曲や歌唱・演奏の巧拙は、判断上の重要なポイントだが、うまければうまいほど良いというわけでもない。アーティストと曲との相性、オリジナリティーなど、ほかにいくつも判断基準がある。それらをすべておさえた相当の目利きでないかぎり、ポピュラー・ミュージック全体を客観的に評価できるはずもない。そして目利きになるだけの素養をものにするためには、広く深く聴くしかないのである。ポピュラー・ミュージック全般を愛し、あらゆるジャンルに耳を傾けることが、客観的評価の出発点だろう。これは素人が片手間にできることではない。評論家、ＤＪなどの玄人にも、特定のジャンルを偏愛するひとが少なからずいるが、彼らはそのジャンルしか客観的に評価できないはずだ。たとえば、ロックを偏愛する評論家がエルヴィス・プレスリーを評価するとき、プレスリーはロックというひとつのジャンルにおさまりきらない存在であるから、その評価も歪んだものになる。

評価しようとする対象をあまねく愛していることが前提であり、その対象内で好みが偏ってくるのは不都合なのだが、「好き」という感情が先立ってあとから理屈をつけるよりも、逆の場合、すなわち「嫌い」という感情に基づいて、客観を装ったもっともらしい批判的な言説をこねあげるほうが、はるかに罪が重い。

反体制派がティーン・ポップをはじめとするロック色の薄いポップスを批判するとき、しばしば「商業的」という言葉が持ち出される。それと関連して、アルバム・アーティストに比べると、ヒット曲を連発するシングル・アーティストの評価が不当に低い。大衆への媚びが責められるのだ。これは一見もっともらしいけれども、よく考えてみれば大いに短絡的であることが分かる。アーティストが本当にやりたいことをやり続けていれば商業的成功がおぼつかないので、あえて路線変更し、個性を犠牲にして、売れそうな質の劣る作品を発表するならば、それは堕落であり、批判されてしかるべきだろう。しかし、やりたいことをやった結果が商業的成功につながるのならば、それはなんら責められるべきことでない。また、やむなく路線変更して売れ筋を狙ったとしても、結果として出来あがった作品の質が高ければ、それはそれでめでたいことなのだ。

もちろん、質の劣悪な曲がヒットすることも、しばしばある。レコード会社が強力なあと押しをしてヒット・チャートの上位に昇らせた曲などいくらでもあるだろう。しかし、何もかもがレコード会社の思い通りになるはずはない。良質の曲は、よほど時流に合わないというのでなければ、レコード会社やメディアが不当に冷遇せぬ限り、ヒットする可能性が高いのである（ただしシングル・カットするには長すぎる曲はヒットしづらい）。大衆がいくらメディアに躍らされやすい体質を有しているとしても、劣悪な作品ばかりをたて続けに発表するアーティストは、やがて見放される。人気は三年も続かず、速やかに忘れ去られていくことだろう。逆に長い間商業的成功をおさめ続けられるアーティストには、実力も備わっているはずである。結局、商業的であることは、それだけでは質の悪さの必要十分条件となりえないのであるが、そうであるかのように錯覚させてしまうところに、反体制派の詐術がある。

ことさらに商業性、通俗性を責めたてる彼らには、ことによると芸術音楽に対するコンプレックスがあるのかもしれない。しかしポピュラー・ミュージックと芸術音楽を隔てる壁は、たとえば大衆文学と純文学の間の壁よりも、はるかに厚いといえるだろう。作品発表の形態が大きく異なっているのだから。

(三) 流行歌と個人の思い入れ

反体制派の偏った評価は、杉原の指摘するように客観的な事実までも歪めてしまう。かりに、かつてヒットした曲が質の低いものであったとしても、その曲がヒットしたという事実を隠蔽するべきではない。これは時代風俗の再現にも係わってくる問題である。たとえ俗悪な曲であろうと、当時それを愛好した人間にとっては主観的な価値があった。そして、ポピュラー・ミュージックにおいては、このような主観的価値がかなり重要なのである。『ラブ・オールウェイズ』では、主人公ルーシーの視点から、このことが次のように述べられる。

アメリカ中で人びとがクルマを乗り回し、歌を聞いて、自分たちが昔どこにいて誰を愛しそれがどんな結果になると考えたか、はっきりと思い出していた。渋滞の中、赤ん坊や食料雑貨の袋をクルマに乗せた女性は、突然十八歳になり、夏の浜辺でその歌を自分の耳にハミングする誰かに抱かれる。彼女らはかつてスローなダンスを踊った曲に合わせてアイロンがけをし、ドアーズのドラムビートのリズムに乗っていつもやっていたように、黄色信号の交差点を突っ走った。いっしょに学校に通った多くの子どもたちの名前は忘れてしまったかもしれないが、名前を聞かされると、そのうちの誰がビートルズの中でジョンが最高だと思い、誰がポールを最高だと思っていたか、間違うことなく言えた。彼女らは高校を卒業した年の夏のベストテンを、牧師が十戒を憶えているのと同じぐらいはっきり憶えていた。人はそのように過去との繋がりを保つ。そして、ほかにどれだけ多くの人間がある曲に合わせて踊ったり、ある曲を聞きながら愛し合ったりしていようと、ジャクソン・ブラウンやブルース・スプリングスティーンやヴァン・ヘイレンの写真を寝室に貼ろうと、何といっても、思い入れは個人的なものなのだ(4)。

曲の優劣よりも、その曲をかつて愛聴した人間の思い入れが、強調されている。このテクストは、あえて客観的評価を度外視するのだが、それは、だれにもそのような評価はできないし、そうした特権を与えたくもないという考えがあってのことかもしれない。だから偏った言及はされない。実在する歌手や曲への言及が多い作家はほかにもいないわけではないが、この作品におけるビーティほど偏りがないのは珍しい。

一九八四年の夏の出来事を描いているのだから、当然その時代に流行している歌手や曲が頻繁に言及されるが、さきに引用した部分で述べられているように、流行歌が回想のよすがとしても捉えられているので、懐かしのメロディー（歌手）への言及も少なくない。ジャンル的にも、流行歌と縁のない器楽中心のジャズを除いて、非ロック的ポップス（ティーン・ポップも含む）、ロックンロール、ハード・ロック、サイケデリック・サウンド、R&B、カントリー、ブルーグラスなど、実に網羅的である。とはいえ、このテクストは歌手や曲の名前を挙げるにとどめて、彼らの作品がどのジャンルに属するか述べていない。また、歌手や曲の特徴もおもてに出てこない。客観的な評価はもちろん回避されている。この禁欲的な態度からは、好みを客観的評価にすりかえ、気にそまない曲やその曲に思い入れを持つ人間を不当におとしめる連中に対する批判を読み取ることができる。

(四)　スーパー・スターたち

『ラブ・オールウェイズ』で言及されるアーティストたちは、作品の中にあって価値を問うことが禁じられているので、階層がかたちづくられることなく、みな横並びである。音楽的に質が高いということを理由にして特権化されるアーティストはいない。ただし、名を挙げるにとどまらず、扱いかたに多少色がつけてあるのが、エルヴィス・プレスリー、ビートルズ、マイケル・ジャクソンである。五〇年代のエルヴィス・プレスリー、六〇年代のビートルズ、八〇年代のマイケル・ジャクソンは、一時代を代表する最も人気の高いスーパー・スターであった（ちなみに七〇年代には彼らのような突出した存在が見当たらない）。『ラブ・オールウェイズ』は、その人気に対して敬意を表している。ゆえに、彼らの音楽の本質ではなく、周辺的な事柄が取り沙汰されるのだ。『ラブ・オールウェイズ』に描かれているのは一九八四年の出来事だが、この頃人気の絶頂期を迎え、最も有名な歌手であったマイケル・ジャクソンに対する言及には、次のようなものがみられる。「マイケル・ジャクソンは私有動物園にもう一匹ラマを追加した」（一八）。また、ニコルは、彼女の滞在しているルーシーの家に小包を届けにきた配達人に、自分が芸能人であることをなかなか信じてもらえなかったのだが、彼がようやく信じはじめたとき、ニコルは調子に乗ってマイケル・ジャクソンの名前を引き合いに出し、みえみえの嘘をつく。


「ここはマイケル・ジャクソンとランデブーする秘密の家なの」と彼女が言った。

「いやいや」とその男は首を横に振りながら言った。「ぼくをからかっていたんだね。」

「どうして分かるの」とニコルが言った。

「だって彼はツアーに出ているよ。」

「彼の影武者がツアーに出ているのよ。マイケル・ジャクソンは二階でバスタブに入っているわ。」

男は顔をしかめた。彼女の背後のがらんとした家を覗き込んだ。（一三二）

エルヴィス・プレスリーの名を出すのは、この配達人である。

「ほかにぼくが本当に好きなのは誰だと思う。リズ・カーティス。グロリア・ローリング。そしてプリシラ・プレスリーだ。彼女は本当に演技ができると思うよ。想像できるかい。彼女がまだきみぐらいの年だったときに、エルヴィス・プレスリーの家に嫁いできたんだ。彼女は本当にすばらしい。ああいう自然な外見が女性の見た目をよくするんだね。彼女は子どもが生まれたとき、逆毛を立ててふくらませた髪形だった。いまより十歳ぐらい若く見えたな。」（一三五）

マイケル・ジャクソンもエルヴィス・プレスリーも、音楽とは無関係のレベルで取り沙汰されている。ビートルズへの言及は、すでに一箇所引用した。四人のうちだれがベストと思うかということは、まだしも音楽と関係がありそうだが、音楽から離れたメンバー各人の外見や性格を問題にしているようにもとれる。ビートルズへの言及はもう一箇所ある。ニコルの母親ジェーンの結婚式、ビートルズが大流行していた時代のことである。

彼女の母の音響システムから聞こえたビートルズは、「ザ・ロング・アンド・ワインディング・ロード」を歌った。ウェディングドレスの下にジェーンはガーターベルトをつけていた。前の年の秋に、ケープコッドでヒッチハイクしていたのを乗せてやった男からもらったもので、ラインストーンで「オブラディ・オブラダ」とつづってあった。（一五六－五七）

エルヴィス・プレスリーも、ビートルズも、マイケル・ジャクソンも、その人気や名声が特別視されているだけなのだ。

ビーティがここで発揮している茶目っ気は、必ずしもスーパー・スターたちを笑うものではない。彼らを特権化し、神話的存在にまつりあげることに対する反感が、信奉者ならば無礼だと思うような扱い方をさせたのだろう。

（五）「タイム・アフター・タイム」

シンディ・ローパーが三度言及されているのも目につく。「シンディ・ローパーが『タイム・アフター・タイム』を歌っているとき、ルーシーはラジオを切った」（一二五）、「ラジオでシンディ・ローパーが『タイム・アフター・タイム』を歌っていた」（一〇〇）、「ニコルはラジオをバスルームに持ち込み、流しの奥のところに置いて、ボリュームを上げた。シンディ・ローパーが『ガールズ・ジャスト・ワナ・ハヴ・ファン』を歌っていた」(一二九)。チャート・デビュー曲の「ガールズ・ジャスト・ワナ・ハヴ・ファン」が、いきなりミリオン・セラーとなり、最高二位(『ビルボード』・ホット100チャート)、続く「タイム・アフター・タイム」は、ナンバーワン・ヒットとなった。この二曲を含め、シンディ・ローパーは一九八四年に四曲のヒットを放ち、すべてチャートの五位以内にまで昇らせている。この一九八四年が彼女の絶頂期で、人気は長く続かなかった。一九八五年に『ラブ・オールウェイズ』を発表したビーティが、この時点でシンディ・ローパーの先行きを見通したわけではないだろうが、結果的にはシンディ・ローパーの名前と彼女が人気を保っていた一九八〇年代中期、とりわけ一九八四年とが、強く結びつくこととなってしまった。ちなみに、大統領候補ゲイリー・ハートへの言及にも、これと似た効果が認められる。

「ゲイリー・ハートに乾杯」とヌーナンは言って、グラスを持ち上げた。
「誰なの」とニコルが言った。
「冗談でしょ」とモーリーンが言った。
誰もその話を続けなかった。(四四-四五)

「タイム・アフター・タイム」が二度も言及されるのは、実際にこの頃ラジオで何度も流された曲であるという事実を反映したものだが、同時に曲名にひっかけての洒落ともなっている。何度も繰り返して聞かされるのがわずらわしいというのではなく、ラジオで流される回数が多ければ多いほどその曲はヒットし、またヒットすればするほど流される回数も増すという、流行歌伝播の短期集中的な性質が、ここで暗示されているのではなかろうか。ポピュラー・ミュージックには不易と流行の二側面があるわけだが、このテクストは断然、流行の側面に肩入れしている。ただし、それは決して「タイム・アフター・タイム」という美しいメロディーを持つ曲が、短期にとどまらず、長期的に繰り返して愛聴されることを期待しないものではない。時を隔てての愛聴は、流行時の個人的な想い出を喚起しうるのだから。

(六)　カントリーへの偏見

最後に『ラブ・オールウェイズ』におけるカントリーの扱いについてふれておきたい。だがその前に、カントリーも含めた、ポピュラー・ミュージックにおけるいくつかの基本的なジャンルを整理しておく必要があるだろう。ジャンルを表わす用語が従来かなり多義的に用いられてきたため、定義をはっきりさせないと混乱を招く可能性がある。特にポップスという言葉は曖昧であるが、まずポップスとポップは等しいものと考えてよいだろう。日本ではポップスという呼び方が一般的だが、他の語と結びついた場合（たとえば「ティーン・ポップ」や「ポップ・チャート」）、ポップと呼ぶのが慣例となっていることがある。次に、ポップスとポピュラーは、同じものと考えるべきではない。ポップスにポピュラーと同じ意味を持たせることは不可能ではないが、現在そのような用法は稀である。通常、ポップスはポピュラー・ミュージックの一部を指し、カントリーやジャズを包含しない。ポップスとロックの区別に関しては意見が分かれることだろうが、ここではロックがポップスに含まれるものと考えることにする。R＆B（リズム・アンド・ブルース）は広義にとり、黒人音楽全般を指すものと見なしておこう。

米国で最も信頼されているチャート誌『ビルボード』には、さまざまなチャートが毎週掲載されているが、流行歌のチャートとして中心となるのがホット100である。これは、ポップ・チャートと考えてよい。ホット100の両脇をかためるようにして、R＆Bとカントリーのチャートが設けられている。これが流行歌のチャートの三本柱だ。黒人音楽R＆Bも白人音楽カントリーも、ポップスにまるまる含まれはしないが、ある程度の重複はみられる。そして重複度は時代によって推移してきた。五〇年代のポップスとR＆Bの重複度は、比較的小さい。R＆Bが差別的に扱われていたのである。しかし、六〇年代以降、ポップスとR＆Bの重複度が大きくなっていき、いまやR＆Bはロックに替わってアメリカン・ポップスの主流になっている観もある。それとまったく逆に、カントリーとポップスの間の垣根は高くなっていった。一九八〇年代、カントリーというジャンルは極度に孤立していたように思われる。つまり、ラジオでは、カントリーだけを流す番組を除けば、このジャンルに属する曲を耳にする機会が稀であったということだ。

『ラブ・オールウェイズ』でも、それを反映して、第十章において集中的なカントリーへの言及が認められる。ルーシーの古くからの男友達ヒルドンがカントリーを好むという文脈で、カントリー歌手への言及がある。

そこでルーシーは終止符を打ち、借りたピックアップトラックに彼らを乗せて戻っていった。ラジオではマール・ハガードがボブ・ウイルスの歌を歌い、ヒルドンの顔には、まるで天にでも昇ったかのように微笑が浮かんでいた。（七〇）

ヒルドンはジュークボックスに五十セント入れて、チャーリー・プライドの歌を四曲セットした。（七一）

マール・ハガードもチャーリー・プライドも、典型的なカントリー歌手で、彼らのヒット曲がポップ・チャートに現れることはほとんどなかった。

ヒルドンがチャーリー・プライドの歌を四曲ジュークボックスにリクエストしたにもかかわらず、そのうちの一曲も流れてこず、スタンリー・ブラザーズ、クリスタル・ゲイル、ジョニー・キャッシュの曲が聞こえてくる。これらの曲に対するヒルドンの反応は記されてないが、彼がこれらをチャーリー・プライドの曲ほど好きではないことは明らかだ。スタンリー・ブラザーズはブルーグラスのデュオである。ブルーグラスというジャンルは、カントリーと切っても切れない関係にあり、カントリーの一部と考えることもできるが、カントリー・チャートにブルーグラスの曲が入ってくることはめったにない。クリスタル・ゲイルとジョニー・キャッシュは、カントリー・チャートの常連であったが、ポップ・チャートにおけるヒットも比較的多い。サウンドも前者は非ロック的ポップスもしくはジャズ・ヴォーカルに近く、後者はフォーク寄りで、どちらも典型的なカントリーといえない。ヒルドンがカントリーというジャンルの中でも、とりわけ本質的なものを好んでいることが推察される。

　さて、この好みが単なる個人的なものにとどまるならば、問題にするに足りないのだが、ヒルドンはカントリーに自虐的で不埒な意味づけをしているようだ。第十章は「空想の中でヒルドンはシット・キッカー（shit kicker）だった。」（六九）という一文で始まる。「シット・キッカー」は、田舎ものという意味だが、また別にカントリー愛好家という意味でも用いられる、蔑視のこもった言葉だ。ヒルドンは自分がいっぱしのインテリだと思っているが、それだけに「田舎もの」の仮面をつけたがる。「田舎もの」のほうが気楽だと錯覚しているからだ。ヒルドンにとって、彼らは知能が低く保守的でいささか品性に欠ける人間たちである。そうした連中が愛好するカントリーもまた、安易で保守的な取るに足りぬ音楽だと、彼は決めつけているのではないだろうか。むろん彼の思い込みは幻想にすぎない。彼の精神の一部分である恥ずかしい側面、下劣だと自省される側面が、カントリーとこのジャンルを好む人びとに仮託されているのである。この幻想に基づく意味づけは、なまじ客観性を装うため、悪影響を及ぼす。

　実際に、カントリーというジャンルはしばしば、ここでヒルドンがしているのと同じような意味づけをこうむってきた。ロックを至高のものとする反体制派からみれば、「保守的な」カントリーは、ティーン・ポップ以下の有害なジャンルなのかもしれない。カントリーが素朴で伝統を重んじるジャンルであることはたしかだが、素朴を安易と読みかえ、伝統重視を抑圧的な保守と見なすところに、彼らのあざとさが感じられる。ロック＝反体制＝善、カントリー＝体制＝悪という図式こそ安易なのだ。カントリーも、そしてロックも、単純で安易な意味づけができぬ多様性をもっている。マール・ハガードだけがカントリーなのではない。スタンリー・ブラザーズも、クリスタル・ゲイルも、ジョニー・キャッシュもカントリーだ。白人だけの音楽と考えられがちだが、チャーリー・プライドのような黒人歌手もいる。（ただし、黒人で大成したのは彼だけである。）ひとつのジャンルにおさまらないエルヴィス・プレスリーは、カントリー歌手でもあった。カントリーに限らず、ジャンルの全貌をよく知らぬ者が、さかしらな意味を抽象しようとするのは暴挙にほかならない。

ヒルドンは、反体制くずれというほどではないが、少なくとも反体制のシンパであり、ベイビー・ブーマー（米国版「団塊の世代」）に向けて雑誌をつくっている。

彼は旗を振っているように思われたくなかったが、アメリカ人についての固定観念の多くは、もはや通用しないと考えていた。大半のベイビー・ブーマーは高い教育を受け、ヴェトナム戦争に反対することで一致団結しており、食物やエコロジーについて意識を高めている……そこにはものを考える集団があると、彼は本当に考えていた。そしてその人たちが「カントリー・デイズ」誌を喜んでいることに彼は喜んだ。（五〇）

むろん、ビーティもそのひとりであるベイビー・ブーマーがすべて反体制的というわけではないし、政治的には反体制であっても、ポピュラー・ミュージックから大きな意味を読み取ろうとしなかった者もいるだろう。しかし、この世代から反体制の度合いを基準にしてポピュラー・ミュージックを評価しようとする動きが出てきたことは否定すべくもない。ヒルドンのカントリーに対する意味づけにみられる屈折した独善は、そのような動きを押し進めてきた連中に共有されている。ヒルドンの描き方は彼らへの風刺になりえているのではないだろうか。

（七）　小さな意味

時代風俗を再現することに人一倍のこだわりをもつビーティは、その一環としてポピュラー・ミュージックの流行の側面を強調する。そして、どの時代でもいろいろなタイプの曲が流行し、同じ曲に対しても聴く者の個人的な思い入れはさまざまである。他人と共有されない、個人的で小さな意味がそこにある。大きな意味に対する小さな意味の優位が、『ラブ・オールウェイズ』という作品の基調になっているのだ。ポピュラー・ミュージック関連の言及に限らず、あらゆる面において。持続力を欠く文体や形式も、大きな意味が形成されることを防いでいる。したがって、このテクストは物淋しい印象を与えることだろう。しかし同時に清々しい印象も与えるのだ。

二　ウィリアム・ギブスン『あいどる』とオタク

『あいどる』（一九九六）は、ウィリアム・ギブスンの六冊目（以前の五冊は共作を一冊含む）の長編小説で、ストーリーの大半が日本を舞台として展開している。ウィリアム・ギブスンが日本の文化に深い関心を示し、それを数々の作品において生かしていることはよく知られている。ギブスンが描く日本の姿は、日本人の読者にとっても魅力的なものとなりえている。この『あいどる』論においては、特にその点に着目して作品を検討していく。まず、ギブスンの日本表象の新しさをよりよく理解するためにも、従来の欧米人が日本をどのように理解しがちであったかを見ておきたい。

欧米人が注目する日本的なものといえば、従来はハラキリ、ニンジャ、ゲイシャ、フジヤマ、そしてスキヤキ、テンプラ、スシなど、伝統的なものや、もはやすたれてしまったものが多く、しかも彼らの理解が歪んでいることが、オリエンタリズムというかたちで問題になってくる。日本人側から見れば、政治的な文脈やはなはだしい誤解を考慮の外においてさえも、とかく過去の日本の姿に目を向けようとする欧米人の興味の持ち方に、違和感をおぼえざるをえない。

欧米人の一般的に持つ日本のイメージは、芸術作品よりもポップ・カルチャーによりよく表現されていると思われるので、ポピュラー音楽から例をひろってみよう。アメリカのカントリー歌手バック・オウエンズが一九六七年にリリースした初来日のときのライブ・アルバム『バック・オウエンズ・アンド・ヒズ・バッカルーズ・イン・ジャパン』のジャケット写真は、バック・オウエンズとバンドのメンバーが舞妓たちと並んだものであったが、このアルバムを日本でも発売するにあたって、ジャケット写真はステージにおける演奏を写したものに差し替えられた。そのあたりの事情を、日本版（タイトルも『バック・オウェンズ・イン・ジャパン』に変更）のライナーノートで真保孝は以下のように記している。

アルバム・ジャケットのために京都では、赤いらんかんの橋の上にバックを真中に2人の舞妓さんを交じえたバッカルーズの面々のカラー・ポートが撮影されました。残念ながらこのジャケットは、余りにも米国向きでオリエンタル・ムードが過剰なため、日本ディスクでの使用は中止の浮目《ママ》にあいましたが、海の向うではきっと異色的な実況録音ディスクの内容と共にセンセーションをまき起こすことでしょう。[1]

三度も来日し、日本での人気も高かったバック・オウエンズだが、米国版のジャケット写真は趣味が悪いと批判する日本のファンも少なくない。

またバック・オウエンズには「メイド・イン・ジャパン」というタイトルのヒット曲がある。この曲は一九七二年に米国のビルボード誌のカントリー・チャートで一位に達し、彼の二十曲目のナンバー・ワン・ヒットとなった。トム・ローランドは『ザ・ビルボード・ブック・オブ・ナンバー・ワン・カントリー・ヒッツ』で、この曲について、朝鮮戦争のときに海軍の一員として日本に来ていたボブ・モリスと彼の妻フェイが作曲したことにふれたあと、「バックとドン・リッチは、オリエンタルな五音音階に基づくメロディのハーモニーをギターで奏で、リッチが実に日本的なフィドルのメロディを多重録音でかぶせている。この効果のおかげで一九七二年夏にこのレコードは一位に達した」と述べている[2]。

歌詞の内容は、かつて日本にいたころ交際し、他の男性と婚約したという理由で別れてしまった日本の女性を、アメリカ人男性が懐かしむというもので、「メイド・イン・ジャパン」の女性という表現が語感のうえでひっかかる向きがあるかもしれないが、全体としては平凡な、取るに足りないものである。歌詞よりもメロディのほうが、日本人に対して違和感を与えているようだ。ローランドはフィドルのメロディが日本的だと述べているが、日本人にとってはむしろ中国的という印象を与えなくもない。日本人がいかにも中国風と受けとめているメロディの類型によく似ているからである。

しかし、バック・オウエンズのヒット曲やアルバムのジャケット写真に見られる日本のイメージは、欧米人の日本理解を反映しており、悪趣味だと批判するよりも、ご愛嬌と受けとめたほうが賢明なのかもしれない。坂本九の大ヒット曲「上を向いて歩こう」が欧米では「スキヤキ」という、曲とはまったく無関係なタイトルで知られているという事態は、より悪趣味だと考えることもできるが、坂本九のコミカルなキャラクターがこのナンセンスなタイトルといくらか響き合って、日本人が「スキヤキ」というタイトルを、さほど反発することなく、場合によっては面白がって、好意的に受けとめることを可能にしているようだ。

「上を向いて歩こう」が、日本人の歌った曲としては唯一、ビルボード誌のポップ・チャートで一位に達した曲であることは、よく知られている。一九六三年の六月一五日付でナンバー・ワンとなり、三週続けて一位の座を守った。しかし、それに先立ってこの曲は、一九六二年、イギリスのケニー・ボール楽団がインストラメンタル曲として演奏し、全英チャートで十位にまで押し上げており、このケニー・ボールこそが、「上を向いて歩こう」に「スキヤキ」という海外でのタイトルを与えた人物である。日本語を知らない者にとっては発音しにくい原題を避けたのはもっともであるが、ボール自身日本語に無知であるにもかかわらず、オリエンタルな異国情緒を出そうとして、英語ではなく日本語のタイトルを替わりにつけようとしたため、原曲の歌詞とはまったく無関係な「スキヤキ」というタイトルが、それがボールの知る数少ない日本語のひとつであったというだけの理由で、つけられることとなってしまった。ボールの楽団の曲は、器楽演奏だけでヴォーカルがなかったので、それでもまだ救いがあったが、思いがけず坂本九の原曲がアメリカで大ヒット曲となり、「スキヤキ」というタイトルで広く知られることとなる。永六輔による歌詞をよく知る日本人にとっては、まさしくナンセンスの極みと思われたであろう。

しかし一九六〇年代における欧米人の日本理解は、一般的にはしょせんこの程度のものであっただろうし、日本人の側から欧米人に多くを期待することもなかったはずである。自分たちの文化が欧米人に深く理解されないことを残念に思わなくもなかっただろうが、そうした状況を甘受していたといえる。敗戦後、米軍に占領されたという経験も、このことと無関係ではないだろう。まだ欧米人と文化的に対等であるという自信は持てなかったのではないだろうか。

しかしギブスンが作家として登場してきた一九八〇年代には、状況に変化が見られた。戦後に生まれ、占領を生々しいかたちで体験していない世代が、日本の文化（特にポップ・カルチャー）に係わるようになってきたからである。この世代は、バック・オウエンズのライブ・アルバムのジャケット写真に、前の世代が抱いたほどの苦々しさを感じはしない。「メイド・イン・ジャパン」のオリエンタルなメロディや、「スキヤキ」というタイトルを、余裕を持った眼で、面白がって受けとめることさえできるようになっている。また、そもそも幼少期からアメリカナイズされた文化の中で育ち、ガム、チョコレート、コーラなどを味わいながら、アメリカのポップ・シンガーのヒット曲や、日本人によるそれらのカバー・バージョンを楽しんできたものだから、アメリカ側の視点をいくらか共有してもいる。

昭和二十年代前半に生まれた団塊世代が、前の世代よりも欧米人の日本文化曲解に寛大になってきたとすれば、昭和三十年代中盤から後半に生まれたオタク的な傾向を多分に有する世代は、そのような曲解を趣味的に歓迎しているようなところがある。一九八〇年代にサイバーパンクの代表格として華々しく登場し、作品の中で近未来の日本の姿を独創的に描き出したウィリアム・ギブスンが、従来のＳＦ作家とはひと味もふた味もちがう特別な存在として日本の読者に受け入れられたのは、日本の若い読者にオタク的な心性が根付いていたこととも無関係ではないだろう。むろん、パソコンが普及するのに先駆けて、コンピュータによるヴァーチャルな世界を個性的な文体で描き出したギブスンの新しさには、衝撃的なものがあった。このこと自体、コンピュータのゲームに興じるオタクたちに、強くアピールするものであった。だが、それだけでなく、大半の日本人の読者が初めて出合ったギブスンの作品、第一長篇『ニューロマンサー』（一九八四）が、冒頭で呈示した千葉市のめくるめくようなたたずまいは、この作家が紋切り型のオリエンタリズムとは対照的な、意図的に歪めた興味深い日本の像を示す意欲と能力を明らかにしており、それが読者の好奇心を大いにそそったのである。

ギブスンの描くのは、近未来の日本の姿ということもあって、従来欧米人の注目してきた伝統的なものではなく、より新しい日本社会の文化、風俗が、作品に写し出されている。近未来の姿とはいえ、それは現在時の日本をある程度理解したうえで、作り上げられたものであり、日本人読者であるからこそよりよく実感できるリアリティがそこにはあるのだ。

ギブスンが日本に熱い視線を送るのは、日本が特にテクノロジーにおいて全世界の最先端の位置を占めうるという可能性を予見したからであり、『ニューロマンサー』が発表された一九八〇年代の中盤には、そう思わせるだけのオーラが日本に漂っていたかもしれない。とはいえ、『ニューロマンサー』、『カウント・ゼロ』（一九八六）、『モナリザ・オーヴァドライヴ』（一九八八）の三部作、『ディファレンス・エンジン』（一九九〇、ブルース・スターリングとの共著）、『ヴァーチャル・ライト』（一九九三）と、書き続けられていく充実した一連の長篇小説において、日本が作品の舞台になることはなかった。たしかに『ニューロマンサー』の冒頭における千葉市の描写は鮮烈であったけれども、この作品の舞台は日本に限定されず、よりグローバルなものになっている。『モナリザ・オーヴァドライヴ』までの三作は、「電脳三部作」と呼ばれており、このシリーズの舞台として最も重要なのは、現実世界におけるどこかの国というよりも、むしろ電脳空間であると考えたほうがよいであろう。長篇第四作『ディファレンス・エンジン』は、共著ということもあるだろうが、三作目までと作風を異にした、一九世紀ロンドンを舞台とする歴史改変小説で、現実の歴史においては実現されることがなかった蒸気機関の発展に基づく社会を描く、いわゆる「スチームパンク」作品の代表作と位置づけられている。また、第五長篇『ヴァーチャル・ライト』は、近未来（二一世紀初頭）のサンフランシスコが舞台となっている。この作品と何人かの登場人物を共有する次作が、第六長篇『あいどる』であるが、この作品において、ギブスンは初めてほぼ全篇が日本を舞台となるように計らった。特に日本のオタク度の高い読者にとっては、待ち望まれていたような作品といえるだろう。英語における"idol"（偶像）ではなく、日本語の「アイドル」（特に芸能界における、能力より人気が先行した人気者）を意味する *Idoru* というタイトルにも、日本の文化、とりわけポップ・カルチャーに取り組もうとするギブスンの意欲が窺える。

とはいえ、『あいどる』の評価は、日本においても、ギブスンの全作品の中ではそれほど高くはない。やはり日本の姿を描いて強烈な印象を残した『ニューロマンサー』と比較されることが多く、『あいどる』にはこの第一長篇ほどのインパクトがないとする評が一般的である。上岡伸雄は、作品で提示されている、機械と人間の結合やメディアによる支配の問題が深められていないことを難じたのち、以下のように述べている。「そもそも『アイドル』でのアイデア自体がすべて『ニューロマンサー』で出し尽くしたもの、いや、それをかなりマイルドにしたものでしかない。SFファンならずとも親しみやすいというのは、その分刺激的なアイデアに乏しいということなのだ」[3]。また、久間十義も、以下のように、『あいどる』が『ニューロマンサー』から後退した、インパクトの弱い作品であることを嘆いている。「サイバー・パンクの道具立てが消費されきって、見慣れたものとなり、何の衝撃も与えなくなったと言えばそれまでだろう。だが、ここにはかつて『ニューロマンサー』が奇怪で過剰なかたちで提出した、あの《現在の手触り》が消えうせているのだ」[4]。

上岡や久間の評価は妥当なものだが、ただし『あいどる』だけでなく、他のギブスンの作品のいずれであっても、『ニューロマンサー』と比べられると、色あせて見えるのではないだろうか。それほど『ニューロマンサー』の斬新さが、読者にとって衝撃的だったのである。このギブスンの第一長篇は、センス・オブ・ワンダーを身上とするＳＦというジャンルに、新たな可能性を切り開き、大概のことには驚かないＳＦファンを唸らせたのだった。電脳空間に人間が入っていくという意匠、近未来の心地良い違和感を与えるエキゾチックな風俗、そしてひねりの効いたポップな文体、そのいずれもが読者を魅了し、ギブスンは特別な作家だと思わせたものである。しかし、以後の作品に対して『ニューロマンサー』並みのインパクトを期待するのは、酷というものだろう。読者の側もギブスンの世界に慣れ親しんでいくのだから、衝撃を与え続けるためには、作者は常に新しい刺激的なアイデアを生み出していかなければならない。『ニューロマンサー』の延長線上に作品を書き継いでいっても、ギブスンを特別な存在と思い込んだ読者はなかなか満足してくれないのだ。

また、時代がギブスンの世界に追いついてきたという事情もある。『ニューロマンサー』が発表された一九八四年には非常に斬新に見えた電脳空間の意匠も、九〇年代以降パソコンが普及し、コミュニケーションを初めとするさまざまな活動がコンピュータを通して日常的になされるようになってくると、もはやかつてほどの違和感を読者に与えることはない。むろん現実には、ギブスンの虚構世界のように脳とコンピュータを接続し、電脳空間で個人が主体的に動き回れるようになってはいないが、ＢＢＳ、ＳＮＳ、ブログなどにおいて展開するネット上のコミュニケーションでは、ユーザーたちの分身的なペルソナが互いに主体性をぶつけあって、興味深い人間模様を織りなしており、実質的にはギブスンの世界に近いところに現代人は到達しているといえよう。

以上のような理由もあって九〇年代以降のギブスンのカリスマ性は薄れ、彼はもはや特別の存在と思われなくなってきたのだが、それはそれでやむをえないことであろう。だが、ギブスンが他の作家よりも遥かにすぐれているというわけではないにしても、彼が発表し続けている個々の作品はやはりそれなりに充実した、読みごたえのあるものとなっている。『あいどる』にはたしかに斬新なアイデアが注ぎ込まれてはいないけれども、日本の風俗に対する鋭くはないかもしれないが目配りの行き届いた検討は、かなり貴重なものといってよい。

『あいどる』のストーリーは、芸能界の人間やロシアのマフィアなどが登場し、一見波乱に富んだもののように思われるが、実はさほど入り組んでいるわけでもない。ロック・バンドのヴォーカリストであるレズという名の男が、人工的に作り出された電脳アイドルのレイ・トエイと結婚しようとする。この奇怪な事実をめぐって、その周囲の人間がから騒ぎするという話であり、レズが肉体を持たない存在と本気で結婚しようと考えているのか確かめるため、二人の主人公が、それぞれ別個に動き回る。一人はデータ分析において特殊な能力を持つ男、コリン・レイニー。彼は、レズの奇妙な結婚に反対するバンドのガードマン、ブラックウェルに雇われ、レズの真意を探ろうとする。もう一人は、バンドのファンである十四歳の少女チア・マッケンジー。彼女もまた、一ファンとしてレズの結婚の噂が本当なのか確かめるために、果敢に行動する。

『あいどる』は四十六の短い章から成り、基本的に奇数章がレイニーの、そして偶数章がチアの行動を追い、最後にこの二つのストーリー・ラインが絡み合うこととなる。SFとしての目立った設定には、電脳アイドル、レイ・トエイの存在、そして彼女とレズの結婚のほかに、それに係わってくる装置としてのナノ・アセンブラー、レイニーのデータ分析における「結節点」（ノーダル・ポイント）という情報の核心をつかむ特殊能力、そして『ニューロマンサー』以来おなじみの、電脳空間への進入（ポート）などがある。また、ナノテクによって夜間にまるで植物が成長するように大きくなるビルは、近未来の風景として印象的である。

第一に注目すべきであるのは、当然、タイトルにもなっている「あいどる」ことレイ・トエイ、この人工的な人気者である。彼女はいかにも、世界のどこにおいてよりも日本でこそ人気を呼びそうな存在といえるだろう。そして奇しくも、『あいどる』が発表された一九九六年に、日本で世界初のヴァーチャル・アイドル、伊達杏子が誕生している。彼女はホリプロに所属し、ＣＧを用いて歌手としてなどのタレント活動に従事した。さすがに斬新すぎて、さほどの人気を博さないまま活動を縮小していったが、十分な話題性はあった。伊達杏子は、日本の芸能界の特徴、とりわけ「アイドル」という特有の存在の本質を、如実に表している。その本質とは、実体性のなさであり、芸のうまさや充実度よりも見かけが重視されるということである。

チアは、レズのレイ・トエイとの結婚話の調査をすべく、シアトルから東京へ向かう飛行機に乗っているときに、電脳空間内の相談相手ミュージック・マスターに、日本の音楽について尋ねる。

「『演歌』という音楽から始めてもいいんだけど、きみの好きな音楽じゃなさそうだな」と彼は言った。ソフトウェアの代理人は学習していた。こちらが何を好きだか。「いまどきのＪポップのルーツが登場してくるのはもっとあとのことだ。『グループ・サウンズ』と呼ばれるものが大々的に生み出された時のことだよ。それは模倣的なもので、はなはだしく商業主義的だった。欧米のポップから影響を受けてはいるが、とんでもなく水で薄められている。とてもマイルドで単調だ。」

「でも、日本には本当に実在しない歌手なんているのかしら。」

「アイドル歌手だね」と彼は言った。反り橋の傾斜を登り始めながら。「あいどる。何人かはとてつもなく人気がある。」(5)

この引用部からは、ギブスンが日本のポピュラー・ミュージックについて比較的正しい知識を持っていることが窺い知れる。たしかに、日本のポピュラー・ミュージックは、歌唱力が問われる演歌は別として、ほとんどが欧米の模倣であり、中身が薄いものがとかく目立つといえよう。また、薄いからこそ売れるという事情もある。特に、歌手の見かけの純粋さを売りものとするアイドル歌謡にあっては、薄さはなくてはならないものだった。

引用部におけるミュージック・マスターの解説には不十分なところもあるので、補足しておこう。「いまどきのJポップのルーツ」がグループ・サウンズ（略してGS）にあるという分析は間違っていないが、GS―九〇年台Jポップの系譜は、いわゆるアイドル歌謡と直結しているわけではない。ビートが強くロックの影響が顕著なGSの系譜は、アイドル歌謡が退潮した時期に盛り上がってくるように思われる。ザ・タイガースなどが活躍し、GSブームが巻き起こされた六〇年代後半、サザンオールスターズがデビューした七〇年代末期、そしてB'zが売り上げ一〇〇万枚以上のヒットを十曲以上も連発する九〇年代。アイドル歌謡が定着したのは、GSブーム以後の七〇年代前半だが、その前身的なものとして、五〇年代末から六〇年代前半にかけて、カバー・ポップが流行している。これは主として、当時アメリカやヨーロッパで流行していた若者向けのポップ（ティーン・ポップ）を、日本語の訳詞で歌う（カバーする）ものである。そもそもティーン・ポップを歌う本家の欧米人歌手たちが、若くてアイドル的な存在であったので、日本のカバー・ポップ歌手も、たとえ「アイドル」と呼ばれることはなかったとしても、アイドル性をたしかに持っていた。代表的な歌手として、ザ・ピーナッツ、伊東ゆかり、森山加代子、弘田三枝子、坂本九などの名前が挙げられる。ただし、彼女らはカバー曲ばかり歌っていたわけではない。「上を向いて歩こう」のような、充実したオリジナル曲もある。また歌唱力や個性に見るべきものがあったので、カバー曲も元の歌とはまた違った濃厚な味を出しており、単なる模倣に終わってはいない。

ちなみに、日本で「アイドル」という言葉が芸能界の人気者という意味で使われるようになった起源は、一九六四年にヒットしたフランス映画『アイドルを探せ』にあり、主演のシルビー・バルタンが、日本におけるアイドルの原点とされるが、この言葉が本格的に流通するようになるのは七〇年代前半に、歌唱力や個性よりも若さと清純なイメージを売りものにする歌手が輩出するようになってからである。これは、ポピュラー・ミュージックに限らず、映画、TV番組、マンガ、プロスポーツなど、日本のポップ・カルチャー全般についていえることなのだが、七〇年代以降、作り手の商業主義的な姿勢が目立つようになり、量産、手抜き、模倣などのために、作品やパフォーマンスの質が水で薄められていった。また、消費者側にも薄手のものを歓迎する向きがなかったとはいえない。六〇年代末に大いに盛り上がった学生運動が挫折し、ビートルズの解散、三島由紀夫の自決などが世間を騒がせたあと、多くの日本人は濃厚で意味深そうなものに食傷していたのではないだろうか。

七〇年代のアイドル歌謡は天地真理に始まり、ピンク・レディーにおいて行き着くところまで行ったとみることができる。アイドルの元祖と呼ばれる天地真理は、清純なイメージと時代の風潮に即した薄味の芸を兼ね備えた、典型的なアイドルといえる。アイドルの時代も煮つまってくると、表面的に過激なパフォーマンスが求められるようになっていった。ピンク・レディーの芸風がその極点であり、そこから先には行けなくなったため、アイドルの時代もここでいったん幕引きを迎えることとなる。しかし、数年後、松田聖子の登場とともに、再びアイドルの時代が始まった。とはいえ、この八〇年代のアイドル歌謡には、清純なイメージに嘘くささがつきまとった。松田聖子は「ぶりっ子」と呼ばれ、アイドルのファンも虚像の虚構性を楽しむという屈折した趣味を持つに至る。そしてこの趣味は、オタク的な心性に合致したものだということができるだろう。八〇年代のアイドル歌謡は、この嘘くささを追求していくことになるのだが、やがて虚像をつくり出す努力が放棄され、志の低さを売りものにする動きが目立つようになっていく。その極みが、アイドルの最終的頽廃形態というべきものをみせつけたおニャン子クラブであった。金井覚はおニャン子クラブについて以下のように述べている。

そして、レッスンなどの仕込み期間を経ず、素人を起用したこと。加えて、これらのスキルすらも平然と暴露してしまう80年代ならではの「価値相対主義」が、アイドルの作られてゆく過程や裏側をリアルタイムで披露し、その他のアイドルの輝きすらも奪ってしまった。そして、やがて「アイドル冬の時代」と呼ばれる低迷期をも引き起こすこととなる。(6)

おニャン子クラブによって見るも無残に打ち砕かれたアイドルの虚像を、より純粋なかたち、つまり実体を伴わないかたちで甦らせようとした試みから、一九八九年、顔を見せることのない架空のアイドル芳賀ゆいが生み出され、続いて一九九六年にＣＧによる人工的な外見を備えたヴァーチャル・アイドル伊達杏子が誕生する。このように日本特有といえるアイドル歌謡の歴史を振り返ってみると、ヴァーチャル・アイドルは、商業的に成功しなかったとはいえ、アイドルの本質を凝縮したような存在と考えることができるだろう。

芸能として質の高い充実した歌謡を求める音楽愛好家に言わせれば、中身の薄いアイドル歌謡など取るに足りないものに違いないけれども、長きにわたって日本の大衆の耳目を引いてきたからには、そこには芸の質とはまた別の侮れない魅力があったわけであり、それを好意的に評価する姿勢もあってよい。そして、ギブスンは、ミュージック・マスターに日本のポピュラー・ミュージックをこき下ろさせているものの、その模倣的で中身の薄い日本の音楽が、だからこそ持ちえた逆説的な魅力に対して、明らかに好意を抱いている。

『あいどる』におけるヴァーチャル・アイドル、レイ・トエイは、単なる珍奇な存在として描かれているわけではない。たしかに、レズとレイの結婚話が持ち上がったときの周囲の反応は、レイに対しては批判的なものにならざるをえなかった。人工的な存在がアイドルとして活躍することはまだ認められるとしても、それが生身の人間、しかも一流のスターと結婚するということになれば、疑いの目が向けられるのも当然だろう。そもそも、その噂は本当なのか、それとも単なる話題作りなのか。実体のない存在との結婚もまた、実体がないものとならざるをえないのではないか。

しかし物語が進行していくにつれ、レズはこの結婚を本気で考えており、また人間と虚体という異質な者の結婚が、大きな可能性をはらんでいることが明らかになってくる。レイは、膨大な情報から構成される非常に複雑な存在であり、いつしか主体性を持つようになっていたのである。そして、ナノ・アセンブラーというハイテクノロジーの新しい産物が、従来は考えられなかった人間と虚体の「結婚」を、物質レベルにおいても実効のあるものとしている。

　そもそも『ニューロマンサー』以降おなじみとなった脳とコンピュータの接続というアイデアは、生身の人間とコンピュータ内の分身的虚体を直接結びつけようという試みであり、レズとレイの結婚はその延長線上に位置づけられるものである。とはいえ、むろんレイはレズの分身的存在ではない。両者は物質的にも、精神的にも、異なっている。だからこそこの結婚により大きな可能性が秘められているといえるのだ。

　アイドルの異質性、すなわち虚構性を見据えてこそ初めて獲得されるものがあるという逆説性が、『あいどる』におけるこの奇妙な結婚によって示唆されている。そして、レズとレイという異質な両者を媒介するナノ・アセンブラーも、逆説的な仕掛けである。『あいどる』におけるナノテクノロジーを用いたビルの自律的成長についてはすでに触れておいたが、本筋とは直接関係してこないながら、極めて印象的なビル成長のイメージは、ナノ・アセンブラーに期待される効能と響き合うものである。超小型の機械という人工的なものの一極点が、あたかも生物の細胞のごとく、自律的に分裂、増殖していくことを可能としたナノテクノロジー。それは最も人工的なものを自然のものに似せてしまうという、かなり逆説的な技術なのだ。

　『あいどる』におけるナノテクによるレイの主体性の補強は、現実の世界でのアイドルのより生産的な楽しみ方を暗示しているように思われなくもない。むろん現実の世界には、虚体との結婚を可能にするナノ・アセンブラーなど存在しないが、ナノテクの微細で機械的な性質に注目してみたい。この性質は、オタクによるポップ・カルチャーの享受のしかたに通じている。オタクは、関心を向ける対象に感情移入して一体感を持ち身体を動かすといったホットな側面よりも、対象をめぐる大量のデータを収集、整理したりするようなクールな側面によって特徴づけられる。日本におけるホットなファンとクールなオタクの差異は、八〇年代以降かなり顕著なものになってきている（そもそも「オタク」という言葉が、ポップ・カルチャーのマニアックな愛好者という意味で用いられるようになったのが、八〇年代のことであった)。

ホットなファンとクールなオタクの差異を具体的に理解するうえでは、プロ野球観戦が例として分かりやすい。ホットなファンは、球場に出向き、ひいきのチームを応援することを、何よりも重視する。声を出し、身体を動かし、メガホンなどを打ち鳴らして、熱狂的に応援することが、彼らには何よりも楽しい。いっぽう、クールなオタクは数字にこだわる。好きなチームの勝ち数、負け数、順位にとどまらず、各選手の成績の数字が、日々データとして蓄積されていく。投手ならば勝敗、セーブ、投球回数、防御率、奪三振、与四死球、打者ならば、安打、本塁打、打点、打率、三振、四死球、盗塁、犠打などの数字は、新聞で報道され、オタクのプロ野球観戦というよりもむしろプロ野球鑑賞とでも呼ぶべき楽しみの素材となっている。

昔から選手の記録を示す数字はある程度新聞に報道されていたが、かつては記者による試合を分析した文章も充実していた。しかし、報道される数字の種類がふえるのと逆に、記事の内容は希薄になっていった。日本のプロ野球を国民的な娯楽として定着させ、ミスター・ジャイアンツ、ひいてはミスター・プロ野球とも呼ばれた「記憶に残る選手」、長嶋茂雄の、一九七四年の現役引退は、記憶の時代から記録の時代への移行を促したように思われる。プロ野球記録の第一人者宇佐美徹也が監修する『プロ野球全記録』は一九七八年に一冊目が刊行され、以後毎年、二〇〇四年まで通算二十七冊が世に送られたが、これはプロ野球の記録に関心を持つファンが多くなったことを物語っている。また逆に『プロ野球全記録』がファンのオタク心を育んでもいる。テレビのプロ野球中継においても、画面にさまざまな数字が示されるようになっていったが、とりわけ七〇年代後半から表示されるようになった投球のスピードはファンに注目された。投手の投げる球の速さは、ファンにプロのプロたるゆえんを示すのに最も有効なものだが、従来球速を具体的に伝える手段がなかった。それがスピードガンによって時速で示されるようになり、時速一五〇キロ以上の球を投げることが、豪速球投手のひとつの目安となったのである。かくして、選手を知ることすなわち各種の数値を把握することという姿勢が強まっていった。そこから生まれてくるのが、各選手の能力や個性を示す数値を素材とした、シミュレーション・ゲームである。ゲームにおいて、実在の選手の名と数値を拝借した虚体は、数値に制約されながらも、実在の選手とは直接関係しない存在として、ゲームにおいて自律的に活躍していくことができる。その活躍がまた数字となって、その虚体を変化させ、やがて虚体と実体の差異はかなり大きなものになっていくだろう。むろん、虚体はどこまでも虚体であって、『あいどる』でのナノテクノロジーが可能にさせるであろう虚体の肉体化は、現実の世界では望むべくもない。しかし、膨大な情報から成る虚体が自律的に成長していくプロセスは、『あいどる』のレイ・トエイにも共有されている。そして、シミュレーション・ゲームという枠組みが、ナノ・アセンブラーと同じように、虚体の自律的成長を促すものとなっているのだ。

ポップ・カルチャーの中でも、各種の数値をふんだんに提供するプロ野球は特殊例であり、ポピュラー音楽や映画などは、細かい数字とさほど縁がなさそうであるけれども、オタクとしてはやはり数字にこだわらずにはおれないだろうし、数値化されない微細なデータも当然、収集の対象となる。ポピュラー音楽の場合、やはりチャートにおける成績が最も重視される情報である。最高位は何位か、何週間チャートにとどまったか、週ごとに順位はどのように変遷していったか、このような情報を伝える数字が、シングルとアルバムそれぞれ一枚ずつについてまわる。日本において最も信頼されているチャートはオリコンのものだが、アメリカのビルボードと違ってかなり歴史が浅く、ビルボードが一〇〇年に近い歴史をほこるのに対して、オリコンは一九六八年からであるから、四十年程度、したがって、美空ひばりや坂本九の全盛期の成績を数字で示すことができない。彼女らは、記録より記憶に残る歌手というべきなのだろう。逆に記録に残る歌手の典型が、松田聖子である。彼女はオリコン・チャートで二十四曲連続のナンバー・ワン・ヒットを記録し、ナンバー・ワン・ヒットの総数の記録も、それまでの最高であったピンク・レディーの九曲を大きく越えた。

ナンバー・ワン・ヒットは、チャートにおける最高位が一位であることは共通しているものの、チャート登場週数や売上数は異なっているので、ナンバー・ワン・ヒットの中にもランクを設けることが可能となる。また、ナンバー・ワン・ヒットであっても売れ方が太く短いものであるならば、たとえば最高位十位のヒットよりも、登場週数や売上数で劣ることがある。オリコン・チャートに限っても、各ヒット曲には最高位、登場週数、売上数の三種の数字がデータとして挙がっているので、どの数字に比重を置くかによって、各ヒット曲のランク付けも変わってくる。これがオタクにとって楽しいところなのだ。客観的な所与の数字はむろん動かせないが、ある程度の主観性を比重の置き方に反映させて、数式を作ることができるからである。たとえば最高位がａ、登場週数がｂ、売上数がｃとして、100−a＋b＋c/10000という数式を作ることによって、最高位五位、登場週数二十週、売上数三十万枚のヒット曲に、100−5＋20＋300000/10000＝145というポイントを出すことができる。このポイントの多寡によって、ランキングが決定されることとなるわけである。

数式に左右されるところはあっても、元のデータは客観的な数字であるから、ランキングの客観性は保証されている。特定の歌手のヒット曲を、ポイントが高い順に並べていくと、上位にランクされる曲はその歌手の代表的な曲と呼ぶに値することとなるだろう。また、すべてのヒット曲のポイントを総計することにより、各歌手の成績を数字で表すことができるようになる。この数字を比較することによって、歌手のランキングができあがる。ビルボード誌のヒット・チャートに精通し、チャート関連の本を精力的に公刊している、チャート通の第一人者ジョエル・ホイットバーンも、以上のように彼自身の数式を用いて各ヒット曲のポイントを出し、歌手のランキングを製作している。

数字にこだわるオタクのポピュラー音楽享受は、熱狂的な追っかけファンや、より一般的な愛好者の場合と、どのように違っているのだろうか。ポピュラー音楽には流行歌としての側面が非常に強いため、歌手側は、基本的には古いものより新しいものを前面に押し出そうとする。コンサートにおいて歌手が歌うのも、新しい曲が中心であるし、昔のヒット曲の中でも定番化したものを除いては、現場でいつまでも歌われることはない。歌手は経験を積み、変化していくものだが、通常のファンは変化の結果としての最新曲を享受し、変化のプロセスにはさほど関心を払わない。歌手やプロダクションの側も、新しさを売るのに熱心で、過去のイメージは忘却されるにまかせるものである。むろん過去の大ヒット曲はファンの記憶に残るだろうが、中小ヒットは忘れ去られるし、歌手にとってもそのほうが都合が良いだろう。しかし記憶よりも記録を重視するオタクは、歌手の業績を通時的に味わおうとする。昔、ある曲がヒットしたという大ざっぱな記憶でなく、何年に何という曲がどの程度ヒットしたかという記録の集積が、オタクにとっての歌手のイメージを形成するのだ。このイメージは、歌手が売ろうとする最新のイメージと異なるのみならず、より立体的なものである。オタクは埋もれた過去の業績の掘り起こしを通して、歌手のイメージを奥行きのあるものにしている。これを虚体の自律的成長と見なすのは無理かもしれないが、それに準じる方向性を持っていることは確かだろう。微細で機械的なオタクのデータ整理が、ナノ・アセンブラーと同じように作用して、ポピュラー音楽のひとつの制約ともなっている、忘却を前提とした流行歌という側面を乗り越えることを可能にしているのだ。

以上のように、レイ・トエイに対して見込まれるナノ・アセンブラーの効能は、オタク流のポップ・カルチャーの楽しみ方を連想させる。『あいどる』では、こうした記録や数字がらみのオタク趣味は直接描かれることはないけれども、ギブスンがオタクに対して好意的であることは疑問の余地がない。

ナノテクビルと同様に、ストーリーと密接に結びついているわけではないが、いかにもオタクの好みそうな酒場が魅力的に描かれており、読者の印象に強く残るものになっている。まずは、第一章で描かれるフランツ・カフカをテーマとしたバーが、妙なスポットを好むオタク趣味をいきなりくすぐってくる。(7)『あいどる』が出版された一九九六年には、『東京オタッキースポット』という、東京のオタク好みの店などを紹介した本も技術評論社から出され、実際にやや悪趣味のマニアックな店が注目を集めていた時期であった。カフカのテーマ・バーもその系譜に属する、実在したならばそれなりに人気を博しそうな店のように思われる。「デス・キューブK」という名のついたこのテーマ・バーは、カフカの作品にちなむ「変身」「流刑地」「審判」の三層が階段でつながっており、それぞれのスペースに各作品に基づいた趣向が凝らされている。「変身」では、やはり昆虫を強調したデザインが目を引く。まずカウンターの椅子が昆虫に似せた造りになっており、「椅子の高い背もたれは、褐色でキチン質の樹脂でできている。昆虫の大顎のようになっていて、それが客の頭上で大鎌のように曲線を描いている」。また、「ところどころが透明になっている壁には、翅鞘とふくらんだ腹部のモチーフが反復され、規則的な間隔をおいて、とげのついた褐色の脚が折りたたまれたかたちになっている」。さらに、「流刑地」へと続く「曲線状の階段は、光沢のある褐色の甲殻に似せてつくられている」(三二)。

ディスコになっている「流刑地」は、天井から下がった機械の先端がペンのようになっており、カフカの作品の、囚人の背中に罪名を彫るペンを思わせる。「審判」は、天井が低くて暗いというほか、残念ながら詳しい描写がなされていない。三つの中ではやはり「変身」が最もインパクトが強く、面白そうに描かれている。

第二十一章では、「ル・チクル」というチューインガムのテーマ・バーが紹介される。地下の店へ通じる階段の壁は、ピンク色のモザイク模様で飾られているが、それはガムの噛みかすを利用してつくられたものである。店内の椅子もまた、バブルガムを連想させる毒々しいピンク色をしており、カウンターには何千枚ものガムの包み紙がラミネートで飾られている。店内の壁には、ポスターなどガム関連の珍品が額に入れて掛けられている。全般的にカフカのテーマ・バーよりもおとなしい感じだが、噛みかすの壁は、相当な悪趣味といってよいだろう。

廃墟趣味も悪趣味の代表的なもののひとつだが、第二十三章で描かれる「ザ・ウエスタン・ワールド」は、実際に大地震のため損壊して廃墟となったビルで営業が開始された、危うい店である。作中で、あるベルギーのジャーナリストは、この店を「永遠に続く大規模の通夜と、震災以前には聞いたこともなかった少なくとも十数種のサブカルチャーを卒業生らが楽しみ続ける夜と、占領下のパリの闇市におけるカフェと、ゴヤ風のダンス・パーティの交配物に似ている」（一六三）と表現している。しかしこのジャーナリストの大袈裟で妙に文学的な表現は、具体性を欠いているところがオタク好みではなく、オタッキー・スポットの紹介文としては失格しているだろう。そして、主人公の一人であるレイニーが実際に目にしたこの店は、彼を失望させている。彼には「不揃いの長椅子と凡庸なカウンターで飾られた、骨を抜かれてしまったようなオフィス」（一六五）にしか見えなかった。中央に置かれた戦車の模型が目を引く程度である。店自体よりレイニーの印象に強く残ったのは、エレベーターが使えない半壊ビルの十二階と十三階を占める店まで辿り着くため、上がっていかねばならなかった階段であった。この階段には薬品によって固体化された尿がこびりついており、それが鍾乳石のようになっているものもある。震災直後トイレが使えなくなった時に、人びとはやむなく階段に放尿したのであったが、これはその尿が化学的に処理された痕跡である。この階段は、廃墟趣味の中でも極めつきの悪趣味といってよいものであろう。

レトロ趣味は基本的には悪趣味ではないが、過去に思いを馳せるのがレトロ趣味であるから、廃墟趣味と通底している。レトロ趣味の対象は幅が広く、慣習や商品、店、建物など、懐かしさが感じられるもの全般に目が向けられる。現存するものであっても、構わない。過去の時代が置き忘れていったような、いまどき珍しいものは、過去を直接知ることのないオタクにとって刺激的である。

新宿ゴールデン街は、いまやそのようなものとして若者に受けとめられている。『あいどる』においても、そのような視点からゴールデン街が描かれる。

ここにはネオンがまったくない。周囲の塔が高いところで輝く。大きめのグリーティング・カードぐらいのサイズである、質素な長方形の白いすりガラスに、表意文字が黒く塗られている。個々の記号は小さく組み立てられており、それはまるで忘れ去られた古風な海の家のようだ。丸石を敷いた路地の片側に押し合うようにぎっしりと並ぶ店のちまちました正面は、都会の密かな祭りにおける終わってしまった余興を思わせる。年月を経て銀色になったスギ材、油にまみれた紙、畳。この場所がどの時代に属するか特定するものはない。記号が電気で照らされていることを除いては。（五八）

ゴールデン街の古ぼけたたたずまいが醸し出す魅力が、適切に捉えられている。「古風な海の家」は、表面的にはガラスの看板に記された漢字の比喩であるが、「終わってしまった余興」と同じく、個々の店の外見を表現するものと受け取ってよいだろう。かつては中上健次や田中小実昌などの個性的な文人が飲んでいた場所、さらに時間を遡れば青線であった場所として、独特の華やいだ過去を持つゴールデン街を歩くとき、祭りのあとのわびしさがついてまわる。

以上のように、日本の酒場のオタクが好みそうなところに着目しているギブスンは、ゲイシャ、フジヤマ、スキヤキなどのイメージを中心に据えた紋切り型のオリエンタリズムから遥かに遠い、現代日本社会の実態を的確に把握したうえで、その無視しえない文化的特徴のひとつに数えられるオタク性を強調することによって、歪んではいるが極めて刺激的な日本の像を新たに作り出すことに成功している。日本人が珍しがることのないラブホテルも、アメリカ人の目からはいかに奇妙に映るかを、ギブスンは第二十四章で主人公の一人チアの視点から、かなり力を入れて描いているが、ここでは、ラブホテルが実はいかにもオタクの好みそうな造りになっているということが洞察されている。オタクは一般的に、ラブホテルの本来の使用目的とは縁がなさそうにみえるので、われわれはラブホテルのオタク性に思い至りにくい。しかし、プライバシーを守れる閉ざされた空間として、ラブホテルは、本来の使用目的とは違ったかたちで、オタクに場所を提供する可能性を秘めている。チアたちも、セックスのためにラブホテルに来たわけではなかった。何者かに追われていることを察知し、プライバシーを守れるラブホテルに避難したのである。

チアとともにラブホテルに来た、彼女の相棒として活躍するオタク少年のマサヒコは、十七歳。むろん、ラブホテルに来たのはこれが初めてのことだった。しかし彼の主たる関心事は電脳空間への進入（ポート）であり、ラブホテルでは外部から探知されにくいようなかたちでポートができるということのほか、彼の心を動かすものは何もない。マサヒコは現実の世界よりヴァーチャルな世界を重視し、大半の時間を電脳空間の中で過ごしている。彼が住みかにしているといってよい電脳空間内の領域は、「城砦都市」と呼ばれており、これはかつて香港に実在した九龍城砦をヴァーチャルな世界に甦らせたものである。『あいどる』の巻頭におかれた謝辞で、ギブスンはまず第一に、宮本隆司の写真集を通じて九龍城砦のことを教えてくれた映画監督石井聰互に対して感謝しており、そのことからもこの作品における「城砦都市」の重要な位置づけを窺い知ることができる。一九九三年から九四年にかけて取り壊されてしまった九龍城砦は、「東洋のカスバ」とも呼ばれた住宅地で、新宿ゴールデン街と共通する怪しげな魅力を持つが、ゴールデン街にはない危うさを伴ってもいる。魔窟としての犯罪行為の危うさのみならず、廃墟にも通じる、無計画な増築のための建築上の危うさも、九龍の大きな特徴であった。オタクにとっては、生身で実物に近づくのは憚られるけれども、電脳空間に再現されたものであれば危険度も低く、存分に味わうことができる。マサヒコが「城砦都市」にはまりこんだのみならず、その運営に責任感さえ抱いているのも、「城砦都市」がオタクにとって極めて充実したものであるからなのだろう。

このヴァーチャルなものと化した九龍が、再度現実の世界に建設されようとしていることが、作品の結末で言及される。ナノ・アセンブラーによって結婚が可能となったレイとレズが、やはりナノテクを用いて東京湾のゴミの島に九龍城砦を復元し、そこに住もうとしているのだ。巽孝之も『あいどる』における九龍城砦の重要性に注目して、以下のように述べている。

その意味でいちばん興味深いのは、本書の主要舞台のひとつに、電脳空間上の無法地帯というかたちで再建された香港・九龍城砦が選ばれ、それがのちにはナノテク建築によって東京湾岸に復興している点だろう。ギブスンは八八年の初来日時、宮本隆司の九龍城砦写真集を一瞥してそのイメージに取り憑かれ、じっさい映画監督・石井聰互との共同製作ではそこをロケ地にする予定もあったが、他方、九三年の取り壊し直前には日本人TVクルーが最後まで内部に立て籠もったという噂も聞く。すでに存在しない九龍城砦という記号が、西欧的オリエンタリズムの視線のみならず日本内部で擬態され、自走したオリエンタリズムの視線とも交錯する仮想時空間として変貌していく現在史が、ここにある。人間を模した人工生命であるヴァーチャル・アイドルが恋を貫くのに生身の肉体を希求するのと同じく、九龍城砦を再生させた仮想現実もまた物理的実体として再構築されていく。人工生命の論理と異国情緒の論理は矛盾しない。徹底した高度消費主義は、西欧が東洋自身へ向けた偏見さえも再発見してしまった(8)。

巽の指摘する「日本内部で擬態され、自走したオリエンタリズム」とは、オタク風悪趣味のひとつのありかたにほかならない。日本人自身が日本やアジアを、独自のこだわりに基づき、意図的に歪めて捉えることにより、月並みな偏見とはまったく違ったダイナミックなかたちで、文化に新しい局面を切り開いていくというところに、ギブスンは注目し、『あいどる』にそのような日本のイメージ、すなわちことさらにオタク的なイメージを注ぎ込んだのである。

ギブスン自身もまた、フジヤマやゲイシャなどの月並みなイメージに固執した旧来のオリエンタリズムからは遠く隔たった、創造的なオリエンタリズムにより、実に興味深い日本の近未来像を描き出した。ギブスンが日本人読者に新たな日本のイメージを投げかけ、また日本人がさまざまなかたちでギブスンらにさらに新しい日本のイメージを投げ返すダイナミズム。これこそ、あまり評価のかんばしくない『あいどる』という作品がほのめかしている大きな可能性なのである。

第四章

ＳＦの名作を読む

一　フィリップ・Ｋ・ディック『高い城の男』

フィリップ・Ｋ・ディックという作家について論じるとき、さまざまなレベル、さまざまなかたちでの差異が必ず問題になってくる。まず、この作家自身について考えてみよう。ディックをＳＦ作家と呼ぶことに対する異論はないだろうけれども、彼がＳＦのみならず主流文学作品も書いていたこと、そして主流文学の分野で評価されることを願い続けてきたことも、よく知られている。ただし彼の多くのＳＦ作品が高い評価を受けているのと対照的に、主流文学作品のほうは概して不評である。そもそも、主として初期の一九五〇年代に書かれたディックの主流文学作品は、彼の生前にほとんど出版さえされなかった。それらが一九八二年にディックがこの世を去ったのち続々と刊行されたのは、ＳＦ作家としての彼の名声によるところが大きい。しかもディックはとりわけカルト的な人気を誇っていた作家であったので、作品の質を問わず彼の著書を買い求めるディック・マニアが相当数いたはずであり、それが彼の主流文学作品出版を可能にしたといってよいだろう。

しかしディックの主流文学作品に見るべきものがないとしても、彼が本領を発揮したSF作品は決して典型的な娯楽SFではなく、おさまりの良い娯楽作品を期待する読者からはそっぽを向かれ、ディックは長い間人気を獲得することができなかった。

それではディックのSF小説を娯楽としておさまりの悪いものにしている要素は何なのだろうか。曖昧さ、過剰性、バランスの欠如などが、とりあえず指摘されるだろう。そして、これらは場合によっては主流文学的な問題性と結びつきうるのである。したがって、ディックは主流文学のみならずSFの主流からもはずれた場所に位置しているといえるだろう。換言すれば、ディック作品には主流文学やSFとの間に差異が認められる。

文体、プロット、技法などの特徴に目を向けて、さらに細かく彼の作品を検討してみよう。まず文体だが、この点に関してはディックは最も主流文学から掛け離れている。彼の文体は平板で、綾がなく、しばしば批判の対象となる。独特の文体が作品を娯楽のレベルにとどまらせないため大きな力を発揮しているJ・G・バラードやウィリアム・ギブスンとはまったく対照的である。次にプロットだが、こちらは文体と逆に変化に富み、波瀾万丈、読者を飽きさせないが、時として困惑させることがある。ディックは複数の視点人物を設けて、視点を移しながら物語を進行させていくことが多い。しかし複数の視点が最後にひとつのまとまりのよい全体像を形成することは稀であり、またいずれかひとつの視点が絶対化されることもまずないので、作品中で起こる出来事を完全に把握することは難しい。

ディック作品のプロットについて、ジョン・ハンティングソンが実に穿った説得力のある分析をしているので、ここで紹介しておこう。まずハンティングソンは、やはり変化に富む複雑なプロットを持ち味とするSF作家A・E・ヴァン・ヴォクト（一九一二−二〇〇〇）が、ディックに大きな影響を及ぼしていることを指摘する。ヴァン・ヴォクトは、読者を飽きさせないために八〇〇語ごとにひとつの新しいアイデアを投入せよと、若い作家たちにアドバイスしたという。これをハンティングソンは「八〇〇語ルール」と呼び、このルールに機械的に従うことによって、作品に見せかけだけの深遠さが生み出されることを強調している。八〇〇語ごとに投入される新しいアイデアは既出の認識を相対化し、弁証法的に作用するように見えるけれども、実は作家の側で自己矛盾しているだけのことだというハンティングソンの批判はかなり手厳しい。

しかし彼は、ディックがどの程度意識してのことか定かではないが「八〇〇語ルール」に従って小説を書いているように思われることを指摘したうえで、ヴァン・ヴォクトとディックの違いについて次のように述べている。

ヴァン・ヴォクトにとって、八〇〇語ごとに変化をつける工夫は、「面白いテクスト」と「精神的な刺激」を作り出すための単なる仕組みだが、ディックにとっては工夫それ自体が、解放的であると同時に、テーマの表現に貢献する。ヴァン・ヴォクトの仕組みの「不誠実さ」(insincerity)は、ディックが「信ずべき」(authentic)問題を扱うことを可能にした。彼はそのような問題を、大衆小説の流儀と利害や、彼自身の心理にまで遡ることのできるさまざまな理由のため、他のやり方で扱うことができなかったのである。[1]

表面だけが乱れているが深層には不変の原理を蔵しているというヴァン・ヴォクトと、表面も深層も乱れているディック。乱れが深層にまで及んだからこそ、ディックは不誠実だけれども信ずべき作家になりえたと、ハンティングソンは主張するのである。

ヴァン・ヴォクトに対する評価にはにわかに同意できない部分もあるが、ここで示されているディックの逆説的なありかたは十分に納得のいくものといえよう。この作家には、SFに徹すれば徹するほど、SFからはずれていくようなところがあるのだ。

技法に関しては特筆すべきものがない。畑中佳樹は以下のように断言している。

そしてディックは、いわゆる小説の方法にきわめて意識的な作家であるとも考えにくい。彼のあらゆる小説が、一人称的な三人称の視点を数人の作中人物に振り分けるという単純な方法に終始しており、その小説の構造自体に奇抜なからくりを仕組むような作戦も皆無に等しい。ピンチョンやバースに比べたらはるかに立ち遅れている。いやそれどころか、今から百年前に小説の技法を刷新したヘンリー・ジェイムズより、さらに百年くらい遅れているのがディックの小説である。(2)

文体、プロット、技法のいずれにおいても主流文学とは逆の方向を指しながら、主流文学に志を抱き続け、結果として逆説的に主流文学寄りの問題性を提示しえたのが、ディックという作家なのだ。ところでその問題性の本質は何なのだろう。それを読み解くうえでのキーワードのひとつが「差異」である。

ディックが多くの作品でテーマとして扱ったのが、ホンモノとニセモノの差異であった。ホンモノとニセモノを明快に二分できればなんら問題はないのであるが、それが非常に難しいためさまざまな事件が起こり、登場人物たちが翻弄されることになる。ホンモノとニセモノの二項対立は、必ずしもホンモノが正や優、ニセモノが邪や劣に対応せず、場合によってはニセモノがホンモノより優れていたりするため、いよいよ錯綜が深まっていく。

ディックは両者がきっぱり二分しうるものだとは決して断定しない。しかし、二分しようとする試みを放棄しているわけでもない。こうしたどっちつかずのスタンスが読者を困惑させる。

ともかく、ホンモノとニセモノの二項対立の図式を確固たるものと見なして、それをもとに各要素を両極に振り分けながら、ディックの作品を要領よく読み解くことはかなり困難である。また、それはさほど意味のある作業ではないのかもしれない。それよりも個々のモノをいたずらに抽象化せず具体的に検証し、他のモノとの差異を把握していくほうが実り多いように思われる。

ディックの代表作のひとつであり、ヒューゴー賞を受賞した『高い城の男』(一九六二)は、彼のSF作品のなかでどちらかといえばSF的な色合いの薄いものである。もし第二次世界大戦において勝者と敗者が逆転し、米国がドイツと日本によって分割統治されたならばという仮定に基づいて物語が進行する。その仮定と、そしてのちに詳しく検討することになるがそれに揺さぶりをかける仕掛けを除いては、ＳＦ的な要素が見当たらない。

この作品でまず目につくのがナチズム批判である。筋金入りの相対主義者ディックがナチズムという絶対主義を許しがたく思うのは当然のことで、それを悪と見なす姿勢だけは一貫している。ただし批判のしかたがバラエティに富み、メッセージが単調なものになるのを防いでいる。

日本人がどちらかといえば好意的に描かれていることも、ナチズム批判の一助となっているだろう。大日本帝国が引き立てられるいっぽうで、対照的にナチス・ドイツ＝第三帝国がおとしめられるのだ。米国は三つに分割され、砂漠や牧場ばかりであるため価値を認められず放置されたかたちのロッキー山脈連邦（コロラド州、ユタ州、ワイオミング州、ネヴァダ州東部）を境として、東はドイツの、西は日本の統治下にあるが、太平洋岸第一通商代表団の高級官僚タガミ・ノブスケは西側（アメリカ太平洋岸連邦）のサンフランシスコに在住している。視点人物のひとりであるタガミは、最初のうちは傲慢さや不器用さが強調されて、いささか否定的に描かれるが、次第に誠実でまっとうな人間であることが分かってくる。取引きの相手を装って彼に近づき、実は彼を単なる隠れ蓑として利用するつもりであったバイネスが、ドイツ保安警察（ゲシュタポの後身）の手先に拉致されそうになったとき、その連中を射殺したタガミにはヒロイックなものさえ感じられるといえよう。

そのタガミはナチス・ドイツに批判的である。彼はバイネスに対して戦時中の思い出を以下のように語っている。


タガミ氏は語った。「戦時中、わたしは中国の上海にいて、地位は高くありませんでした。そこには虹口《ホンキュウ》というユダヤ人の集落があって、彼らは長期間、帝国の統治下で抑留されていました。合同救済物資によって生かされていたのです。上海に駐在していたナチの公使は、われわれにユダヤ人を皆殺しにすることを要求してきました。上司の返事を憶えています。「それは人道的配慮に反する」というものでした。彼らはその要求を野蛮なものとして退けたのです。印象的でした。」(3)

ナチス・ドイツのユダヤ人虐殺は、人道的でないという理由でタガミにとって不快なものである。タガミは保安警察の手先を射殺したときにも、殺人という自分の犯した非人道的行為に疚しさをおぼえる人間なのだ。だが、タガミのナチス批判にはもうひとつの側面がある。彼はナチスがユダヤ人をアジア人とみなしていることを問題視し、ユダヤ人差別が決して他人事でなく自分たちに対する差別と結びつきうることを悟っている。

ちなみに、タガミら日本人もむろん人種差別をしていないわけではない。日本の統治下にあるアメリカ太平洋連邦においては、日本人—白人—中国人—黒人という階層が形成され、しかも黒人は奴隷にされている。劣等とみなす人種を抹殺することをためらわないナチスの差別とは違いがあるけれども、こちらも不当なものであることには変わりなく、それに無自覚なタガミの傲慢さは、やはり批判の対象となるだろう。

バイネスもまたナチス・ドイツを批判する。スウェーデン人を装ってサンフランシスコにやってきたバイネスは、実はルドルフ・ヴェゲナーという名のドイツ国防軍情報部に属する人間であったことが判明するが、それゆえ彼の批判は内部からのものである。彼はドイツ人が狂気に陥っていることを自覚しており、観念的な倒錯を指摘するのだ。

彼らは歴史の犠牲になるのではなく、歴史を動かしたいと思っている。神の力と一体化して、自分たちが神のような存在になったと信じている。それが彼らの根本的な狂気だ。何か原型的なものに取り憑かれてしまっているのだ。彼らの自我は病的に拡大してしまい、どこからが自分でどこまでが神か、見分けがつかなくなっている。それは傲慢や矜持ではなく、究極まで膨張した自我なのだ。崇拝する人間と崇拝される存在が混同されているのだ。人間が神を食べてしまったのでなく、神が人間を食べてしまったのだ。

（四一－四二）

バイネスことルドルフ・ヴェゲナーは、ドイツで進行中の日本に対する核攻撃計画に危惧の念を抱き、日本の大物軍人と連絡をとって大事を未然に防ぐためにサンフランシスコを訪れたのであった。

タガミやバイネス以外の登場人物も折にふれてナチスを批判しているが、ヒトラーが梅毒の症状を悪化させて最高権力者の座を退いたことへの言及や、ヒトラーのあとを継いだボルマンが死亡したため引き起こされた政争の叙述にも、ディックのナチス批判が読み取れる。差異を伴う多面的な批判が効果的に作用して、小説ならではの説得力を持ちえているといえるだろう。


日本人を批判する視点を提供するのが古物商の白人ロバート・チルダンである。ただし彼自身がはなはだしい差別者であるため、その視点はかなり歪んだものとならざるをえない。彼の心中には日本人に対する優越感と劣等感が極端なかたちで同居している。

チルダンは自分がアメリカ人であることに誇りを持ちたいと思っているのだが、過去の栄光と比較して敗戦後のアメリカ人がまったくだらしなくなったという事実がそれを許さない。彼は過去にアメリカで作られた良質の品々を商っており、職業柄、戦後のめぼしい工芸品がアメリカで作られていないことを痛感している。

ただし、チルダンがアイデンティティを見いだしているのは、厳密にいえばアメリカ人ではなく、アメリカ白人という集合概念においてだろう。しかも彼は、アメリカの黒人よりヨーロッパの白人のほうに親近感を抱いている。ジャズをアメリカの民族音楽として高く評価する日本人ポール・カサウラにこの音楽に対する意見を求められて、チルダンは黒人に対する差別意識をさらけ出すのだ。


「残念ながらわたしはニグロの音楽のことはよく知らないのです」とロバートは言った。ポールと彼の妻は、ロバートの発言が気に召したようには見えなかった。「わたしはクラシックのほうが好きなんです。バッハやベートーベンのほうが。」こういう言い方ならば差しさわりがないはずだ。彼はいま、少しばかり腹を立てていた。彼は、ヨーロッパの音楽の巨匠たちを退けて、ニグロ地域の安酒場やしけたレストランで生まれたニューオーリンズ・ジャズを愛好することが期待されているのだろうか。(一〇九)

ここにはチルダンの、黒人のみならず大衆文化をも見くだす歪んだ制度的認識が表れている。彼にいわせれば、クラシックこそがホンモノの音楽であり、ジャズやその他のポピュラー音楽はニセモノの音楽ということになるのかもしれない。少なくとも、彼はクラシックをジャズの上位に置いている。ちょうど白人を黒人の上位に置くのと同じように。人種の差異や、音楽のジャンルの差異は、たしかに存在する。だがその差異は上下関係の根拠となりえない。差異を無媒介に優劣と結びつけるところに、チルダンの人間としての大きな欠陥が認められる。

とはいえ、彼が日本人の創造力のなさを批判するとき、説得力をまったく持たないわけではない。

事実に直面しろ。わたしは日本人とわたしとが似ているように見せかけようとしている。でも見るがいい。日本が勝ってわが国が負けたことに満足していると、わたしは声を大にして言ってはいるが、それでも日本人と見解が一致しているわけではない。言葉がわたしにとって意味するものは、彼らにとって意味するものとまったく対照的だ。彼らとは頭の造りが違っている。心もそうだ。彼らがイギリスの骨灰磁器のカップから飲み、アメリカの銀食器から食べ、ニグロ流の音楽を聴くのを見ろ。すべて表面的だ。富と力のおかげで彼らにそんなことができるのだ。しかしそれは明らかにまがいものだ。

彼らがわたしたちに押しつけた『易経』だってそうだ。もともと中国のもので、大昔に借用されたのだ。彼らは誰をコケにしているのだろうか。彼ら自身か。あちこちから慣習をかっぱらい、まねをして着たり食べたり話したり歩いたり。たとえば、サワークリームとチャイブを付け合せたベークトポテトを食べてみたり。古風なアメリカの料理を収穫品に加えてみたわけか。しかし誰もコケにされてはいないぞ。いいか。とりわけこのわたしはコケにされたりしないからな。(一一一-一一二)

チルダンの日本人に対する劣等感が裏返されて感情が暴発しているようでもあるが、それを差し引いても、単なる言いがかりを越えるものとして受けとめられる。むろん耳新しい批判ではないが、日本人が第二次大戦に勝ったという設定が、独特の意味合いを付与しているかもしれない。勝ってもなお他国の文化を表面的に吸収していく日本人。現実の世界においてのちに押しも押されもせぬ経済大国の国民となり、カネにあかして他国の文化を傲慢に買いあさるようになった現在の日本人の姿を予見してはいないだろうか。

カサウラ夫妻の和洋折衷の暮らしぶりには、たしかにチルダンの指弾するごとくまがいものじみたチープなものが感じられる。夫の名はポール、妻の名はベティで、日本人らしくない。しかし同時に、こうした平凡なアメリカ風の名前を持つところが、いかにも日本人らしい。夫妻は高級マンションに住んでいるが、室内に家具は少なく、床に敷かれたカーペットの上に直接すわるようにできている。客のチルダンを玄関で出迎えるベティは着物姿。夫妻とチルダンは、（バーボンではなく）スコッチのソーダ割りを飲みながら、レコードで琴の演奏を聴く。その曲はどうやらヒット曲らしい。ベティは食事のためにTボーンステーキを用意している。

ところでチルダンの第一印象は、さきに引用した部分での意見とまったく逆で、これを趣味の良いものと捉えていた。彼は夫妻の生活様式に調和やバランス、そしてあろうことか「道《タオ》」までも感じとるのだ。コンプレックスがチルダンに両極端の意見をもたらしているのだが、ディックの立脚点はその二極の間に見いだされるだろう。カサウラ夫妻の生活様式はチープであるけれども、ディックはそれを理由に全否定してはいない。チープなニセモノには、ホンモノとはまた別種の存在価値があると考えているようだ。実際、カサウラ夫妻の生活様式には、チルダンの第一印象とは無縁の、ミスマッチ感覚ともいえる妙な魅力が好意的に表現されている。

ここで連想されるのは、『高い城の男』が出版された一九六二年頃、日本で全盛期を迎えていたカバー・ポップという音楽ジャンルである。外国（主としてアメリカ）の流行歌の歌詞をかなり自由に日本語に訳し、日本人歌手に歌わせたのが、カバー・ポップである。これは紛れもない文字通りのニセモノであったけれども、それなりのチープな魅力を持っていた。一時の流行ではあったが、近年再評価されているようだ。ちなみに「ステキなタイミング」などのカバーポップスを歌った坂本九のオリジナル曲「上を向いて歩こう」が、「スキヤキ」というニセモノのタイトルを付けられて、一九六三年にアメリカで大ヒットしたのも興味深い事実である。

ディックは同時代の日本文化に特別に通暁していたわけではなさそうだが、勘所はしっかりおさえていたと思われる。安易な折衷から生まれるチープな魅力のほか、もうひとつディックが日本の文化に関して指摘しているのが、オタク趣味と呼んでよいマニアックな収集癖である。

以前しがない古本屋を経営していたチルダンは、客として古雑誌をあさるために来店したフモ少佐という収集家から日本人のオタク趣味について教示を受け、それが金儲けの対象となりうることを知って、自分にとっては無価値なものにしか思えないマニア向けの商品を扱うようになっていった。フモ少佐が収集していたのがアメリカ製の真鍮ボタンとその関連の古雑誌、彼の親友は風船ガムのおまけのカードを集めているという。また、フモ少佐は牛乳びんの蓋にも興味を示す。

タガミがバイネスに南北戦争の徴兵ポスターを贈ろうとしてチルダンに注文したときも、チルダンはタガミが贈り物をする相手は日本人にちがいないと考える。

しかしその男は日本人に違いなかった。南北戦争の徴兵ポスターが、もともとのタガミ氏の注文だった。たしかに日本人だけがこんなクズを気にかける。些細なものに熱狂し、文書や声明書や広告に形式的なこだわりを持つ彼らには、ありがちなことだ。一九〇〇年代のアメリカの売薬の新聞広告収集に余暇を費やしていた人物を、彼は思い出した。(二八)

ここでもまた、一九八〇年代以降の一部の日本人の姿が予見されているように思われる。むろん一九六〇年代の日本にも、こうしたマニアがいなかったわけではないだろうけれども。

結局チルダンが南北戦争のポスターを入手できなかったため、タガミはバイネスに稀少なミッキーマウスの腕時計を贈って呆れられてしまう（タガミ自身にオタク趣味はなく、このような贈り物がバイネスを喜ばせうると勘違いしているだけである）。しかし、このくだりはむしろ微笑ましい。とりたてて深い意味はないが、印象に残る場面のひとつである。オタク好みの小道具をこのように効果的に用いているのを見るにつけ、チルダンの蔑視にもかかわらず、ディック自身はオタク趣味に対してどちらかといえば好意を抱いているように思われてならない。

ナチズムならびに人種差別に対する批判や、日本文化の特異性の指摘よりも、この作品においてさらに大きな意味を持っているのは、やはりホンモノとニセモノをめぐる混乱である。ホンモノとそっくりのニセモノがつくられた場合、はたして両者を区別することができるのか。それをきっぱりと否定するのが、自分の経営する工場でアメリカ産骨董品の贋作を量産しているウインダム＝マトソンである。彼はリタという女性に対して、「史実性」というキーワードを用いながら、ホンモノの骨董品がニセモノと区別しえないことを説明する。

「〈史実性〉とは何ですか」と彼女は言った。
「歴史を持っているということです。いいですか。この二つのジッポのライターのうちひとつは、フランクリン・ローズヴェルトが暗殺されたとき、彼のポケットの中に入っていました。もうひとつはそうではなかった。一方は史実性を持っています。途方もなく、どんなものにも劣らないほどのね。もう一方には何もありません。それが感じられますか。」彼は彼女をそっと突いた。「感じられませんね。あなたには二つの区別がつかない。それには〈不思議なプラズマ的存在〉や〈オーラ〉なんてものは、ついていないのです。」（六二－六四）

ニセモノが物質的にホンモノとそっくりに作られている限り、両者を隔てる要素はモノに内在していない。モノに向き合う人間の思いが外部から差異を生み出しているにすぎないのだ。むろん人間の思いなど他愛のないものである。プロの詐欺師にとっては、カモにニセモノをホンモノと思わせることなど、それほど難しくはあるまい。その品物がホンモノであることを証明する書類がついていれば、大概の客は疑いを持たず満足することだろう。そして、いうまでもなく証明書も偽造が可能なのである。ニセモノをつかまされた客がそれをホンモノと信じている限り、だれも不幸にはならない。むろん、だからといってウインダム＝マトソンの営みが正当化されるわけではないが、ホンモノ固有の内在的価値を疑う彼の視点は重要である。

彼の工場で生産される贋造品はまことによくできており、チルダンでさえ見破ることができなかった。チルダンは骨董的価値がある古い型の拳銃のニセモノを、ホンモノと見誤って買い取り、そのうちの一丁をタガミに売ったのであったが、その拳銃がやがてバイネスを拉致しにきた保安警察の手先の命を奪うことになる。骨董品としてはニセモノだが、拳銃としてはホンモノであり、稀少価値はなくとも使用価値はあったわけだ。殺傷という拳銃本来の内在的使用価値が。なお、タガミはこの拳銃が骨董品としてはニセモノであることに最後まで気がつかない。

タガミの拳銃はニセモノが必ずしも有害無益でないことを示しているように思われる。チルダンが心中でニセモノと見なして非難したカサウラ夫妻の生活様式にも見るべきところがあった。またニセモノのスウェーデン人バイネスも、ナチス・ドイツの暴走をくいとめるために工作をしている良心的な人間であったことが判明する。逆によこしまな目的のためイタリア人を装っていたジョー・シナデーラのような人間も登場しているが、概してディックはニセモノを好意的に描いているようだ。もちろん各ニセモノのレベルや様態はまちまちで、ひとくくりにして強引に論考するのは危険である。ホンモノとニセモノの差異のみならず、各ニセモノ間の差異も認識しておくべきだろう。

さて、作品の末尾に近くなって、にわかに作中の現実がニセモノである可能性がほのめかされる。ディックはメタフィクション的な仕掛けを用いて、登場人物が現実だと思っていたものに揺さぶりをかけるのだ。

まず、タガミが一時的に別世界へ連れ出される。その世界においては第二次大戦でアメリカが勝利をおさめたとおぼしく、白人たちは彼にまったく敬意を払おうとしない。

また、視点人物のひとりであるジュリアナ・フリンクは、高い城の男ことホーソーン・アベンゼンという作家が書いた小説『イナゴ身重く横たわる』にこそホンモノの現実が描かれており、自分が生きている現実はニセモノであることを、『易経』を手掛かりにして認識する。アベンゼンもまた『易経』を用いて、第二次大戦でドイツと日本が敗れたという筋書きのこの小説を書いたのであったが、ジュリアナは『易経』がホンモノの現実をそこに提示しているというのだ。

ただし、アベンゼンの小説における現実は、われわれが生きている現実といささか異なっている。ここでは第二次大戦後、アメリカとイギリスが覇権を握り、全世界を二分してしまうのだ。タガミが垣間みたのはどちらの現実なのか、はっきりさせることはできそうにない。

ここで提示されている二つもしくは三つのパラレルワールドのうち、どれがホンモノなのだろうか。ジュリアナはアベンゼンの小説における現実をホンモノと確信しているが、そちらの世界に移り住むわけにはいかない。タガミも元の世界に戻ってきた。かれらはニセモノであるかもしれない現実のなかで生きていかざるをえないのだ。

ディックはこの作品においてさまざまな差異を描き出している。そして、差異を無媒介に差別の根拠とするチルダンが反面教師となり、先入観を取り払った慎重な目で差異を見つめることが促される。ディックがこれほどまで差異にこだわるのは、それが豊かさをもたらすと考えているからではないだろうか。差別のない社会は理想的だが、差異のない社会は非人間的である。そして、差異が描き出されない小説は貧困である。

二　アーシュラ・K・ル＝グィン『闇の左手』

アーシュラ・K・ル＝グィンの代表作『闇の左手』（一九六九）は、ヒューゴー賞とネビュラ賞を受賞した、極めて高く評価されているSF作品である。ル＝グィンの作品は、SFファンに愛読されているのみならず、必ずしもSFを特に愛好しているわけではない読者からも強く支持されており、また、SFの枠を越えたかたちで批評や研究の対象となることが多い。それは、彼女の作品が十分に娯楽的な側面をもちつつ、単なる通俗的読物にとどまらず、読者に対して適度な戸惑いを与え、世界の再検討を迫るようなところがあるからである。

「センス・オブ・ワンダー」と称される、日常性を揺さぶり、既存の価値観を相対化するために、読者に与える衝撃は、現代SFに期待される最も重要なものといえるだろう。しかし、こうした衝撃を生み出し続けることはなかなか難しい。SFはひとつのジャンルとして、なにがしかの娯楽性を要求するものであり、むろん娯楽性とセンス・オブ・ワンダーは完全に相反するものではないけれども、場合によっては一方が他方を犠牲にしてしまう。たとえば、勧善懲悪のパルプSFにおいては、おおむねせいぜいのところ表面的な新機軸しか打ち出されず、そのぶん読者は安心してストーリーを楽しむことができる。逆に、設定がわれわれの日常からあまりにもかけ離れてしまえば、読者の作品理解のための負担が重くなりすぎて、その作品は広汎な支持を得ることができないだろう。

フレドリック・ジェイムソンは、現代の独占資本主義社会における現実に対して、主流文学作家がもはや有効なすすべを持たないと考え、主流文学に取って代わりうるSFの可能性を次のように述べている。

SFのジャンル的娯楽性や安っぽさは、不可欠な特長であって、それは高級な芸術を検閲し骨抜きにしてしまう専制的な「現実原則」を、緩和することができる。その結果、「変格文学的な」形式が、他の場所では変化を想像することさえできそうにない世界のいくつかの違った姿をわたしたちに見せる、という使命を継承することが可能となる。(1)

そして、ジェイムソンは現代の主流文学作家にもトマス・ピンチョンのようにＳＦの利点をわがものとしようと努めている作家が増えてきたことを指摘する。たしかに、ピンチョンの作品には、センス・オブ・ワンダーのみならず娯楽性もある。しかしピンチョンの娯楽性はＳＦファンの期待するものとは異なっているのではないだろうか。ピンチョンの娯楽性は、作品に散りばめられるそれ自体が楽しいポップな事象に認められる。だが、それらの事象は、現実世界においては読者にとってなじみ深いものであったとしても、ピンチョンの作品の中にあってはいつしか奇妙な意味づけをされることが多い。ここに、ピンチョン作品のセンス・オブ・ワンダーがある。われわれが慣れ親しんでいたはずのものが、理解困難なものへと変貌するのである。そして各事象の意味は散乱し続け、決して分かりやすいかたちで収束することがない。逆に、一般的なＳＦが期待されているのは、読者にとっては未知である事象の提示と、それを理解するための巧みな導きである。ストーリーは、一貫して読者の違和感を小さくしていく方向へ進むだろう。その意味では、ＳＦの娯楽性にはミステリの謎解きに似たところがある。

　センス・オブ・ワンダーを与える不可解な事象が、やがて読者にとってそれほど違和感のないものとなり、そこから読者が現実世界を見詰め直す視点が生まれてくること、これがＳＦの質の高さと人気を獲得するための条件であろう。センス・オブ・ワンダーが強すぎれば、質が高く、ＳＦファンから熱い支持を得られることはあっても、難解さのために娯楽性が損なわれ、一般的な人気を獲得することはできない。そしてまた、このSF特有の難解さは、主流文学のそれと違って、センス・オブ・ワンダーがあまりにも人間性からかけ離れた世界から生じることが多く、科学的な専門の知識が冷ややかな雰囲気を作り出しているので、こうした難解なとっつきにくい作品はＳＦの枠から出て文学作品として高く評価されることが稀である。

ル＝グィンは、センス・オブ・ワンダーと娯楽性のバランスをほどよく保っており、それが、彼女の作品が広い人気を獲得して、さらには主流文学並みの高い評価を得る要因となっている。しかし、そのほどよさがＳＦ側からみれば不満の種になるのも、また当然といえるだろう。ル＝グィンのセンス・オブ・ワンダーをほどよいものにしているのは、彼女の人間中心主義的リベラリズムである。そしてそれは、決して安易なものではないが、どちらかといえば楽観的である。キャロル・マッガークは、スタニスワフ・レム（一九二一－二〇〇六）がアメリカＳＦの宇宙を人間にとってなじみ深いものにしようとする傾向を批判したのをふまえて、レムの指摘がル＝グィンの限界を示すものだと論じている。そしてル＝グィンのリベラリズムについて次のように述べている。

要するにル＝グィンのリベラリズムは、大半の通俗ＳＦにおけるステレオタイプと不愉快な社会進化論を疑問に付しているのは見事であるけれども、人間の理解可能な（さらには、英雄的な）能力を詳しく描くことに満足しており、真の闇の核心に入っていくことは決してない。真の闇とは、妥協することのない悪が存在するという倫理的な問題と、われわれの宇宙が文字通り思いも寄らない危険をもたらすという宇宙論的な問題である。(2)

『闇の左手』における「闇」もむろん、マッガークのいうような人間にとって不可知で邪悪な真の闇ではない。逆に「光」と併存することによって、人間をより人間らしくするための、われわれにとって必要不可欠なものなのだ。

『闇の左手』は、光と闇の相補的関係に象徴される、二項対立の融和をテーマとした作品で、バランス感覚にすぐれたル＝グィンの強味が存分に発揮されている。しかし、クライマックスや結末における融和のめでたさを強調しすぎるならば、それはル＝グィンの限界を際立たせることに通じるかもしれない。ゲセンという星に単独で送りこまれた主人公ゲンリー・アイと、ゲセン人エストラーベンの相互理解と友情の成立が、この作品のクライマックスで巧みに描かれているが、ひとつ間違えばメロドラマティックになりかねないこの場面を救っているのは、ゲセン人の異質性と、そこから生じたゲンリー・アイのエストラーベンに対する長きにわたった不信感が、ここまで入念に表現されていることである。従来この作品は二人の友情の成立を中心に論じられることが多かったけれども、むしろ『闇の左手』の手柄は、外見的にわれわれとよく似ていながら実はまったく異質な生態をもつゲセン人の社会を、かなり細かく描き込んだことではないだろうか。

ゲセン人が両性具有であるという設定自体は、それほど斬新なものではないだろう。プラトンの『饗宴』において言及される、神に罰されて女性と男性に分割された両性具有の人間は、よく知られたものである。バーバラ・ブラウンは、ほかに初期グノーシス文書やカバラの著述に、人間の祖先が両性を具有している姿が描かれていることを指摘したうえで、さらにシェイクスピアの諸作品、ホーソンの『緋文字』、イプセンの『人形の家』など、古典文学に登場する男性的な女性を並べたて、ル＝グィンの『闇の左手』における設定は、こうした流れをくむものだと述べている。(3) たしかに、既存のジェンダー・ロールの解体をめざし、女性も男性も内面においては両性具有であるという認識を迫る点で、マクベス夫人やヘスター・プリン、ノラはゲセン人に連なりうる。

しかし、ゲセン人は内面のみならず肉体的に両性具有であり、そのこととゲセンの極端に寒冷な環境が大きな要因となって作り上げられたこの星のシステムこそ、この作品のセンス・オブ・ワンダーの源泉になっている。この星を単身で訪れているゲンリー・アイの持つ違和感は、読者もある程度共有するものだが、彼が特にエストラーベンに対して抱いている苛立たしげな不信感は、すべての読者が共鳴しうるものではないかもしれない。エストラーベンの曖昧な態度にゲンリー・アイは腹黒いものを感じるが、それはゲンリー・アイが西欧近代の合理主義にとらわれすぎた男性であるためで、そのような制約から自由である読者ならば、ゲンリー・アイがなぜエストラーベンと折り合えないのか、疑問に思うだろう。

ところでゲンリー・アイはまったく予備知識のないままゲセンに下り立ったわけではない。彼に先立ってこの星を訪れ実地調査した人物の報告書が、そのまま第七章になっているが、読者は第七章に辿り着くまでにすでに作品の約三分の一を、ゲセン人の生態に関する情報を完全なかたちで知らされないまま読み進めることを余儀なくされている。むろん、ゲンリー・アイはこの報告書の内容を頭では理解しているわけで、したがって、彼のゲセン人に対する戸惑いは、読者が客観的な情報が不足しているため感じるものと違っているだろう。読者に対する客観的情報の提示が遅らされることは、単にサスペンスの効果をもたらすのみならず、読者と主人公ゲンリー・アイとの間にいくらかの距離を設けてもいるのだ。それは、曖昧さを嫌うゲンリー・アイの合理主義的な割切りに対する批判的な視点を準備する。

第七章の報告書は、この作品のセンス・オブ・ワンダーの源泉となる設定を記述したものであり、ゲセン人の性生活がどのようなものか説き明かしている。まず生理的な性、すなわちセクシュアリティに関して重要なのはケメルという発情期である。一カ月（二六－二八日）のうち、二一－二二日間、ゲセン人は生理的性差を持たず、この期間がソメルと呼ばれる。そしてソメルからケメルに移行するとき、ゲセン人は女性か男性のいずれかに変化して、パートナーとの交接が可能となる。女性、男性のいずれに変化するか、各人は選択することはおろか予測することもできない。したがって、ゲセン人は誰もが、父親にも母親にもなることができる。受胎した場合に限って、出産を経て、授乳期を終えるまで、母親となる者のケメルは持続し、約一五カ月間女性であり続ける。セクシュアリティが以上のようなものであるから、社会的な性、すなわちジェンダーが、男性が女性を抑圧するかたちで現れてはこない。しかし、ゲセンにははっきりとしたジェンダー・ロールが認められないとしても、性をめぐる社会的な制度は存在している。一夫一婦制度に相当する「ケメルの誓い」は、ゲンリー・アイが最初に訪れたカルハイド王国で普及している風習で、パートナーの死後も再婚は認められない。また親子の間での近親相姦は禁じられているが、兄弟―姉妹の間では可能、ただし兄弟—姉妹間のケメルの誓いは認められない。
エストラーベンの兄—姉アレクに対する愛は、兄弟—姉妹間の永続的なパートナー関係を許さないケメルの誓いという制度と相容れないものであったが、小谷真理はその点で、ゲセンにおける制度と生理が亀裂しており、それがジェンダーとセクシュアリティの亀裂を連想させると述べたうえで、さらにケメルの誓いが脱ジェンダー的な可能性をもつことを以下のように指摘している。

ゲセン人にしても、もし仮に「ケメルの誓い」によってソメル期でも「他者」との心理的な繋がりが存在すれば、ケメル期には雌雄をわけるヘテロセクシャルな繋がりも、ソメル期にはきわめてホモセクシャルな関係性として捉えることも可能ではないか。なによりも、ソメル期には「ゲセン人は全員同性となってしまう」のだから。したがって、「ケメルの誓い」は社会制度としてケメルの肉体的繋がり、すなわちヘテロ的関係性から発生しつつ、ソメルに拡張されることによって、しだいにホモセクシャル的関係性を内包し、じつは脱ジェンダーも可能な精神的関係性を発達させていたとは言えないだろうか(4)。

たしかに小谷の言うように、ケメルの誓いは、単なる一夫一婦制度を越え読者に結婚におけるジェンダー・ロールを解体する視座を与えているといえるだろう。ただし厳密に考えれば、ソメル期におけるゲセン人の人間関係は、性欲から自由なものであるという意味で、ホモセクシュアル的とは言い切れない。ゲセン人は、常時いくばくかの性欲を抱え込んでいるわれわれと異なり、ケメル期には人格を支配するほどの強い性欲を持つかわりに、ソメル期にあってはそれが消失してしまうからだ。したがってソメル期のパートナー間での愛情は、われわれにとっての同性間のホモセクシュアル的ではない友情に近いものではないかと考えられる。しかし、ケメル期に性欲が人格を支配するとはいっても、ゲセン人の人格がケメル期とソメル期でまったく別のものになるわけではなく、ケメル期の行動がソメル期にも記憶されている限りにおいて、ゲセン人のパートナーシップは単なる同性間の友情とは異なる。セクシュアル面ではそれはあくまでヘテロなものである。そのセクシュアリティに起因する支配―被支配の関係からまったく自由なかたちで、パートナー間に友情が成立するという意味で、ケメルの誓いはたしかに脱ジェンダー的な可能性を持つといえるだろう。

ところで、ゲセン人の以上のような性のありかたは、ユートピアを約束するものであろうか。これまで多くの研究者がこの点を問題にしてきた。バーバラ・J・バックノールは、もしゲセンのように人間が男性と女性に区別されないならば、異性間の恐怖、傲慢、不信、男性の女性に対する搾取とそれに伴う女性側の恨みつらみ、妊娠時の恥辱と子育てにおける女性側の一方的負担等、われわれの社会において性をめぐる大きな問題となっているものがなくなることを指摘している。(5) しかしゲセンの社会は必ずしも完璧ではないという見方もいくつかある。ジェイムソンは、いたずらにわれわれの人生を複雑なものにする性の問題と、「進歩」の名のもとに生活の無意味な変化をもたらす資本主義を結びつけ、この作品から両者が排除されているところにユートピア的なものを見いだしているが、変化を拒み歴史を持たないようにみえるゲセンも、いつまでも現状を保っていられるわけではないと述べている。(6)

実際、戦争というものを知らなかったこの星において、物語の冒頭の時点でカルハイド王国とオルゴレイン国の対立は一触即発のものとなっているのだが、これはゲセン人が性的に異質な者と向き合う習慣を持たないため、自己完結的な排他性を帯びてしまったことに遠因があると考えられる。また同質の者ばかりが集まる社会における刺激や活力のなさとそのための停滞も、小さからぬ問題であろう。

また、ル＝グィンがゲセン人を男性的に描いているという批判もあり、そうした批判をエリザベス・カミンズは以下のようにまとめている。

小説の一貫性が何人かの作家に疑問視されてはいるが、さらに根強く批判されているのは、両性具有者が男でもあり女でもある存在として描かれていない点である。ル＝グィンは、両性具有者に言及するとき、「彼」という代名詞を用いたこと、男性的とされている役割（王、政治家、政治的反逆者）を演じる両性具有者しか描かなかったこと、家庭で子育てをする姿を描かなかったことで責められる。[7]

作中で、ゲンリー・アイに先立ってゲセンを訪れた女性調査員は、ゲセン人に男性代名詞を使う理由を、「超越的な神に言及するとき男性代名詞を用いるのと同じ理由です。男性代名詞は、中性や女性の代名詞より広い意味を持ち、特定されていないからです」[8]と述べているが、神に男性代名詞を適用すること自体、男性優位社会の正当化に結びつく可能性があるからには、ゲセン人を「彼」と呼ぶことが、この両性具有人たちの女性性を不当に抑圧しているようにも思われる。ゲセン人の家庭における生活や子育てが描かれないことについては、この作品が政治・外交をめぐる冒険物語である限りにおいて、ないものねだりのように思われるかもしれないが、一貫したストーリーを分断するように、神話や報告書をそれぞれ短い章として立てて挿入するこの作品の形式を考慮するならば、決して無理な注文とはいえないだろう。

ところで、そのような女性性が男性性ともども排除されたほうが、より理想的な社会が実現されるという考え方があるかもしれない。しかし、それはその社会の排他性をより強めうるがゆえに、そして沈滞をより深いものにしうるがゆえに、必ずしも望ましいことではないだろう。ゲセン人は中性ではなく両性具有である。つまり各人が内部に二つの極を抱え込んでいる。この両極を単純に融合して中和させることなく、二にして一、一にして二という微妙な調和をはかることが、ゲセン人の自己完結性を排他性と切り離し、他者と向き合う可能性をもたらすのである。それは生理的に同質である他のゲセン人のみならず、ゲンリー・アイのような異質の人間に対しても、望ましい関係を結ぶことができる可能性なのだ。これは、生理的には両性具有でなくとも、心理的にはそうであるわれわれにとっても当てはまるのではないだろうか。ル＝グィンはこの作品のイントロダクションにおいて、以下のように、われわれが両性具有であると断言している。

たしかにそこの人びとは両性具有者である。しかしだからといって、わたしは千年もたてばわれわれが両性具有者になると予言しているわけでもなければ、われわれは絶対に両性具有者になるべきだと声明を発しているわけでもない。ただSF特有の特殊でひねりの効いた思考実験的な方法で述べているだけなのだ。ある日ある時、わたしたちの姿に目を向けてみると、わたしたちがすでに両性具有者になっていることが分かる、ということを。（イントロダクション）

ル＝グィンがゲセン人の女性性を描き切れなかったことは、たしかにこの作品の欠点のひとつともいえるが、それを認めたうえで、両性具有のゲセン人が他者とどのように係わっているか考えてみよう。封建的なカルハイド王国と、官僚主義的なオルゴレイン国の対立、そして政治に携わる者たちの相互の不信感は、現代の地球の嘆かわしい姿を彷彿せしめる。戦争と呼べるようなものがこれまでなかったことは、この星が地球に比べてはるかに平和であることを示すものの、たとえば第九章の民話で、ケルム国におけるストク領とエストレ領の争いが紹介されていることからも分かるように、昔からこの星の権力者には排他的なところがあったのである。そして、権力者の敵意は他国や他の領地の人間のみならず、自分のライバルにも向けられ、醜悪な権力闘争が展開する。それは、カルハイド王国にも、オルゴレイン国にも認められる。

カルハイド王国においては、ティベがエストラーベンに対して顕著な敵意を抱いており、王の逆鱗にふれたエストラーベンがカルハイドから追放されることになったあと、ティベは彼―彼女に替わって総理大臣に相当する地位に就き、エストラーベンが無難に国外へ退去するのを妨げて命を奪おうとさえする。オルゴレインの権力闘争はさらにあさましいものである。三十三人の行政区長から成る委員会では党派間の争いが繰り広げられており、この国を訪れたゲンリー・アイはこの連中の権力争いの道具にされてしまう。結局、彼を使節として押し立てようとした一派が敗れたため、ゲンリー・アイは逮捕され、刑務所へ送られることになるのだが、ここでの囚人たちの扱いは注目に値する。囚人たちは、性機能を抑制する薬を強制的に与えられるのである。そのため、このゲセン人たちはケメル期を迎えることができない。これは、両性具有の人間が中性化されることを意味する。つまり、生理的に他者と交わることを禁じられるばかりでなく、各人が内面に抱え込む二極が消去され、他者と向き合う足場さえ失われるのだ。

だが、こうした排他性がゲセン人一般に認められるのかということに関しては、いささか疑問も残る。この作品であまり描かれることのない一般庶民は、政治に携わる連中ほど排他的なのだろうか。それとも、この排他性は政治家という職業に由来するところが大きいのだろうか。

この問題を考えるうえで、ひとつのヒントになりうるのが「シフグレソル」である。シフグレソルはゲセン特有のもので、ゲンリー・アイにはこれがなかなか理解できない。読者にとっても同様である。シフグレソルをめぐる記述を作中からいくつか拾ってみよう。

> アルガーベンは正気でも鋭敏でもないかもしれないが、シフグレソルの関係を高いレベルで達成し維持することを人生における主要な目的とする者たちが会話で用いる、言い抜けや挑発や修辞的な技巧を使い慣れていた。その関係の全貌は、まだわたし（ゲンリー・アイ）には何も理解できていなかったが、その競争的で威信を求める側面と、その結果として起こりうる絶え間のない会話の決闘に関しては、いくらか知っていた。（二三―二四）
>
> ティベは国の誇りと故国への愛について多くを語ったが、シフグレソル、個人の誇り、または威信について語ることはほとんどなかった。（一〇二）
>
> 「シフグレソルですか。それは〈影〉という意味の古い言葉に由来しています。」（二四七）

最後の引用はエストラーベンの発言である。この作品の文脈においては「闇」に準じる「影」が必ずしも否定的な意味を持たず、むしろ「光」と相補的な関係にある必須のものとして提示されていることを考えれば、シフグレソルもそれなりに有用なものかもしれない。しかし、どうやら個人的な体面に係わりそれを保つために作用すると思われるシフグレソルに執着しすぎることは、影ばかりを表に出して光が明らかにするべき実体を隠蔽することに等しく、それは他者との向き合いを形骸化するだろう。シフグレソルが一般庶民のレベルに定着している限りにおいて、ゲセン人は全般的に排他性を具えていると考えられる。

ゲセン人がこの排他性から脱するためには、まず各人が内に抱え込む女性―男性の両極を、どちらの良い面も生かすようなかたちで突き合わせることから始め、同じ姿勢で他者と向き合うことが必要となる。生理的に両性具有であるゲセン人にとって、せいぜい心理的にしか両性を具えぬわれわれよりも、それは容易なことのようにも思われるが、実際には作中のゲセン人の大半が排他性から脱しえていない。それだけに、エストラーベンが例外的な存在として、強くわれわれの印象に残るのである。

ゲンリー・アイが他のゲセン人と交渉するときには、ゲセン人の排他性が目につくが、彼とエストラーベンの交わりに限っては、むしろ逆にゲンリー・アイのほうが排他的にうつる。ゲンリー・アイがエストラーベンと容易に心を通じ合わせることができない理由はいくつかある（シフグレソルもそのうちのひとつである）が、最も問題となるのは彼の性的偏見である。彼はエストラーベンが両性具有であるという知識をもっていても、彼―彼女の女性性から目をそむけ、彼―彼女があたかも男性であるかのように考えようとする。ゲンリー・アイは「わたしは、かつて女だった男や、かつて男だった女に、信頼や友情を感じたくなかった」（二四八）と述べているが、エストラーベンの両性具有という現実に恐怖をおぼえた彼が、彼―彼女の男性性を採って女性性を捨てようとするのは、女でも男でもある人間だけでなく、純粋な女性もまた、信頼や友情を持ちうる相手と考えていないからだ。そしてまた、一国の総理大臣に相当する地位に就いている人間を、女性と認識することを望まないからだ。

いっぽうエストラーベンにとっては、ゲンリー・アイの男性性は問題にするに足りない。女性性と男性性を兼ね備えるゲセン人にとっては、それらのどちらかをとりたてて認める必要はない。男らしいといわれても、女らしいといわれても、誉め言葉にはならないだろう。彼―彼女らにとっては、女性性や男性性よりも人間性のほうがはるかに重要なのである。女性であれば女らしさを、男性であれば男らしさを認めてもらいたがるわれわれとは、この点で決定的に違っている。ところで、この違いはわれわれの心の持ち方を批判するもののようにも受け取れるけれども、男らしさと女らしさを認めないほうが望ましいと単純に結論づけることはできない。エストラーベンと心を通い合わせることによって成長したゲンリー・アイは、結末で同胞たちと再会するが、女性の女らしさ、男性の男らしさを奇妙なものと感じるようになっている。特に、女性のかん高い声と男性の低く太い声に対して違和感をおぼえているが、これは行き過ぎというものだろう。脱ジェンダーは必ずしも脱セクシュアリティを意味するものではないのだが、ゲンリー・アイは自分がゲセン人と違って肉体的には男性であるという限界を忘れているかのようである。彼はゲセン人のように肉体的に両性を具有することを望むのだろうか。しかし、それよりも精神的両性具有のほうがはるかに重要なのである。肉体的に両性具有であることが、自動的に精神の成熟を約束するわけではない。ゲセン人の大半が排他的であることからもそれが分かる。ジェンダーとセクシュアリティを安易に混同することなく、内面に抱える女性性と男性性を二つの極として保ったまま、両者を向き合わせることによってその異質性から自己を高める試みを持続し、そのダイナミズムを外へ開かれたものとして他者に直面すること。これは言うはたやすくとも、行うのは難しく、苦しみを伴う作業であるはずだ。エストラーベンのような勇気と強い精神力を持ったゲセン人にして、辛うじてなしえたのである。

女らしさにも男らしさにも自分のアイデンティティを求めることができないということは、われわれにとってかなりの精神的負担になるだろう。いや、それはゲセン人にとっても同じことかもしれない。ところで、カルハイドではハンダラ教、オルゴレインではヨメシュ教という宗教が普及しているが、これらの宗教はそれぞれの国のゲセン人の内面を考察するうえで大いに参考になる。ヨメシュ教とハンダラ教は、前者が光、後者が闇や影と結びつく対照的なものであるが、相補的な関係にはなく、ヨメシュ教が影を伴わぬ光だとすれば、ハンダラ教は光をも含み込む闇であり、後者のほうが懐が深く高い次元にあるもののように思われる。ディーナ・C・ベインが詳しく論じているように、ハンダラ教は道教に近いものである。(9) 無知を尊びそれを基盤とするこの宗教は、すべてのものが光に照らされて目に見えると告げるヨメシュ教よりも、奥義を極めるのが難しそうである。ヨメシュ教が中心や秩序を志向し、自己完結的でそれゆえ排他的であるとすれば、ハンダラ教は脱中心的で、混沌をすすんで受け入れる姿勢を持つ。したがって、ハンダラ教は悪くすれば無気力な人間を作り出す可能性を持っている。混沌に耐えうる精神力は並大抵のことでは養われそうにないからだ。ハンダラ教は、カルハイドに普及しているとはいっても、その教義を根本的に理解して、さらにそれを実践することができている者は多くはないだろう。エストラーベンはその少数のうちのひとりだが、彼―彼女以上にハンダラ教の奥義を極めた者として描かれているのが預言者ファックスである。ファックスが仲間たちとともに予言をする場面では、以下のように精神的な混沌が現出し、それに感応したゲンリー・アイに恐慌をもたらしている。

しかしわたし(ゲンリー・アイ)がバリアを設けたとき、事態はいっそう悪くなった。わたしは視覚と触覚の幻に取り憑かれて、自分の心の中で、切り離され、縮こまっているように感じていた。激しいイメージと観念のごった煮。いずれも性的刺激を持ちグロテスクなまでに凶暴な、突然現れる幻影と感覚。エロティックな激情の赤くて黒いほとばしりだ。わたしは、ぼろぼろな唇がつき大きな口を開けた穴に取り巻かれていた。女陰、傷口、地獄の口。わたしはバランスを失って落ちていく……。この混沌を閉め出すことができなければ、わたしは本当に落ちていくだろう。狂ってしまうだろう。そして、それを閉め出すことはできなかった。

（六五－六六）

だが、ゲンリー・アイには到底耐えられないこの混沌状態を、ファックスはやすやすと乗り切るばかりか、そこから活力を得ているようにみえる。ゲンリー・アイにとって、そのようなファックスの姿は、「光をまとった女性」（六六）として、また「剣を持ち、よろいかぶとをつけた女性」（六六）として幻視されるのだ。男性的なものとされてきた光や剣が女性に備わったこの姿、これこそ『闇の左手』においてル＝グィンが描きたかった理想的な人間を、最も印象深く表現しえたものである。

しかしハンダラ教徒として完成されすぎているファックスは、読者に与える違和感も大きい。それだけに、ファックスの出番を少なくして、エストラーベンの冒険的な活動を導きの糸としながら、読者とファックスの間の距離を縮めていくル＝グィンの手際は巧みなものだといえる。

最終章でゲンリー・アイは、ティベの後任として総理大臣に相当する地位に就いたファックスと再会するが、この就任にも聖人ファックスを俗の世界へ引き出し読者に接近させるル＝グィンの計らいが感じられる。ゲンリー・アイが同胞よりもむしろゲセン人に親近感を持つに至ったことにも、同様の計らいがあるのだろう。しかし、逆にこのあたりにル＝グィンの限界が見てとれるのだ。読者のゲセン人に対する違和感があまりにも小さくなることは、この作品のテーマにそぐわない。とはいえ、両性具有という決して斬新ではない素材に独自の複雑な肉付けをし、それに政治や宗教を絡み合わせて、読者に十分な違和感を与える世界を創造したこと、そしてわれわれの性のありかたに対する批判的な視点を提供し、脱ジェンダーの可能性を示したことで、この作品は単なるエンターテインメントにとどまらず、凡庸な主流文学作品を越える文学的価値を持ちえたのである。

第五章

実験的黒人作家――リードとメイジャー

一　イシュメール・リード『黄表紙ラジオ崩壊』

イシュメール・リードが広く注目されるようになったのは、長編第三作『マンボ・ジャンボ』（一九七二）以降のことだが、この小説は現時点でリードの代表作と見なされており、論考されることの最も多い作品でもある。それに続いて評価が高いのは第五長編『カナダへの脱出』（一九七六）だろう。これから論じていく『黄表紙ラジオ崩壊』（一九六九、邦訳題『ループ・ガルー・キッドの逆襲』）は、出版当時さして注目されなかったにもかかわらず、かなり高く評価されており、おそらく三番目あたりに位置づけられる。第一長編『フリーの棺衣持ち』（一九六七）から『マンボ・ジャンボ』までの三作は、厳密な意味における連作ではないが、いずれの作品でもフードゥーが重要な役割を果たしており、フードゥー三部作と称されることもある。

ところでリードは、フードゥーを基盤にしたネオ・フードゥーイズムという主義主張を宣言しているが、それはどのような内容を持つのだろうか。まず、フードゥーとはなにか、そしてリードはフードゥーをどう受けとめているか、ということを検討していく必要があるだろう。フードゥーとは、ハイチを中心とした西インド諸島で信仰されているヴードゥー（教）が、アメリカナイズされたものだ、と考えればよいのかもしれない。しかし、フードゥーとヴードゥーの相違に関してはさまざまな説があり、米国においてこの二つの言葉が、必ずしも厳密に使い分けられているわけではない。ヴードゥーの研究書『ヴードゥーとフードゥー』において、著者のジム・ハスキンスは、「フードゥー」という言葉の語源に関して、「一般的にはフードゥーはジュジュに由来するといわれている。ジュジュとは、呪文を唱えて悪霊を呼び出すという意味だ。しかしフードゥーは、ヴードゥーという言葉に似せたものでもあるかもしれないという説もある。」[1]と述べ、ヴードゥーとフードゥーの相違について、次のように説明している。

長年にわたってヴードゥーとフードゥーの区別が曖昧なものにされてきて、ついには混同されることも珍しくなくなった。（中略）フードゥーはいまでもヴードゥーより概括的な言葉で、複雑な魔術の実践だけでなく、単純な医療的行為、さらには迷信さえも意味しうる。しかし意味を限定して使うときには、フードゥーはより複雑な行為を指すにとどまり、単純な実践や迷信は奇跡として分類される。[2]

リード自身は、フードゥーがヴードゥーの米国バージョンだということ以上に、両者の違いを説明しておらず、彼のテクストにあっても、両者の混同がしばしば見受けられる。

ヴードゥー教は、西アフリカの呪術的多神教とカトリック教が融合したもので、このシンクレティズム（諸神混淆）が、最大の特徴となっている。むろんキリスト教は一神教だが、カトリックの場合、プロテスタントと違って、聖母マリアを含む数多くの聖人が神に準じる地位を与えられており、多神教と融合する条件を備えていた。たとえば、アイルランドの守護聖人パトリックは、蛇の神ダーと結びついて一体化し、またペテロは、上位の神と人間との間を仲立ちするトリックスター神レグバと結合している。ちなみに、ヴードゥーの成立後はじめて諸神が混淆されたわけではなく、西アフリカから黒人が持ち込んだ多神教自体、ダホメの多神教とヨルバの多神教が混淆したものであったことも、言い添えておこう。

リードが必ずしもヴードゥーを詳しく理解していないことは、すでに指摘されており、またハイチ旅行のルポルタージュ「先生、ごもっとも」においては、本場のヴードゥーに違和感をおぼえて、早く合衆国に帰りたいと思う作者の姿を見いだすことができる。(3) 彼が関心を払っているのは、宗教としてのフードゥーの固有の内容より、むしろどんなものとも結びつく変幻自在の形態ではないだろうか。次に掲げるレジナルド・マーティンによるインタビューの一節は、リードのフードゥーに対する理解を検討するうえで、大いに参考になる。

マーティン「あなたはネオ・フードゥーイズムをどの程度真剣に考えているのですか。」

リード「わたしはとても真剣に考えています。つまり、わたしは儀式などを行ったりするのでもなければ、自分のことを聖職者などのようなものと思っているわけでもないけれど、しかし使えるものは利用しています。それがネオ・フードゥーイズムの美点なんです。わたしの作品には、アフリカ人、ネイティブ・アメリカン、アフロ・アメリカンからと同様に、ヨーロッパ人からの影響も見られます。それこそがネオ・フードゥーイズムの本質なんです。」

マーティン「シンクレティズムですね。」

リード「まさしくシンクレティズムです。だからわたしはとても真剣に考えているのだと思います。(4)」

おそらくリードにとって、ヴードゥーがアメリカナイズされたフードゥーは、混淆性を一段と増した、より裾野の広いものということになるのだろう。ヴードゥーにおけるシンクレティズムは、個々の神と聖人の結合にとどまらず、文化の融合という側面を持っており、キリスト教における善悪の二極分化と、そこから出てくる西欧の分析的、直線的な思考法を相対化する。リードはとりわけシンクレティズムの文化的側面を重視し、作品にそれを描き出そうとしているのだ。『黄表紙ラジオ崩壊』は、そのシンクレティズムを打ち出すために奇矯で斬新な工夫がなされた実験的作品といえるだろう。

『黄表紙ラジオ崩壊』に先立つ第一長編『フリーの棺衣持ち』に関しては、評価が分かれ、リードの本領が発揮されてない失敗作とする意見も出ている。だが、この作品を『黄表紙ラジオ崩壊』との結びつきを考慮しつつ読むと、『フリーの棺衣持ち』の担う重要な役割がみえてくるのではないか。

『フリーの棺衣持ち』はリード唯一の一人称小説で、この作品においてリードはひとつの実験を試みている。語り手が筋道立った物語を提供するとき、それはいかに客観的に見えようとも、ありのままの現実と異なる、語り手の主観によって歪められたものであることは、改めて指摘するまでもないだろう。語り手はある意味で作品を支配しており、ともすれば独善的になってしまう。そこでリードは、いわば主人公の語りを自壊させることによって、独善を批判するとともに、一人称語りという形式の限界を際立たせようとしたのである。

作中、語り手のバッカが法廷で、あたかもこの物語を語るための予行演習をするかのように、それまでに起こった出来事を整理し、語って聞かせるシーンがある。そこでは、聴衆たちが寄ってたかって極端な誤解を重ね、つとめて辻褄を合わせようとするバッカの語りに揺さぶりをかけている。結局、作品の終幕で、彼は辻褄を合わせようとする試みを放棄し、語りの内容が幻に等しいことを理解することになる。自分の経験を語り始めたバッカは、うまく話を進めていくことができず、絶句しては改めて語り直すが、ついに断念し、語りを放棄するのだ。

「ああ、ラプンツェル、話せば長くなるのですが」と、わたしは話し始めた。「わたしが学部長の部屋の外に立っていたところから、すべてが始まりました。学部長はフンコロガシのように糞の球を鼻で押して、それを世界中に転がして……つまり、ですから、ある日子供たちがエレベーターの中でクリップボードを使ってけんかして……ですから、わたしの冷蔵庫にそいつがはまり込んでいて、そいつはサムと会えるように予約してもらえないかと頼んで……いやいや、そうではありません。無益なことです」と、わたしは言って、幻にあきらめをつけ、小さな男は山高帽を脱いで頭を下げた。(5)

そのうえで彼は支離滅裂ともいえる物語、つまり『フリーの棺衣持ち』という作品を提供するのだ。これはある意味で語りの自殺行為といえるかもしれない。リードは一人称語りの独善性を批判しつつ、いわゆる近代的自我が中心に陣取って、その虚構世界をひとつの色に染めるような、メッセージ性の強い作品を葬り去るために、この小説を書いたと考えられないだろうか。

そういう意味で、『フリーの棺衣持ち』はまっとうな一人称小説ではないけれども、語り手の独善性を批判するのも彼自身であるからには、その自我の相対化にも限界があるだろう。彼の視野が十分に外に開けているとは言いがたい。いわば、壁に風穴を開けた程度にとどまっている。とはいえ、このように独善的な自我に対して自壊の機縁を与えることは、リードにとってぜひとも必要だったのではないか。これは、彼が以後三人称小説という形式を選択し続けるための、ひとつの方向づけと考えてよいだろう。そして『黄表紙ラジオ崩壊』は、『フリーの棺衣持ち』における試みをふまえたうえで、広い世界に視野を開き、森羅万象を同じ土俵にのぼらせて、過激なシンクレティズムの地盤を整えた作品なのである。

『黄表紙ラジオ崩壊』でまず注目されるのは、リードが他のメディアを強く意識していることだ。リードは、タイトルの意味を次のように解説している。

わたしは、聴取者が自分の想像力によってセットを組み立てる古いラジオの台本に基づいて、この本を書いた。だから「ラジオ」というわけだ。そしてこれが口頭的な本、語りかける本だということもある。（中略）風景や描写より対話が多いということもあるので、「ラジオ」なのだ。カウボーイの英雄について書かれた昔の西部の本がそう呼ばれていたから、「黄表紙」とした。そういう本には黄色いカバーがついていて、たいていどぎつく、キワモノ的だ。そして本の中にはどぎついシーンがいくつかある。この手の本にはそれが要求されるからだ。（中略）「崩壊」というのは何かをバラバラにして基本的な部分に還元するという意味だ。だから『黄表紙ラジオ崩壊』とは、ラジオのように口頭の方法でなされた、ジャンルの解体作業なのである。(6)

だが『黄表紙ラジオ崩壊』は、ラジオ的であると同時に、テレビ的であり、さらにはマンガ風であるともいえよう。テクストは数行からなるユニットに分割されており、極めて断片的な様相を呈している。この奇妙な意匠は、詩の空白部分が言外の含みを持ったり、読者に自由な解釈を促したりするのと似た効果をあげていなくもないだろうが、それよりもむしろマンガのコマ割りを連想させる。またリードは、主人公のループがフキダシの台詞を吐くにふさわしいポパイも顔負けのマンガ的なキャラクターであることを、敵役のドラッグの口を借りて、次のように表現している。

ループ・ガルー・キッドがビデオ・ジャンクションに到着して、わけのわからないやつらを寄せ集めている。はなばなしい登場だ。魔力を持っている。おれのシンボルの馬に乗り、黒いブーツと銀の拍車を身につけ、ピンクの房飾りのついた高級な黒い鹿革の服を着ている。極め付きの黒い魔術師だ。落書きのようなフキダシに入った台詞を吐いていて、これにはポパイだって呆れてしまうだろう。(7)

また、場面の転換を示す記号として、一般的なアステリスクなどではなく、黒丸と白丸を並べたものが用いられており、『マンボ・ジャンボ』においても使用されるこのいわくありげな記号は、研究者たちの注目を集めているのだが、そのなかでもロバート・エリオット・フォックスの論考が最も詳しい。(8) 彼は、この記号が、黒—白、陰—陽、無意識—意識などの両極の融合を示す、という形而上的解釈をしている。だがはたして、この場面転換に用いられるだけの記号は、そこまで重い意味を担っているのだろうか。W・C・バンバーガーは、この記号を、演劇や映画で場面転換に際してなされる暗転—陽転に結びつけており、この即物的解釈のほうが説得力を持つ。(9) さらには、この記号がテレビ的であるということもできるだろう。テクストの断片性も、コマーシャルによって分断されたテレビ番組を連想させる。

一九六〇年代マクルーハンは『グーテンベルクの銀河系』や『メディア論』を発表して、印刷された文字が人間に直線的思考を植えつけ、他の考え方の同時共存を許さない独善的自我をはぐくむと同時に、人間を機械の一部のように均質化させてきた経緯を詳細に説いた。彼は活字というメディアがもっぱら視覚的で、人間の感覚のバランスを歪める働きをしていたと主張し、テレビなどの新しいメディアが持つ可能性を積極的に評価した。リードがマクルーハンから直接影響を受けたかどうかは定かでないけれども、彼の『黄表紙ラジオ崩壊』における試みは、少なくともマクルーハンの主張と響き合うものだということができる。たしかに『黄表紙ラジオ崩壊』は活字のみを媒体として発表されたものではあるが、形式、内容の両面にわたって他のメディアを意識させる要素を盛り込むことにより、内側から活字の制度的な枠組みに揺さぶりをかけている。つまりこの作品は、ラジオを聞くように読むこと、テレビを視るように読むこと、マンガを楽しむように読むことを、読者に促しているのだ。したがって活字というかたちで知覚された刺激は、すみやかに他の刺激に変換される。ここで実現されているのは、メディアのシンクレティズムとでも呼ぶべきものであろう。ちなみに『マンボ・ジャンボ』では、活字だけでなく、手書き文字、イラスト、写真などが使用され、視覚的刺激という範囲内での直接的なメディアのシンクレティズムが試みられることになる。

『黄表紙ラジオ崩壊』のあらすじは、以下のようなものである。主人公の黒人ループ・ガルー・キッドはサーカス団の一員としてイエロー・バック・レディオという名の西部の集落を訪れ、覇権争いに巻きこまれて、悪徳農場主ドラッグ・ギブソンの手下により仲間を殺される。命からがら逃げ出したループは砂漠で山賊のボー・シュモたちに襲われるが、インディアンのショウケイスという男に助けられる。復讐の鬼と化したループは、フードゥー呪術を駆使してドラッグをさんざん苦しめる。窮地に陥ったドラッグはローマから教皇イノセント（インノケンティウス）を呼び寄せる（このあたりからウエスタンのパロディがキリスト教神話のパロディに転調）。ドラッグの手下にそそのかされたループのしもべはユダのごとく主人を売り渡し、ループは囚われの身となる。教皇とループの対話の中で、ループが実はサタンであること、そしてサタンである彼が聖母マリアから熱愛され、彼女のもとへの帰還を望まれていることが、明らかになる。ループは自ら望んでキリストの殉教になぞらえたかたちで死んでいこうとするのだが、処刑の場にアメリカ政府の軍隊がなだれこんだうえに、アマゾン（女戦士）たちが攻撃をしかけ、混乱の中でドラッグは豚に食われて死んでしまう。取り残されたループは、すでにローマへの帰途についていた教皇の船を追って海に飛び込む。

この作品のあらすじ自体は、荒唐無稽で一貫性がなく、そこに何らかの主張を見いだすことはできない。途中までは、一応、西部劇に盛り込まれた勧善懲悪と、白人の横暴に対する黒人の反抗を、重ね合わせたような筋立てになっているけれども、ループの正体がサタンであることが明らかになるに及んで、それまでテーマであるかに見えたものが宙吊りにされてしまう。替わって現れるのが、善と悪を二分する発想に対する批判というテーマであり、それはループがキリストの模倣をやってのけるところでクライマックスに達するはずだった。ところが、スラップスティック的な騒ぎの中で、このテーマも宙吊りにされ、結論の見えない混沌状態のまま作品が終わっている。

これは、小説を何らかの主張をなすための手段と見なす考えかたに対する反発、と受け取ることができるだろう。その反発を際立たせるため、リードはあえて主張らしきものを設定して、それをなしくずしに曖昧なものに変えてしまう、という手法をとっている。主張らしきものが完全に引っ込められるのではなく、半分生かされたまま宙吊りになっているので、個々の問題に対するリードのスタンスを見極める作業は、かなり困難なものにならざるを得ない。

たとえば作品の前半では、黒人のループが正義の味方、白人のドラッグ（Drag）がその名も示す通り竜（Dragon）にもたとえられる怪物的な悪の権化、という設定で、勧善懲悪の復讐物語が展開しているのだが、ループの正体が悪魔と知れたとき、それまでの構図は変更を余儀なくされる。ループが悪の根源なのだから、もはやドラッグを悪と見なすことはできない。ここでは善悪の規準が相対化されているために、悪の意味がポジティブなものに変化している。悪が引き上げられ、善がおとしめられるのだ。しかし両者の位置関係が逆転するわけではない。同一平面上にのせられた、と見るのが妥当ではないだろうか。ループがキリストの模倣を試みるのは、善と悪を同一平面上の同じ土俵にのぼらせようとする意志の表れと解釈しうる。ループがイエス・キリストを相手どった時点において、彼にとってドラッグはもはや敵ではない。竜にたとえるに値せぬ卑小な人間にすぎなくなる。かつて「おれの名は、うろこがあり、ぬるぬるしていて、泥のついた巨大なものを略した呼び名でもある」[10]と、竜を気取っていばっていたドラッグは、教皇を迎えるにあたって次のように卑下するのだ。

教皇からの手紙だ。もうすぐいらっしゃるだろう。みんな帽子をとれ。考えてみるがいい。おれは身分の卑しい牛飼いにすぎず、醜く太っていて無知だ。おれは昔、豚に残飯を食わせ、ドラッグ（運搬用の車）に乗ったりした。だからドラッグと呼ばれている。おれの最初の仕事が、帰り道に調子の悪くなった牛の世話をすることだったからだ。しかしいま、高貴な方が訪問してくださる。[11]

ここで構図が改まったため、作品の前半で追求された黒人の白人に対する抗議の姿勢は、希薄化せざるを得ない。むろん、サタンとキリスト（あるいは神）を、それぞれ黒人と白人のメタファーと解釈すれば、抗議の姿勢が持続していることになるのだが、規模が壮大になり、問題意識が抽象化されたぶん、抗議のインパクトは弱まっている。そしてこの解釈を進めていけば、結末で教皇のあとについていくループの姿に、敗北主義を読み取ることになってしまうのだろう。ループがローマ、あるいはマリアの待つ天国に帰還するという結末に対して、たとえばキース・E・バイアマンは、「処刑が行われなかったとき、彼が教皇とともに帰っていくことに決めたのは、ひとつのあきらめであり、父権的な権威への帰還であるように思われる」[12]と述べて、敗北主義を読み取りうることを認めているのだが、ループの行く先より、彼が表舞台から姿を消すという事実のほうが、むしろ重要なのではなかろうか。

ことごとく一貫性に欠けるこの小説にあって、ただひとつ徹底して貫かれているのは、あらゆるものを宙吊りにしようとする強固な意志である。そのためにリードは、ひとまず平凡なメッセージらしきものを設定したうえで、それを相対化するためのノイズを浴びせかけるのだ。ノイズの代表例は、本筋と何の関係も持たない文学論が繰り広げられるボー・シュモのエピソードだろう。ジャック・ヒックスの指摘によれば、ボー・シュモはアーヴィング・ハウをモデルにしているということだが、[13] この山賊はループを作者イシュメール・リードと同一視して、社会派リアリズム小説こそが小説の本流であり、リードの書くようなリアリティのないものは無価値だ、と議論をふっかけている。リードにしてはめずらしくあからさまにメタレベルに降り立ったこのエピソードは、それ自体ひとつのメッセージを担うものと考えられるのだが、本筋のメッセージに対しては、あくまでもノイズでしかない。たしかに独善を糾弾する点では、前半のメッセージとも、後半のメッセージとも響き合うが、たとえばドラッグとボー・シュモがキャラクターとして必ずしもぴったりと重なり合わないことからも分かるように、独善の様態がそれぞれかなり異なっているので、響き合いも大したインパクトを持たぬ希薄なものにしかなってないようだ。

『フリーの棺衣持ち』では、独善を糾弾するバッカが逆に独善的になってしまったわけだが、『黄表紙ラジオ崩壊』においては、それを避けるため、独善糾弾の焦点が意図的にぼやかされている。そして糾弾者のループすら、独善に陥る可能性があったため、放り出されてしまう。さきほどループの行く先より彼の退去自体が重要だと述べたのは、それが独善の排除と関係してくるからである。処刑直前まで、ループは何から何まで思うがままに事を運んできた。ドラッグに囚われたのも、自らすすんでのことである。だが、処刑の間際に、たたみかけるようにノイズが乱入し、悪くすれば作品の出来栄えを大きく損ないかねないほど過激なスラップスティック的状況が導かれ、主人公のループも、すっかり相対化されてかすんでしまう。

この場面において、アマゾンと、子どもたちの発見した現代版の「シボラの七つの都市」が主だったノイズとして乱入するが、前者はフェミニズム、後者はユートピア論に結びつきうる問題性をはらんでおり、ボー・シュモのエピソード同様、それ自体がメッセージに転じうるだけの重みを持つ。このノイズとメッセージの逆転可能な関係は、テレビ番組とＣＭのそれを連想させないだろうか。

ノイズにメッセージを侵犯させた『黄表紙ラジオ崩壊』という小説は、すべての秩序が破壊され、エントロピーが最大となった混沌状態を表現した作品である、と結論づけられるだろう。ここにはあらゆるものが、同一平面上に等価で投げ出されている。これはシンクレティズムの出発点であり、ここから新しいものが生み出されていくはずである。この作品が平板に感じられることは認めざるを得ないけれども、それは、たとえて言うなら、あらゆる建造物を破壊して地ならしをしたためにほかならない。

二　『向こう見ずな凝視』

イシュメール・リードの『向こう見ずな凝視』（一九八六）は、彼の作品群の中で特別な位置を占めている。ネオ・フードゥーイズムという特異で魅力的な一種の折衷主義を唱えるリードは、作中に映画やマンガなどにみられる非文学的でポップな要素を取り込み、パロディやパスティーシュなどの手法を縦横に駆使して、凡庸な意味しか担わなかった通俗的なものに、侮れない深みや複雑さを与えてきた。一見軽いようでいて、実はただならぬ重みを持ち、読者の固定観念に揺さぶりをかけていく、そうしたトリッキーな作風にリードの本領が発揮されるのである。「中心」や「制度」と見なされうる、とかく硬直しがちで、個人の自由を奪ってしまうものを痛烈に攻撃するトリックスター、それがリードの真骨頂であり、われわれは『黄表紙ラジオ崩壊』、『マンボ・ジャンボ』などの彼の代表作において、作者のトリックスターぶりが高度に機能しているのを確認することができる。

黒人作家として、アメリカにおける人種差別を批判するにあたって、リードの以上のような毒のある風刺的技法は、斬新かつ有効なものであった。しかし、あまりに斬新でありすぎたためであろうか、慧眼な少数の批評家たちが『黄表紙ラジオ崩壊』や『マンボ・ジャンボ』を一九七〇年代においても高く評価していたにもかかわらず、これらのリードの代表作は広く読まれて注目を集めるには至らなかった。

一九八〇年代に入ってからは、リードの代表作を入手することすら困難になっていたが、そのような時期に『向こう見ずな凝視』が発表され、反フェミニズム小説としてフェミニストに限定されないさまざまな批評家たちから苦言を呈されることにより、俄然リードの知名度が高くなったのは皮肉なことであった。

この作品に限らず、従来リードが女性を正当に描いていないという批判がなくはなかったけれども、これまでのトリッキーで超現実的な作品は、その難解さゆえに、批判の鉾先を鈍らせていたような観がある。リードが各作品においてどのようなメッセージを発信しているか、一筋縄では捉えられないから、批判者も責めあぐんでしまうのだ。

そもそもリードは、自分の思想や信条を、あからさまなかたちで主人公に代弁させせたりはしない。そのうえ、作品にちりばめられた金言めく断片を拾い集めて秩序立て、そこに作者のメッセージを読み取ろうとする試みは、必ずしも成功を保証されていない。リードの文章から文字通りの意味を引き出すことは、しばしば誤解、誤読のもととなりうるのだ。彼は、単一の言葉、語句、文に、複数の（しばしば相反する）意味を担わせる。そのような書き方をするのがリードであり、メッセージがすぐに把捉できるような達意で透明な文章を、彼は書きたくないのだろう、さらにはことによると書こうとしても書けないのだろう、とさえ思われるようなところがこの作家にはあった。

しかし、『向こう見ずな凝視』は、従来のリードの作品とちがって、メッセージがあからさまに表出されている、と少なくとも批評家たちには見えた。たしかにこの作品は、これまでになく輪郭のはっきりとしたストーリーを持ち、それが例によって脱線していくということがない。また、設定や登場人物は基本的にリアリスティックであり、いかにもリードが現実の社会において不当だと感じていることを、直接的に告発しているように見受けられる。この作品でリードが攻撃の的にしているのが絶対主義であることは疑問の余地がない。この点は、制度を批判し脱中心を志向するリードのスタンスから外れるものではないが、攻め方がより露骨で重いものになっていることは見逃せない。それは、俗な言い方をすれば、「芸がない」ということだ。しかし、もちろんこの作品への批判は、単なる芸のなさではなく、絶対主義をフェミニズムと結びつけた筋立てに集中した。

　ところで、この作品において絶対主義と結びつけられるもうひとつのものがある。それはナチズム＝反ユダヤ主義である。そして、ニューヨークの演劇界において強大な権力を握る白人女性ベッキー・フレンチが、フェミニストの立場から、ヒトラーの愛人であったエヴァ・ブラウンを擁護するという筋立てが、フェミニズムとナチズムに通じ合うものがあるかのような印象を与えているように見える。いまとなっては全否定されるのが当然であっても、ナチス・ドイツにおいては無謬であるはずだったナチズムと同様、フェミニズムも無謬を装い一切の批判を許さない、危険な絶対主義思想であるかのような印象を。

　しかし『向こう見ずな凝視』は、単にそれだけの駄作として退けられるべきものなのだろうか。いや、そうではないと主張し、一見単純にみえるこの作品も、リードならではのトリッキーなところがあって、実はかなり複雑な侮れない作品であると論じる者もいる。また、トリッキーなところを長所と認めつつも、反フェミニズムの印象は拭われないと見なして、駄作とは言わぬまでも、『マンボ・ジャンボ』などのリードの代表作に比べれば数段落ちるという意見もある。

　はたして『向こう見ずな凝視』はいかように評価されるべきなのであろうか。全否定派、擁護派、やや肯定寄りもしくはやや否定寄りの中間派と、三者それぞれの言い分があるが、以下、それらに言及しながら、この作品がフェミニズムをどのように表現しているのか、具体的に検討していきたい。

まずこの作品のあらすじを見ておこう。主人公は黒人男性劇作家のイアン・ボール。彼の最初の作品『スザンナ』は、女性の主人公がギャングにレイプされることを望むという点が女性を不当に扱っているということで、不評であった。次の作品が『向こう見ずな凝視』であり、これは白人女性に対して不埕な視線を向けたということがもとで、黒人男性が私刑を受け命を失うという話である。ニューヨークの演劇界において大きな権力を持つベッキー・フレンチは、イアンに対して生殺与奪を左右しうる立場にある。フェミニストのベッキーにとって、『スザンナ』のような作品を書いたイアンは要注意人物であり、セクシストのリストにその名が書き込まれている。逆に『間違っている男』という、乱暴な黒人男性の姿を批判的に描いた作品を発表した黒人女性劇作家トレモニシャ・スマーツは、ベッキーにとって非常に好ましい存在である。『向こう見ずな凝視』は、イアンが『スザンナ』の不評にこりて、ベッキー・フレンチに代表されるフェミニストにすり寄ろうとした妥協の産物であり、ユダヤ系の演出家ジム・ミンスクもイアンを盛り立てて、この作品の上演を成功させようとする。

イアンがベッキーのところに持ってきた『向こう見ずな凝視』は、最初の段階では必ずしも彼女が満足するほどの出来ばえではなかった。殺される黒人男性のみに非があると明瞭に示されていなかったからである。ベッキーは、『向こう見ずな凝視』よりも、ヒトラーの愛人エヴァ・ブラウンが実はナチズムに加担した悪人ではなくむしろ犠牲者であったと解釈する、エヴァ自身によって持ち込まれた作品に興味を抱き、こちらを大きな劇場で上演させて、イアンの作品の上演は小さい劇場でさせようと考えていた。ジムはそれに反対していたが、そんな時、彼は反ユダヤ主義者たちの陰謀によって、殺害されてしまう。ジムの死によって、独裁を妨げうるだけの有力な人間が周囲にいなくなったベッキーは、いよいよイアンに対して強硬な態度を示すようになった。トレモニシャ・スマーツは、『間違っている男』の成功もあって、黒人女性フェミニストとしての名声が広まり、イアンにとって、ベッキーと並ぶほど、自分に大きなプレッシャーを与える存在となっていた。そんな時、トレモニシャはフェミニストを敵視する犯罪者に襲われ、髪を剃られてしまう。メディアがフラワー・ファントムと呼ぶようになるこの犯罪者は、自分の犯行を、フランスのレジスタンスがナチスに協力した女性に対して与えた処罰と同じものなのだと説明しており、ここでもフェミニズムとナチズムが通じ合うものであるかのような印象が与えられる。この犯罪の捜査にあたる刑事ロレンス・オリーディはアイルランド系アメリカ人で、黒人男性に対して少なからぬ偏見を持っており、黒人男性から犯罪（特にレイプ）を連想する傾向がある。彼がトレモニシャに対して、『間違っている男』がリアリスティックであると述べるとき、リードはやはりフェミニズムが彼と同レベルで黒人男性を不当に扱っているかのように匂わせている、と受け取れるかもしれない。

ジムの死後、イアンに対していよいよ鼻息の荒くなったベッキーは、『向こう見ずな凝視』の演出をトレモニシャにまかせる。そして、イアンが最初に考えていた、結局は不逞な視線を向けられた白人女性も態度を軟化させ、殺された黒人男性の名誉が回復されるという、黒人男性側に同情の余地を与えるような筋立てを根本的に変え、あくまで黒人男性側が白人女性を視線によってレイプした罪深き人間であるという、一方的に黒人男性を責めるものにしようとはたらきかけていった。

トレモニシャは、イアンにとって、最初のうちはベッキーと同じように自分たち黒人男性に厳しい戦闘的なフェミニストのようにみえていたが、一緒に仕事をするようになってから、彼女が必ずしもベッキーと志を同じくする者でないことが分かるようになる。『間違っている男』も、結局は受けを狙った妥協の産物であり、ベッキーのような権力者におもねる作品を書いた自分は若かったのだ、本当に自分の書きたいものを書くためには、ベッキーと袂を分かたなければならないと、トレモニシャは考え、そして実際にベッキーと口論して、ニューヨークから去っていく。

書きたいものを書こうとするという点において、イアンとトレモニシャはまことに対照的であり、妥協に始まりやがてそれを捨てたトレモニシャの勇気は、逆方向に動いてベッキーの言いなりになるイアンを卑小に見せる。ベッキーの望むようなかたちで上演された『向こう見ずな凝視』は、フェミニストから好評を博し、彼女らから嫌われていたイアンは俄然もてはやされるようになる。いっぽうトレモニシャは、『間違っている男』が、中流の自分がよく知りもせぬ下層階級を描いたため不誠実な作品となったことを、「中流階級のなかで育ったわたしたちはみんな、自分らよりも恵まれていない人たちをロマン化したがる」(1)と自己批判し、自分の経験に基づくことの重要性を認識するのである。結婚して子どもを産み、書きたいものを書き続けようとするトレモニシャは、キャリアを捨てて従来のジェンダー・ロールに後退しているようにも見えるが、この点はいささか微妙である。トレモニシャは、イアンやベッキーと比べて遥かに好ましい人物として描かれており、特にベッキーと袂を分かった後の彼女は、リードの理想とする女性に近いのではないかと思われる。はたしてそれは、単に男性にとって都合の良いというだけの女性像なのであろうか。この問題はまた後に詳しく検討していくことになる。

ニューヨークで成功をおさめたイアンは故郷であるカリブの国ニュー・オヨに里帰りする。ここには彼の母が住んでいるのだが、彼女は千里眼の持ち主である。作品冒頭でイアンが見る悪夢において、セイレムの魔女狩りでの魔女として彼がベッキーやトレモニシャによって処刑される場面で、ベッキーの命を受けて彼を絞首台に導く看守がこの母親に成り変わってしまうのだが、この悪夢によって、イアンの母親に対するコンプレックスがもととなって、女性一般への恐怖心に裏打ちされた偏見が形成されていることがほのめかされている。イアンの父親はすでにこの世を去って久しいのだが、母はイアンに父が誰であるか知らせていない。イアンの父コフィー・マーチンは、社会活動家としてよく名を知られた人物で、敵も多く、そのため獄死するのだが、彼にはアビアフという正妻がおり、イアンの母マーサ・ボールがコフィーの子を身ごもったと知った時、マーサ同様千里眼の能力を持つアビアフは、マーサの産む子が、二つの顔、二つの心を持つ者となるであろうと予言した。

この小説の結末において、アビアフの予言が当たっていたことが判明する。フラワー・ファントムの正体がイアンだったことが分かるのである。そして、ジキルとハイドの場合のように、イアンとフラワー・ファントムは別人格である。しかし、イアンがベッキーのような強い女性に妥協しながら、それは実利を求めての態度にすぎず、内心では女性一般を蔑み、女性の精神よりも肉体に目を向けがちであったことを考えると、この二つの人格は根のところで繋がっていることが分かる。したがって、フラワー・ファントムの正体がイアンであったことは、おそらく読者にとってさほど意外性を持たない。かなり早い段階から、そうではないかと匂わせるような雰囲気が漂っており、ベッキーを襲ったランディ・シャンクが、警官に射殺されフラワー・ファントムであるかのように見なされた時も、実は彼はフラワー・ファントムの手口をまねていただけではないかと感じさせるものがあった。イアンのほうが真犯人として座りがよいのは、それだけこの視点人物が当初からいかがわしいところがあり、読者の感情移入が促されていないからである。

さて、イアンが反フェミニスト的な人物であることは明らかであり、しかも彼は犯罪者でもあったわけだが、それはこの小説全体を評価するにあたってどのように考えられるべきなのだろうか。作者リードと視点人物イアンの間にいかほどの距離があると見なすのが適当であろうか。まず、イアンはリードの代弁者であるという考え方ができるかもしれない。実際、イシュメール・リードという作家は、エッセイやインタビューなど、創作を離れた場において意見を述べるとき、黒人女性が黒人男性を裏切り、実は白人男性と結託している白人女性にそそのかされて黒人男性批判をしている、すなわち、フェミニズムが黒人差別に利用されているという挑発的な発言をすることがある。むろん、リードのことだから、こうした発言も挑発のための意図的な曲解や誇張が含まれていないとはいえないし、どこまで真に受けるべきか即断しにくいのだが、いずれにせよリードが世間一般にあえて与えている自身の像は、イアンと重ならざるをえない。そして、そこからこの小説を全否定する言論も生まれてくる。

むろん全否定派といえども、リードがイアンを読者に反感を抱かせるようなキャラクターとして描いていることは認めている。この小説が発表された直後、書評で大いに批判をしたミチコ・カクタニは、ロレンス・オリーディ、トレモニシャ・スマーツ、ベッキー・フレンチらと並んで、イアンもまたリードがあえて読者に不快感を与えるようにキャラクター作りをしたステレオタイプの人物であると述べている。[2] しかし、カクタニは、これらのいずれもいくばくかの偏見を抱いた不快な人物らが示す言動に対して、リードが同等に批判的ではないと指摘する。特にトレモニシャがベッキーに利用されていたことを認めてそれを悔いたことを取り上げ、この作品では反ユダヤ主義やセクシズムよりも、フェミニズムのほうがさらに敵視されていると論じている。つまり、イアンはリードの代弁者とまでは言えないにしても、トレモニシャを初めとする他の不快なキャラクターよりも、作者リードに近いということなのだろう。

ミシェル・ウォレスは、イアンがリードの従来の作品に登場してきた脱中心的なトリックスターの系譜に連なるとしながらも、イアンがトリックスターとしては堕落した存在であると述べ、また、「明らかにリードの代弁者で、アメリカのフェミニズムについてまったく無知である」と批判している。[3]

ロバート・エリオット・フォックスも、『向こう見ずな凝視』にはリードの六〇年代や七〇年代の作品に見られた力が減退していると見なし、フェミニズムをナチズムと同様に扱っていることを批判する。フォックスは、イアンを「リードの作品においては最も否定的なキャラクター作りがなされている主人公」[4]としながらも、彼がリードの分身であると認識している。フォックスは、イアンがどうしようもない人物なのであるから、その意見を作品のメッセージと受けとめてリードを攻撃することはできないのではないかという立場の可能性をいったん提示したうえで、それを退ける。リードを擁護できない理由は、彼がこの作品においてさまざまな思想やそれを体現する人物たちを批判すると同時に是認しているところにあるという。リードのこうしたトリッキーな書き方が、この作品にあっては無責任へと堕して、社会問題を真剣に考えている読者の反感を買う可能性がある、とフォックスは考えるのだ。しかしフォックスの論考にはいささか曖昧なところがある。リードがイアンを、他の登場人物、たとえばトレモニシャやベッキーと同様に、批判しかつ是認していると言いたいようだが、はたしてその読みは正しいのだろうか。そこのところで個別的な検証を怠り、いきなりすべての登場人物を十把一絡げにして一般論で安易に片付けているような印象が拭えない。

パトリック・マッギーもリードがフェミニズムとそれに反発するイアンを、いずれも否定すると同時に肯定していると考える。(5) しかし彼はフォックスとちがってイアンとトレモニシャを同列におかない。芸術家としても、白人たちの支配を嫌ってニューヨークを去るトレモニシャに比べて、成功のため妥協を重ねてベッキーの機嫌をうかがうイアンは、遥かに卑小な、信を置けぬ人物であり、しかもイアンはフラワー・ファントムとしてトレモニシャのような黒人女性をはずかしめてさえいる。したがって、この作品において黒人を裏切り白人と手を結んでいる者がいるとすれば、それはトレモニシャではなく、イアンにほかならない。マッギーは以上のように、イアンが劣悪な人物として描かれており、それは黒人フェミニスト作家が黒人男性を描くときに認められるもの以上に否定的な描かれ方であると指摘している。マッギーは、イアンがリードの代弁者となって「女性嫌悪」を表明していることを認めつつも、イアンの否定的な描かれ方が、現実社会における女性差別に対する批判と結びつくことのほうをより重くみている。そして、女性嫌悪をめぐるこうした二重性は、リードの全作品に認められるものだと述べ、『向こう見ずな凝視』が従来のリードの作品と一線を画する特異なものだとは考えていない。

この作品の特異性を認めたうえで擁護しているのがダニエル・パンディである。(6) 彼は、この作品が一見明快であるため、多くの批評家が誤読して反フェミニズム小説と決めつけているが、実は複雑な作品であり、リードがあえて誤読を招くようなテクニックを用いていると考える。そして、その見越された誤読が小説の「内容」に含み込まれるというメタフィクション性に、この作品の新しさを見いだしている。

パンデイの論考の中心になるのもやはり二重性だが、個々の人物や思想に対する肯定と否定の二重性よりもむしろ、一般化とその拒絶という、より微妙な二重性に注目している点が目新しい。ここで問題にされている一般化とは、特に人種に係わる偏見に通じるものであり、例えば「黒人という人種は一般に……であるといえる」などという紋切り型の決めつけのことだ。『向こう見ずな凝視』においては、偏見を持つ登場人物たちの、黒人だけでなくユダヤ系、アイルランド系に対する一般化が認められる。もちろん最も強調されているのは、ベッキー・フレンチやオリーディの「黒人男性は女性に対して一般に暴力的である」という一般化である。ベッキーもオリーディも、さらには「そうした危険な黒人男性は殺されても仕方がない」という極端な考えを持っているため、黒人男性に対する一般化の危険性はことさら目立っている。

パンデイは、登場人物が行う一般化の危険性を細かく検討したうえで、そうした一般化に対する批判は、メタレベルにおいても響いていると主張する。つまり、読者による「フェミニストから批判されているリードという黒人男性作家の書くものは概して反フェミニスト的であるはずだ」という一般化もまた批判されているということである。この作品を擁護する批評家の中ではこのパンデイが最も目立っており、彼の論考にはかなりの説得力がある。

全否定でもなく擁護でもない中間派としては、デイヴィッド・L・スミスあたりが代表的な存在といえるだろう(7)。彼はまず、作中のセクシスト的コメントは笑われるべきものとして提示されているとしたうえで、リードは女性がジェンダー・ロールから自由になろうとする理念を攻撃しているわけではないと述べる。そして、登場人物たちが集団を代表するだけではなく、個人として個性的に行動してもいることを強調する。つまり、たとえばベッキー・フレンチはフェミニストの代表や典型として描かれているように見えるかもしれないが、同時に彼女の専制的な性格は必ずしもフェミニストの属性として描かれているとは見なすことができないということである。またスミスは、個人の自由を重んじるリードにとって、イデオロギーとしてのフェミニズムが個人の願望を踏みにじるような側面を持つことが腹立たしいのではないかと述べており、この捉え方はリードの反フェミニズムと考えられているスタンスが実のところ、反イデオロギー、反制度、脱中心の一環であることをほのめかす肯定的なものだといえる。しかし、スミスはフェミニズムが風刺的に歪めて描かれていることに多くの読者が立腹し、個人の尊重というリードが訴えたい肝腎なポイントが受けとめられていないのではないかと釘をさしたうえで、リードが個人を重んじるあまり社会全体への目配りを怠っていることを責めている。

以上のように、全否定派、擁護派、中間派と、『向こう見ずな凝視』におけるフェミニズムの扱いに関して、意見が分かれている。まず主人公イアンについて改めて検討してみよう。彼が劇作家として成功を求めるあまり妥協を重ねる態度は、多くの論者がいうように批判されるべきものである。しかも内心では女性を蔑視しているにもかかわらず、ベッキー・フレンチという権力を持った白人女性がフェミニストに気に入られるような作品を書くようにと注文をつければ、結果的にそれに応じてしまう彼の態度は、フェミニズムにとってかえって有害なものであろう。妥協の産物であった彼の劇作品『向こう見ずな凝視』は、上演後フェミニストたちから称賛されるのだが、ここではフェミニズムが表面的なものだけに目を向けて形骸化していく危険性が表現されている。イアンの小手先だけで作った俗流フェミニスト作品に感動する女性たちもまた、フェミニストとしては俗流といえるだろう。

ベッキー・フレンチのような大きい発言力を持つ者が、こうした俗流フェミニストを作り出しているのかもしれない。ベッキー自身も真のフェミニストではなく、フェミニスト的言論を売ることに熱心な商売人のように見受けられる。イアンほどあからさまではないにしても、ベッキーもまた個人的な信条よりも商業的成功を重視しているのかもしれない。イアンに肩入れするジム・ミンスクを彼女が抑え切れないのは、彼の背後にいるニューヨークのユダヤ系アメリカ人から寄付を受けているからであった。またベッキーは、ミス・スミスと名乗っているエヴァ・ブラウンから資金を提供されて、エヴァ・ブラウンをフェミニスト的な視点から擁護する作品を上演しようとする。ベッキー自身がどの程度フェミニズムと商業的成功を区別して考えているかは曖昧だが、結果的にはフェミニズムが金儲けの手段になってしまっているのではないだろうか。

イアンの天敵で代表的な悪役のようにみえるベッキーも、実は世俗的成功に執心する点で彼からさほど隔たっていないといえるだろう。ただし、イアンの場合はベッキーと違って、成功のためには個人的信条とまったく逆のメッセージを持つ作品を書かざるを得なかった。この一種の偽善性が、イアンをベッキーよりもさらに頽廃した存在にしている。その偽善の反動となって現れてくるのが、フラワー・ファントムとしての犯罪であった。

作者リードと主人公イアンがどの程度重なっているかを考えようとするとき、イアンの偽善性がリードの露悪的、あるいは偽悪的とさえ呼びうる挑発に満ちた態度と対照的であることを認めざるをえない。作品冒頭の時点においては、フェミニストから批判されている黒人男性作家という点でリード自身がモデルになっているかのように見えたイアンは、ストーリーが進行するにしたがって、リードとの相違点を明らかにしていく。換言すれば、作者リードが、自身と主人公イアンとの距離を、次第に大きくしていっている。そして、作品の結末、イアンがフラワー・ファントムであったことが分かる時点で、リードはイアンを完全に突き放している。したがって、イアンがリードの代弁者になっているとは考えにくい。さらには、リードがイアンを肯定すると同時に否定しているというフォックスの説も的を射ていないように思われる。作品の前半である程度見込まれるかもしれない読者のイアンに対する感情移入も、結末においてすっかり拭い去られざるをえないからである。リードは、イアンを肯定するように見せかけて、最終的に全否定している、と考えるのが適当ではないだろうか。

フェミニズムの理念というよりむしろ実状に対してリードが抱いている敵意がアンバランスなものであり、正当化されないことは多くの研究者が述べている通りだが、その敵意がイアンに分有されているとするならば、イアンの全否定に伴ってリードの自己批判がなされているはずである。しかし、リードの「自己」なるものは、実のところ、それほど捉えやすいものではなく、小説はむろんのこと、エッセイやインタビューにおいて見受けられる自己らしきものさえ、仮面のようにも思われるのだ。しかしリードが実際に何を考えているかを究明するよりも、彼の作品が読者に対してどのような影響を与えているかを考えるほうが実りが多い。

イアンが読者からほぼ全面的に拒絶されるキャラクターであることは明らかだが、逆に多くの読者から支持されるように作られているのがトレモニシャ・スマーツである。ベッキー・フレンチが蔓延させようとする俗流フェミニズムに結局呑み込まれてしまうイアンとは対照的に、成功を求めてベッキーのような権威に迎合する作品を書いたかつての自分を恥じ、ニューヨークを去って、地道に自分の書きたいものを書こうとするトレモニシャの態度には、清く美しいものがある。また、作品の冒頭（この時点ではまだトレモニシャはベッキーと結託しているのだけれども）において、彼女はフラワー・ファントムに襲われているが、この件は読者に同情を促し、その後トレモニシャの善良さが書き込まれていくにつれて、この同情は募っていく。最終的には、悪玉イアンと善玉トレモニシャの対照が際立つのだが、そのためにトレモニシャを批判的な目で見つめることが難しくなっていることに、この作品の危うさがあるように思われる。

物語の終結に近いところで、イアンに宛てたトレモニシャの手紙が四ページ半という長さで紹介されるのだが、この手紙は読者に対して特権的な重みを持って彼女の改心を正当化している。彼女は麻薬中毒から立ち直ろうとしている男性と結婚し、子どもを産み育てることを考えていると手紙に書いているが、これは男性にとって都合の良い女性の姿を絶対視することにつながる可能性をはらんでいる。彼女の「わたしは太って、子どもを産んで、書いて書いて書きまくるつもりです」（一三〇）という意思表示からは、彼女が自分で自分の道を選んでいることがうかがわれ、批判しにくいのだが、だからこそ危ういともいえるのだ。

トレモニシャは、彼女が支えになってやることを必要とする男性と結婚して子どもを産み育てることを、べつだん重荷と感じていない。むしろそれを生き甲斐と感じているようにみえる。しかし、ここでは彼女の将来へ向けての意気込みが表明されているだけで、実際に結婚、出産を経て子育てに直面した場合、その時点で初めて重荷に苦しむ可能性もある。ベッキーに踊らされたかつての自分を「若かった」と振り返るトレモニシャは、同様に、子どもを産んだのち、執筆と育児の両立に悩んで、かつての子育てに対する見通しが甘かったと反省するかもしれない。むろんその逆に、どこまでも子育てを楽しみ、多少の不都合を重荷に考えない可能性もあるだろう。先のことは分からないが、いずれにせよトレモニシャは自分の意志で、子育てをしながら書きたいものを書くという道を選んでいる。良妻賢母的な旧来のジェンダー・ロールを引き受けつつ、執筆活動による自己実現をめざすという彼女の姿勢は、個人レベルでは非難されるべきものではない。彼女の生き方が多様な選択肢の中から彼女自身の責任において選び取られたのであってみれば、それは何ら問題とはいえないだろう。問題になってくるのは、この作品において黒人女性が与えられるべきであるその多様な選択肢がきっちりと提示されていないことではないだろうか。つまり、イアンの母マーサ・ボールや、かつてフェミニスト作家として広く知られていたジョニー・クランショーが、物語の終結に近いところで登場してきてはいるけれども、彼女らは引き立て役にすぎず、ある程度描き込まれた黒人女性といえばトレモニシャ以外にいないため、黒人女性にとって価値あるさまざまな生き方のうちのひとつでしかない彼女の生き方が、あたかもそれ以外にはありえない絶対的なものであるかのように見えてしまうのである。

この問題はパンデイの提起した「一般化」と関連づけて考えることができる。黒人女性はすべからくトレモニシャのように生きるべきだという一般化は、明らかに不当なのだ。しかし、この一般化は、パンデイが指摘している類のもの、すなわちリードが登場人物や読者に染み込んだ偏見として批判するものと、いささか異なってはいないだろうか。黒人女性はトレモニシャのように生きるべきだという一般化を読者がした場合、その責任の大半はこの作品の側にある。なぜならばこの作品は、例えばトレモニシャとは別の生き方を選ぶ好感の持てる黒人女性などの、トレモニシャを相対化しうるものを欠いているため、一般化を促すばかりで、同時にその一般化を批判する視点を持たないからである。

リードがトレモニシャを、黒人女性の理想像としてではなく、特殊な一個人として描くつもりであったとしても、彼女とは違った主役級の黒人女性を提示しなかったことが、読者にとってトレモニシャを単なる一個人として捉えることを難しくしている。この欠点は、スミスの指摘した、リードが個人を重んじるあまり社会への目配りを怠っているという問題に通じるものであろう。ただし、多数のキャラクターをしっかり描き込んだシリアスな社会派小説をリードに望むのは無意味であろう。それではかえってリードの持ち味が生かされなくなってしまう。『向こう見ずな凝視』に限って言えば、トレモニシャを相対化するものが欠けているところが、フェミニズムに対して不当であると同時に、徹底的な相対化を志すネオ・フードゥーイズムに染められた従来のリードの作品と違っている。

『黄表紙ラジオ崩壊』においてとりわけ強く印象に残った、さまざまな役柄を演じ分ける主人公のロール・プレイングは、役柄の固定を快く思わないリードの真骨頂を示すものであったが、『向こう見ずな凝視』でのトレモニシャの描き方は、どちらかといえば旧来のジェンダー・ロールを保守するものであり、脱中心をめざすリードの健全な志とは相反するように見える。その点で、この作品は厳しく評価されてもやむをえないだろう。

しかしこの作品の悪評のおかげでリードの知名度が上がり、彼の代表作が広く知られるようになったという事実は、皮肉ではあるけれども、作者にとっても読者にとっても結果的にはありがたいことだったのではないだろうか。

三　クラレンス・メイジャー『夜の訪問者たち』

クラレンス・メイジャーは、一九六〇年代末に作品を発表し始めたポストモダン系の黒人作家という点では、イシュメール・リードと共通しており、両者はしばしば並べて論じられる。小説のみならず詩も作るという点でも、メイジャーとリードは似ている（ただし、全創作における詩の比重は、メイジャーのほうがリードより大きい）。しかし、リードの作風が良きにつけ悪きにつけ、とかく派手で衆目を集めやすいのに対して、メイジャーの作風は、地味とまではいわないけれども、突出した個性に欠けるところがある。彼は充実した作品を発表し続けているにもかかわらず、知名度が低く、過小評価されているように思われる。リードの陰に隠れてしまったところがなきにしもあらずだが、リードもまた過小評価されている作家である。黒人であるということと、ポストモダン系の実験的作品を書くということの相乗効果が、必ずしも好意的に受けとめられていないことも、過小評価の理由のひとつであろう。バーナード・W・ベルは、特に黒人読者が黒人作家の実験を好まないことを、以下のように指摘している。

　多くの読者、特にアフリカ系アメリカ人は、黒人作家による実験的小説に対する不信感を持たずにいられない。さらには、現実から離れ、想像上の新しい民主的社会秩序の探求を、言葉ででっち上げたものに変えてしまおうとしている、アメリカ黒人ポストモダニストの権威に反発している。(1)

また、ラリー・マッキャフェリーも、黒人作家の実験的作風が不人気に結びつくため、メイジャーがトニ・モリスン（一九三一－）やアリス・ウォーカー（一九四四－）と比べて、過小評価されていると述べている。

メイジャーは主として、大半のアメリカ黒人作家が好む社会リアリズムの方法を避け、表現主義的なメタフィクションの方法を好んだため、彼の小説は何よりもその「実験的」もしくは「反リアリズム的」な特徴に注目した分析がされてきた。不幸なことに、このような捉え方はメイジャーを「前衛のゲットー」に追いやってしまいがちであった。そのゲットーにあっては彼の作品は、アリス・ウォーカー、トニ・モリスン、イシュメール・リードのような、一般の読者に対してより目立っていた同時代作家が享受した人気や批評家の称賛を、決して得ることがなかった。(2)

リードはむろん、社会リアリズムとは縁遠い「前衛のゲットー」寄りの作家なので、ウォーカーやモリスンと並べては誤解を招く可能性があるが、その点を除けばマッキャフェリーの説は妥当である。

メイジャーとリードを比較すれば、いずれも実験を志している作家ではあるが、リードの実験はより個性的で、注目を集めやすい。シンクレティズムに黒人固有のフードゥー思想を加味して確立されたリードのネオ・フードゥーイズムは、万象の雑多な要素を取り込んで、パロディを駆使し喜劇的に物語を進行させる彼の虚構世界の強力な屋台骨になっている。ポストモダニズムにおいては一般に自我の分裂が主題化されることが多いのだが、リードの作品にあっては、しばしばロール・プレイングというかたちで、自我がゲーム的、パロディ的に分裂していき、その分裂も好意的に描かれることが多い。またリードの作品は、ストーリーが直線的なものではないけれども強い物語性を持ち、概ね喜劇的である。そうした特長が、モリスンやウォーカーには遥かに及ばないにせよ、リードがある程度の数の読者にアピールすることを可能にしている。

いっぽうメイジャーの作品は物語性が比較的希薄である。筋立て、技法、文体、いずれの面においても、喜劇的な「遊び」の要素が少ない。実験的な志向は、リードよりもむしろ旺盛かもしれないが、実験においてもどこか禁欲的な求道者めいたところがあり、作品は完成度が高いにもかかわらず一般読者の目に留まりにくい。

メイジャーは、小説のみならず、詩やエッセイ、さらには絵画にも才を発揮する多芸の作家だが、長編小説に限ってみても実はさまざまな趣向の作品を発表しており、ポストモダン的実験やメタフィクション性がとかく言及されるものの、それらが目立たない作品もある。第一長編の『夜の訪問者たち』(一九六九)と第二長編『NO』(一九七三)が、そのような実験性の比較的低い作品と受けとめられている。したがって、以降の実験的作品群においてメイジャーが本領を発揮していると考える研究者たちは、『夜の訪問者たち』と『NO』を習作的なものと見なし、軽く扱いがちである。第三長編『反射と骨組み』(一九七五)は、高く評価されているメイジャーの代表作で、現実を作り変えていく語り自体が主題化された典型的なメタフィクションである。続く第四長編『緊急出口』(一九七九)も、断片化を進め物語性を抑制した高度に実験的な作品である。メイジャーの実験が最も顕著だったのはこの二作品においてであり、第五長編『わが切断』(一九八六)は、実験的であると同時に具体的な物語性を持った作品に仕上がっている。そして以後の第六長編『そんな季節だった』(一九八七)、第七長編『ペインテッド・タートル』(一九八八)、第八長編『汚れた鳥のブルース』(一九九六)では、実験的な技法が目を引かなくなってきている。むろん、それは必ずしもメイジャーの筆力が八〇年代以降衰えたことを意味しない。実験も行くところまで行けば、作者も立ち止まって方向転換せざるをえなくなる。それは単純な後退とはいえまい。

そもそも、出発点の『夜の訪問者たち』はさほど実験性が高い作品ではなく、またそのため習作的に見られもするのだが、逆にこのような作品にも、『反射と骨組み』のメタフィクション趣向とは違った、もうひとつのメイジャーの持ち味が醸し出されていると考えることもできるのではないだろうか。リードの場合は、第一長編の『フリーの棺衣持ち』(一九六七)から一貫して、ネオ・フードゥーイズムの精神のもとにコミカルな反リアリズムの世界を展開しているが、メイジャーは、反リアリズム的な作風とはまた別のリアリズム寄りの作風も持ち合わせている。それを、『夜の訪問者たち』を論じつつ好意的に評価してみたいと思う。

とはいえ、『夜の訪問者たち』が純然たるリアリズムの作品であるわけではない。主人公の主観が現実を著しく歪めるモダニズム風の叙述も散見する。たとえば、主人公のイーライ・ボルトンは、恋人のひとりユーニスと入った高級ホテルのレストランで、プライドの高い老いたウエイターが発作をおこして倒れるのを目撃するが、その描写は誇張され非現実的なものになっている。

その老人がおれたちのほうに来るとき、彼の蚕食された顔に浮かぶ邪悪さが、地震のあとで作用する力のようなものによって、突然彼をふくれ上がらせる。慎みのない大きな音、彼の体の液体、彼の脳の精液のような物質がほとばしり、反抗的な疑問符と化した彼の眼球は、眼窩から伸びる長くてぬめぬめした痛ましい筋の先にぶら下がっている。おれの手を握るユーニスの手が固くしまる。「ああ、なんてこと、見てよ、あれを。あの可哀相な人を。心臓の発作だわ。」（中略）おれは、どうして何人かの客が鼻を押さえ始めたのか不思議に思う。そして気がつく。ウエイターの頭蓋から出た物質は糞のような臭いがするのだ。彼は床の上でぬめぬめした肉とこわばった衣服の塊になっている。ユーニスがおれの袖を引っぱっている。「行きましょうよ。気分が悪くなってきたわ。こんなところでは食事ができない。」ユーニスは、おれたちが外に出る前にもう吐き気をもよおしている。(3)

実際にはこのウエイターは、発作をおこしたとき、大きく目をむいて倒れ、おそらくは嘔吐したものと推測される。それがあたかも、彼の目玉が眼窩からとび出て垂れ下がり、頭が破裂して脳漿でも流れ出たかのように、極端に誇張して描かれている。これは、プライドが高く不遜にふるまうウエイターに対して、イーライが抱いた悪意が反映したものと考えてよいだろう。そして、このウエイターは白人であるから、黒人であるイーライは彼の不遜な態度に人種差別的なものを嗅ぎとったはずである。恋人のユーニスが白人であるから、なおさらイーライは他の白人の差別心に対して敏感にならざるをえない。

しかし、誇張してかくもグロテスクに描かれたこのウエイターは、この場限りの登場人物にすぎず、また同じような反リアリズム的表現は、作中にそれほど多く認められるわけではない。そして、黒人差別に対する抗議はこの作品の主題とはいえず、真正面から読者に訴えかけられてはいない。作中で堂々と白人女性と交際するイーライに対してあからさまに攻撃を加える白人は、ほとんど登場しないのだ。ユーニスとの交際に関しては、せいぜい老いたウエイターが不快そうにふるまう程度なのである。

イーライは、ユーニスの前にやはり白人であるキャシーと交際していたが、別れたあとも彼女のことが忘れられない。キャシーこそ彼の最愛の女性である。しかし、別れ際に、彼はいやがるキャシーに対して路上で性交を強要した。いくらかつて肉体関係を持っていたとはいっても、この行為は明らかにレイプに相当する。そして、黒人男性が路上で白人女性に対してレイプしたというのに、彼は決してそのために白人たちからリンチを受けることがない。レイプしているとき、近くの建物の中から非難する白人の声が聞こえてくるが、この声は力のないもので、黙殺される。このようなところにこの小説の独自性が認められる。

従来、黒人作家によって書かれた小説においては、白人女性に対して黒人男性が性的な感情を持っただけで、その男性が人種差別ゆえに迫害されるという展開が多く見られた。ましてやレイプしたとなると、男性はリンチで命を落とす可能性も高い。そして、そのような展開はむろん現実社会における差別を反映したものであり、不当な現実に対する抗議として小説に取り入れられたものであることも、少なくないだろう。

しかし、『夜の訪問者たち』においては、イーライは何人もの白人女性と肉体関係を持ちながら、危険な目に遭うことがない。レイプをしてもまったく無傷のままである。この小説は、イーライ・ボルトンという大学を中退した知的で魅力的な黒人男性が、白人も黒人も含む数々の女性と次から次へと性的交渉を持つ、いわばドン・ファン的な遍歴を描いたもののようにも見える。しかし、イーライの表面的には華やかな女性遍歴と対比されるかたちで、断片的にではあるけれども、彼が孤児院で暮らしていた少年期やヴェトナム戦争に出征した時の苦々しい経験が描かれており、その経験が彼を性的にすさんだ人間にしてしまったことをほのめかしているようでもある。

この作品において、イーライと恋人たちの性的交渉の描写は数多く認められ、しかもそれぞれが長く続く。イーライは肉体的に満足感を得るのだが、恋人との精神的な繋がりはなおざりにされており、読者に対してかなり不毛な印象を与えずにはおかない。レイプをしても刑を受けないイーライではあるが、だからといって彼が正当化されているわけでは決してないのだ。むしろ、多くの女性と交渉を重ねれば重ねるほど虚しさが増大していくという悪循環によって、彼は罰されているといえるかもしれない。

ジェイムズ・W・コールマンは、イーライをトリックスターとして位置づけることにより、レイプを敢行したこの男根主義者を好意的に解釈しようとする興味深い見解を示している。まずコールマンは、彼をシェイクスピアの『あらし』に登場する半獣人キャリバンになぞらえて、以下のように述べる。

メイジャーによるイーライの描写は、表面的なレベルでは明らかに、彼を西洋的なキャリバン論の枠内に位置づけている。男根が、イーライとキャリバンの脅威の主要なシンボルである。キャリバンがミランダを汚し、自分の子孫で島を汚そうとしたのとちょうど同じように、イーライは男根による汚染の脅威となる、粗野で俗悪なレイピスト、けものである。このようなイーライの性格づけは、より大きな反響を呼ぶようになってきた。黒人男性のセクシズムに対するフェミニストの批判において、キャリバンに類似した黒人男性のステレオタイプが何度か指摘されているからである。(4)

だがコールマンは、イーライがキャリバンに似るのは表面的なレベルにおいてのことで、実はイーライには、男根主義者としての側面とはまた別の、獣性ではなく人間性に富んだトリックスター的な側面があり、後者が前者を突き崩していくかたちで西洋の、すなわち白人の価値観が風穴を開けられると、論を進める。

コールマンの論考には、黒人女性の文化が集団的であり、共同体の神話と関連づけられるのに対して、黒人男性の文化が個人的であるために、西洋の伝統から脱するのがより困難であり、そのために周縁を志向してトリックスターを重んじるという、興味深い分析も見られ、全体的にそれなりの説得力を持つものの、あらかじめ設定された枠組の中に『夜の訪問者たち』を押し込めようとする強引なところがないわけではない。まず、イーライをトリックスターとみなすのは、いささか無理があるように思われる。

トリックスターの造形はメイジャーよりもリードの得意とするところで、リードの作品の大半において主人公はトリックスター的な存在である。特に『黄表紙ラジオ崩壊』における主人公ループ・ガルー・キッドは、呪術を使う反社会的な超人として描かれており、典型的なトリックスターといえるだろう。リードのコミカルで神話的な作風には、トリックスターの主人公が似合っている。それに対して、生真面目なところのあるメイジャーには、トリックスターにふさわしい軽妙洒脱なキャラクターを造形する資質が不足しているように思われてならない。

特にイーライ・ボルトンという男は、女性に対して性的魅力を発揮するという点を除いては凡庸で面白味に欠けており、陳腐であるとさえ言いたくなるような存在である。彼が白人女性と交際するということ自体が、既成の秩序を転倒しうるほどの起爆力を持つというわけでもない。たしかに、彼が白人女性に対してレイプしても誰からも罰を受けることがないという奇妙な成り行きには、魔力のようなものが作用していると考えることもできる。しかしレイプを目撃していたのは、近くの建物の中にいた脚の不自由な白人と、また別の悪事を働いている最中のプエルトリコ人の不良たちだけであり、前者はイーライを倒す力を持たず、後者はイーライを責める立場にない。それゆえ、被害者のキャシー自身が訴えない限り、イーライに対する制裁の手が伸びることはないのだが、強姦が途中で和姦めいたものになりキャシーは訴える意志を失ってしまったと、一応説明をつけることも可能である。

イーライと白人女性たちの交わりは個人的な欲望を満たすだけにとどまり、周囲の状況を変えうるほどの力を持ってはいない。彼はむしろ、日常の営みと切り離した次元で自分の性生活を語ろうとしている。自分の能力に見合わない不本意な仕事をしている昼間の満たされない心を、夜の性生活において充足させようと、やっきになって漁色に励んでいるように見える。

この作品ではイーライが一人称で示され、語り手をつとめているが、コールマンは、イーライの使う言葉に注目し、そこにトリックスター的なものを認めている。特に、性的場面と、現実世界の恐ろしさが、イーライの言葉によって対比的に呈示されていることが重要視される。

（略）イーライはテクストの好色な語りと、彼が経験するかもしれない別の出来事の非人間性や恐怖との間に、対比的な文脈を設定している。わたしたちは、他の世界がいかに偽善的で残忍で無情かを見るとき、イーライの描写が、根が正直で敏感な人間味のある強い感情を完全に表現することによって、キャリバン主義や性差別の語りを打倒していることを理解する。かくして語りはすべての表面的な意味のパロディとなる。(5)

コールマンの言うように、イーライの語りは一貫して男根主義的なものというわけではなく、恋人とともにいる時、特に二人きりで性交している時のことを語る言葉に顕著な独善性が、日常生活を語る言葉には希薄になる。後者が前者を相対化していることは間違いないだろう。しかし、イーライ自身が後者を前者よりも優位に置き、意識的に自己批判しているといえば、言い過ぎになる。語り手イーライの言葉は、すなわち作者メイジャーの言葉であるが、むろん両者は同一視できない。意図するところが違っているからである。イーライは日常生活における鬱屈を晴らすため、ことさら自己を特権的な存在に押し上げ、性生活の充実を事細かに語っていると考えられる。いっぽうメイジャーはイーライにそのように語らせることにより、彼の独善性を際立てている。つまり、イーライがパロディを通して自己批判しているのではなく、メイジャーが主人公イーライを突き放し、信がおけぬ語り手に仕立てているのだ。彼の語りがかなりの歪みを持つことは、先に引用したウエイターの描き方を例にとってみれば明らかである。

イーライの語りの主観的な、そして独善的な歪みは、この作品を純然たるリアリズム小説ではなくよりモダニズム的なものにしているが、メイジャーによるイーライの突き放しが徹底的なものではなく、作中にイーライの存在を相対化する人物や、彼の自我を崩壊させる事件が認められないので、『夜の訪問者たち』はポストモダニズムの域に達していない。だが、達していないことが、この作品を習作と見なすべき理由にはならない。

リアリズムやモダニズムの域にとどまっているからこそ、イーライという登場人物は、彼自身決して正当化されはしないけれども、読者の注目に値するさまざまな問題点を強いインパクトをもって示しえているのである。彼の独善的な自我が形成されたのは、コールマンも指摘している残忍で無情な現実世界における鬱屈と無関係であるまい。特に孤児院における少年時代の経験とヴェトナム戦争の折に目撃した同僚の非人間性が、以後のイーライの内面を荒んだものにしてしまったことが、それとなくほのめかされている。環境が人間の運命に決定的な影響を及ぼすと見なす自然主義の考え方が見え隠れしているようでもある。リチャード・ライト『アメリカの息子』のビガー・トマスのみならず、ドライサーの『アメリカの悲劇』と『シスター・キャリー』の主人公らの環境によって荒廃させられた精神は、イーライに共有されているといえそうだ。ちなみに、イーライがシカゴからニューヨークに移っていくという設定も、ドライサーの二作品を思い起こさせる。

ビガー・トマスや『アメリカの悲劇』のクライド・グリフィスのように人を死なせて罪に問われるわけではなく、卑小な欲望を満たしつつ不道徳な行為を続けているという点では、イーライはキャリーに近い。イーライはキャリーと同じような意味で、正当化されえない主人公といえるだろう。

しかし、もちろん『夜の訪問者たち』は自然主義の作品ではない。イーライの過去の環境が、現在の彼の生き方を完全に決定しているわけではないのである。語り手としてのイーライは、その因果関係を曖昧なものにしようと試みている。孤児院における少年時代からもうすぐ二十八歳になる現在時までのさまざまな時点でのエピソードが、時代順ではなく不規則に並べられていることも、因果関係を見えにくくしている。

過去におけるイーライの人間形成に悪影響を与えたものとして、二つの出来事が際立ったかたちで呈示されている。ひとつは、孤児院時代に仲間のジュニアが、大将格のルロイから挑発されて院長が可愛がっている犬をナイフで切り裂いたことである。その場にいたイーライは以下のように大きな衝撃を受ける。

おれには信じられない。世界が実在するということが、出来事が残忍だということが、愛が可能だということが。突然おれには分かった。たしかに分かったんだ。何も実在してはいない。何も意味なんてないってことが。（九二）

二部構成であるこの作品の第一部が、この犬殺しの場面で終わっているということもあり、読者にもそのインパクトは強く感じられる。

もうひとつの出来事は、ヴェトナム戦争のときに、仲間の兵士らがヴェトナム人の少女を犯した挙句、殺害したことである。ヴェトナム人の少女たちを襲い始めたのは白人のモーク軍曹とスミスであったが、黒人兵にも彼らにならってレイプに参加する者が出てくる。しかし、モークとスミスはあからさまに黒人を差別する人間である。二人がレイプを実行している場面に現れたイーライと仲間の黒人兵バッドに対して、スミスは威圧的な態度をとる。

バッドとおれは、サディスティックで非人間的な恐ろしい出来事のため感覚を失い、反応することができなかった。しばしの間。それから、おれたちは駆け寄った。ライフルは下に向けて。しかしスミスは自分のライフルをまっすぐおれたちの顔に向けた。「おとなしくしてろ、ジャクソン。」彼はすべてのニガーをそう呼ぶのだ。「おまえらには分けてやらん。次はおれの番だ。」彼はおれたちが彼と薄汚い尻をしたモークのやっていることに参加したがっていると、本気で思っていた。「間違いなく引き金を引くぞ。おれはヴェトコンを殺すのと同じように、ためらいなくニガーを殺せるんだ。あの年寄りを見てみろ。やつもおれの言うことを信じてくれただろうよ。」老人の死体は草の茂みをくぼませていた。その胸は血だらけだった。あわれな男は遠くまで逃げられなかったのだ。「おれは鶏のようにやつの心臓を切り取ってやったんだ。」（七三）

ここでのスミスの発言が、『夜の訪問者たち』においては最も差別的なものであり、これほどイーライを屈辱にまみれさせた白人の言動はほかには見当たらない。

以上の二つの出来事がイーライに人間の非情さを痛感させ、彼の人間形成に悪影響を及ぼしていることは、まず否めないだろう。彼は孤児院と戦場で、うわべを取り繕うことをまだ知らぬ少年や、死に隣接する状況で虚飾をかなぐり捨てた兵士が、いかに非人間的に振るまいうるかを見てしまった。

一九六〇年代には、公民権運動などもあって白人の黒人に対する差別もかつてほどのものではなくなっていくのだが、それはむろん必ずしも白人が差別心を捨て去ったことを意味しない。差別心が隠されることによりかえって強まることもあるだろう。発作を起こした老ウエイターのように、それとなく差別的な態度をとる者もいる。そして戦場で死に直面した身になってみれば、スミスのように差別心を暴発させる者も出てくる。

イーライは、こうしたあからさまな差別に直面することを避けようとしているのではないだろうか。それゆえスミスとモークの言動を唯一の例外として、彼は自分を脅かす差別的な白人の姿を語りから排除していると思われる。スミスらのほかに白人は何人か登場し、その中には老ウエイターのように差別的な人間も含まれるが、いずれもイーライに脅威を与えるほどの力を持たない。むしろ、彼らはイーライによって見下ろされている。イーライの語りは必ずしも現実を反映したものではなく、現実の世界以上に黒人が力を持っているという、彼の願望にいくぶん染められた世界を提示している。この語りの大きな特徴は、登場する白人の大半が中途半端な弱い人間で、黒人に侮られがちであるということ、すなわち黒人に対して脅威となる白人を排除してしまうということなのだ。

弱い白人は老ウエイターのほかに何人も登場してくるが、ひと際目立つのが黒人の不良たちに殺されてしまうジミーという男である。彼は、イーライが勤め始めたばかりであるドラッグストアのソーダ・ファウンテンに客として現れる。彼はひどく酔っており、その醜態が以下のように描かれる。

どのようにしたらこれほどひどい状態になれるものなのか。鼻からよだれ、口から鼻水を垂らしている。次には目から糞を出し、尻から涙を流すのだろう。なんとも悲しい人間のくず。糸を使い切った糸巻のような自失。価値がないのにまだ捨てられてはいない。（五五）

ジミーは自分の母が黒人であると言う。白人である産みの母が彼を手放したため、黒人女性に育てられたらしい。それゆえ彼は黒人に対してコンプレックスを抱いており、イーライにつきまとう。ジミーは、店内で注文したコーヒーに勝手にウイスキーを入れて飲んでいたため、強面のきく店員ブローガンによって店外へつまみ出されてしまうが、仕事を終えて帰宅するイーライの前に再び現れ、どこまでもついてこようとする。ジミーはイーライに対してなれなれしく振るまい、肩に手を当てたり、顔に指先を向けたりするのだが、イーライは指さされたことに我慢ができなかった。

おれは振り返り、彼に面と向かった。彼は息苦しそうで、ひどく苛立っているように見えた。太い指をおれの顔に向けた。急激におれの血が騒いだ。指先で脅すなんて、そんなことをおれに対してやった奴は誰だ。おれには我慢できなかった。「おれが知らないと思うなよ。おれは知ってるんだ。」（六二）

ジミーは脅すつもりで指さしたのではなさそうだ。少なくとも意識的には。しかし意識下に差別心があり、それをイーライが敏感に読み取って、「知ってるんだ」と言っているように思われる。イーライは、孤児院時代に白人女性である院長から、指さされて脅された経験があり、それを屈辱的に感じていたので、ジミーのしぐさに対してことさら立腹している。院長はそれなりに威厳を備えた人間であったが、子供らは内心で彼女を侮っていた。ましてや、ジミーのような威厳のかけらもない堕落した男に対して、イーライは敬意を払う必要をまったく感じることがない。対等というよりも見下ろすような立場から、彼に怒りをぶつけているように見える。

その場に居合わせた黒人不良青年たちが、イーライの怒りに触発されたかのようにジミーに襲いかかり、防戦のためにジミーが取り出したナイフを奪って彼を刺殺してしまう。犯人はのちに警察に逮捕されるのだが、少なくともこの場においては、白人に対する黒人の優位が強く印象づけられる。そこには、かつて屈辱を受けた黒人の復讐めいたものが感じられなくもない。

キャシーを中心とする白人女性たちとイーライの交際にも、その復讐めいたものがどこかに潜んでおり、純愛の成就を妨げている。イーライはキャシーに去られたあと、ユーニスと、そしてその次にタミーと恋仲になっているが、彼が本気で愛した白人女性はキャシーだけであり、ユーニスとの付き合いには好意はあっても燃える恋心はない。キース・E・バイアマンは、キャシーをこの物語の中心と見なし、ユーニスは「美しくて気取りがなく、才能もあるが、いくぶん子どもっぽくて甘えている」ために、キャシーほどイーライの心を奪うことができないと考えているが、妥当な判断といえるだろう。(6) タミーとの付き合いに至っては、性欲を満たすためだけの次元の低いものにしか見えない。

しかし、それほど強く愛したキャシーであったにもかかわらず、イーライは彼女を自分の思い通りに支配しようとしたため、失ってしまうことになる。その支配欲には、彼の白人に対する復讐心が反映していないとは言い切れない。去って行こうとするキャシーをレイプする場面においては、人種差別がらみの表現がいくつかみられる。たとえば、キャシーの目は「大きくて素朴でアングロサクソン系である不正の遺物」(二五)と描かれ、また彼女は「かつて自分が属していたピューリタン的で資本主義的な世界へ逃げ戻ろうとしている」(二九)とも評される。そしてキャシーは、強引に迫るイーライに対し、「手をはなしなさいよ、ニガー」(二六)と言う。これらの表現が、レイプを白人に対する復讐の一環であるかのように感じさせている。関係が良好だった頃は、心の奥底に潜んで顕在化することが稀だった人種的コンプレックスが、別れ際に噴出したと考えることができるだろう。

イーライと恋人たちの性行為の描写は、彼の独善性に染められて読者を辟易させるが、とりわけ目立つのがフェラチオへの強い執着である。彼がフェラチオを要求する相手は白人女性に限ったわけではないけれども、この行為には相手を屈従させる快感が伴っており、相手に対するイーライの優位が印象づけられる。したがって、本当に愛しているキャシーよりも、欲求を満たすため付き合う女性のほうが、見下ろすかたちで注文をつけやすいため、フェラチオをさせることが多くなる。実際にフェラチオの行為が長々と描かれるのは、黒人女性ではアニタ、白人女性ではタミーが相手のときで、二人ともイーライから物のように利用されている。タミーは白人女性であっても、キャシーやユーニスとちがって宿なしで身持ちの悪い娼婦的な女性であるため、屈従させるのが比較的容易であった。イーライにとっては、タミーよりもユーニスのほうがあらゆる面で魅力的であるはずなのに、ユーニスよりもタミーについて多くの紙数が費やされるのは、結局イーライの語りが白人の弱さを前景化したいからである。さすがにキャシーは別格で、キャシーよりタミーを多く語ることはできていないけれども、この小説がイーライとタミーの馴れ初めから書き起こされ、彼がタミーと別れて孤独になったところで結末を迎えること、つまりタミーで始まりタミーで終わっていることが、彼女を意味深い存在にしている。

キャシーに対する征服欲は潜在的なものにとどまり、別れ際においてのみレイプというかたちで暴発したのであったが、キャシーと恋仲になったということ自体が、白人を屈従させる側面を持つ。なぜなら、やはりキャシーを愛していた白人男性のジェリー・ギンズバーグを制圧しつつ、イーライはキャシーの心をつかんだからだ。ジェリーはかつて大学で発行された文集に載ったイーライの詩と短篇小説を読んで感動し、またイーライがヴェトナムで戦ったことに憧れて、彼を崇拝していた。ジェリーはイーライに対して、「もしきみがそうしろと言うのなら、たぶんきみの一物をしゃぶるだろう。僕はホントーにろくでなしなんだ。ああ。僕はろくでなしだ」（一八四）とさえ言っている。イーライは一応、このジェリーの態度を苦々しく受けとめてみせるが、キャシーを独占することによってジェリーを追いつめたことを誇示したがっているようにも見える。ジェリーの発言において、男根を咥《くわ》えることが屈服の象徴的行為となっているが、これはイーライの楽しむすべてのフェラチオに、相手の女性を屈服させる喜びがついてまわることを確認させるのだ。

以上のように、老ウエイター、ジミー、ジェリー、タミー、キャシーなどの白人男性、白人女性の屈辱を、イーライはつとめて印象的に語っている。そうすることによって彼は、自分が無力であったため孤児院とヴェトナムで受けたトラウマを払拭しようとしているのかもしれない。とりわけ、ヴェトナムでスミスの示した差別的言動に対する復讐を、白人たちを見下ろすことのできるいまの自分を誇ることによって、なしとげようとしているようだ。

しかしイーライは必ずしも復讐を前面に出していない。抗議めいた復讐心が顕わになれば反発を招きやすいが、彼はそれとなくほのめかすにとどめて、逆に説得力を高めている。たとえば、黒人女性アニタのフェラチオをあえて長々と描写するのは、フェラチオが白人を屈服させる象徴的行為であると明示することを避けるためだと考えることもできる。むろん、そのためにイーライが人種を問わず、女性一般に対して傲慢にふるまう男根主義者だという印象は強まるだろうけれども、そちら側からの反発を受けてでも、彼は白人を屈服させる自分の姿をよりクールに提示してみせたかったのではないだろうか。

イーライが意図的に性的場面を描写していることは、バイアマンによっても指摘されている。バイアマンは以下のように述べている。

性的場面を情をこめて長々と詳細に表現することにより、イーライはテクストをエロティックなものにする。それは、読者が持つかもしれないいかなる道徳主義的な想定にも抵抗する役割を果たす。この本は、性表現があからさまであるのでキリスト教的ではなく、さらには、特に黒人文学は違った方法で性欲を取り扱うべきだという考えに対処している、とまでもメイジャーは言っている。(7)

たしかにイーライ同様、作者メイジャーにも、白人のなしえない過剰な性描写を、黒人ならではの特徴的なものとして好意的に捉える気持ちがなくはないだろう。だが同時に、イーライほど独善的ではないはずのメイジャーには、冗長な性描写が大半の読者に忍耐を要求することも分かっているにちがいない。

イーライの語りは、白人を屈服させる自分の姿を英雄的に描き出すことにある程度成功しているとはいえるけれども、語りに染み透っている独善性は彼が本物の英雄になることを妨げる。そもそも白人を屈服させること自体、白人による黒人差別の裏返しにすぎず、長い目で見ると決して生産的なことではないのだ。愛していたキャシーが去っていったことも大きな損失である。たしかに、イーライは若く知的能力にもすぐれ女性を惹きつける外面的な魅力を持っているのだろうけれども、内面的な不毛が女性との関係を長続きさせない。孤児院時代やヴェトナム時代の経験が彼の内面を荒ませたとはいえ、メイジャーはそれを言い訳にしてイーライを擁護するのではなく、むしろ突き放しているように見える。イーライには前向きに生きれば内面が充実したものになる可能性があることが、エンディングでほのめかされる。メイジャーは、イーライに困っているプエルトリコ人母子に対して善行を施させることによって、イーライが独善的ではない、また別の語りをなしうる時が来るかもしれないと示唆しているのだ。

注

第一章

一

（1）飛田茂雄「John Hawkes の逆説とユーモア」、『英語青年』、（研究社、一九七九年一月）、一三。

（2）John Enck, "John Hawkes: An Interview," *Wisconsin Studies in Contemporary Literature* 6（1965）149.

（3）John Hawkes, *The Lime Twig*（New York: New Directions, 1961）40. 以下、引用は本文中にページ数のみ示す。

（4）Eliot Berry, *A Poetry of Force and Darkness: The Fiction of John Hawkes*（San Bernadino: Borgo Press, 1979）42-44 を参照されたい。

（5）レスリー・A・フィードラーのイントロダクション（*The Lime Twig*, vii-xiv）のほか、Frederick Busch, *Hawkes: A Guide to His Fictions*（Syracuse: Syracuse UP, 1973）, Tony Tanner, *City of Words: American Fiction 1950-1970*（New York: Harper & Row, 1971）, Frederick R. Karl, *American Fictions 1940-1980: A Comprehensive History and Critical Evaluation*（New York: Harper & Row, 1983）などがマーガレットを死んだと判断している。それに対してレイモンド・M・オールダーマンは、「フィードラーがイントロダクションで彼女が死んだように言っているが、マーガレットはこの本の最後まで生きている」と述べている。（Raymond Olderman, *Beyond the Wasteland: A Study of the American Novel in the Nineteen Sixties* [New Haven: Yale UP, 1972] 172）。しかしこのようにマーガレットが死んでいないことをはっきりと読み取っている研究者は、むしろ少ない。

（6）John Hawkes, *Second Skin*（New York: New Directions, 1964）12. 以下、引用は本文中にページ数のみ示す。

（7）Donald J. Greiner, "The Thematic Use of Color in John Hawkes' *Second Skin*," *Contemporary Literature* 11（1970）389-400 は、黒のほか白、黄、緑の四色の意味を詳細に考察している。しかし四色ともスキッパーがカリブ海の島に来る以前は悪い意味を持ち、以後は良い意味を持つという安易な切り方をしていて、不満が残る。

二

（1）John Hawkes, "Charivari," in *Lunar Landscapes: Stories and Short Novels, 1949-1963*（New York: New Directions, 1969）51. 以下、引用は本文中にページ数のみ示す。

（2）Frederick Busch, *Hawkes: A Guide to His Fictions*（New York: Syracuse UP, 1973）8.

（3）Patrick O'Donnell, *John Hawkes*（Boston: Twayne, 1982）47.

（4）Busch, 12.

（5）Busch, 14.

（6）Busch, 15.

（7）O'Donnell, 49.

三

（1）ホークスのいうプロットとは、個々のヴィジョンやエピソードを結びあわせ読者の理解を容易にする筋書きという意味である。

（2）リタ・フェラーリは以下のように、ホークスがジッツェンドルフに作者並みの全知の特権を与えたことが、逆に両者の間の距離を生み出したと指摘している。「ホークスのジッツェンドルフとの意図的な同一化は、かくして逆説的に作者と語り手の隔たりを生み出し、語りが、世界やその中での自分の位置づけに関するジッツェンドルフの考え方と、読者のそれらに関する考え方の違いを明らかにすることを可能にしている。しかしそれと同時に、ホークスは創作の過程それ自体が逆説的であり、それ自身の力を発揮しながら批評するものであることを明らかにしえてもいる。」Rita Ferrari, *Innocence, Power, and the Novels of John Hawkes*（Philadelphia: U of Pennsylvania P, 1996）18.

（3）チャールズ・マシューズはミラーの罪が曖昧であることにカフカ的な不条理を認め、また新しい神話を作ろうとする語り手ジッツェンドルフが、ミラーと市長にそれぞれキリストとユダの役をふった可能性に言及している。Charles Matthews, "The Destructive Vision of John Hawkes," *Critique* 6. 2（1963）42.

（4）John Hawkes, *The Cannibal*（1949; New York: New Directions, 1962）180. 以下、引用は本文中にページ数のみ示す。なお、この少年は以下のように、逃げ回っているときすでに狐にたとえられていた。「ユッタの息子は妖精であり、命がけで逃げていた。指の関節の大きさしかない膝は、若いおびえた狐がバランス悪く振り動かすように、あらゆる方向に旋回した」（三六）。

（5）フレデリック・ブッシュはこれを重視し、『人食い』における動物のイメージを詳細に検討している。Frederick Busch, *Hawkes: A Guide to His Fictions*（New York: Syracuse UP, 1973）18-35.

（6） フレデリック・R・カールは、この皇帝の出現について、「このイメージは純粋に超現実主義的なものだと思われるかもしれないが、ふたつの戦争、ふたつの敗戦をひとつに圧縮し、ヒトラーのもとでのドイツの復活と、いまのジッツェンドルフによる復興の試みを重ねていることを考えれば、重要な役割を果たしている」と評し、ロバート・ローウェルの詩「ナンタケットのクエーカー墓地」におけるエイハブやピークォッド号への言及を引き合いに出して、ホークスの散文が詩のように凝縮されたものであることを強調している。Frederick R. Karl, *American Fictions 1940–1980: A Comprehensive History and Critical Evaluation*（New York: Harper & Row, 1983）88.

（7） エリオット・ベリーはジッツェンドルフの狂気について以下のように述べている。「ジッツェンドルフの力は、マダム・スノウも含めて他の人間がコントロールできないもの、即ち状況の持つ狂気というものをコントロールする能力に由来するところが大きいように思われる。ジッツェンドルフは他の人間が時代特有の狂気に陥っているのを、その狂気に染まることなく認識することができ、理解することもできているのだが、それは、ヒトラーのようにジッツェンドルフも自分の中に狂気を持っている、という事実にある程度基づいた力なのである。」Eliot Berry, *A Poetry of Force and Darkness: The Fiction of John Hawkes*（San Bernardino: Borgo Press, 1979）22–23.

四

（1） Donald J. Greiner, *Understanding John Hawkes*（Columbia: U of South Carolina P, 1985）51.

（2） John Hawkes, *The Beetle Leg*（New York: New Directions, 1951）50–51. 以下、引用は本文中にページ数のみ示す。

（3） Eliot Berry, *A Poetry of Force and Darkness: The Fiction of John Hawkes*（San Bernardino: Borgo Press, 1979）29.

（4） Frederick Busch, *Hawkes: A Guide to His Fictions*（Syracuse: Syracuse UP, 1973）55.

（5） Patrick O'Donnell, *John Hawkes*（Boston: Twayne, 1982）64.

（6） O'Donnell, 65.

（7） Berry, 27.

（8） Berry, 28.

（9） Berry, 30.

第二章

一

（1）Norman Mailer, *Pontifications*（Boston: Little Brown, 1982）74.

（2）Mailer, *Deer Park*（1955; Herts: Granada, 1978）148.

（3）Mailer, *Cannibals and Christians*（1966; New York: Pinnacle, 1981）144.

（4）Mailer, *The Prisoner of Sex*（New York: Signet, 1971）120–21.

（5）Mailer, *An American Dream*（1965; Herts: Granada, 1972）16.

（6）*Ibid.*, 35.

（7）ここではそれぞれひとつずつ例を挙げておく。Donald L. Kaufmann, *Norman Mailer: The Countdown/ The First Twenty Years*（Carbondale: Southern Illinois UP, 1969）に寄せた序文で、ハリー・T・ムーアは「カウフマンは一九六六年までの、メイラーの経歴の最初の二十年を取り上げている。つまり、彼はひとつの小説の論考を割愛している。その小説は『なぜぼくらはヴェトナムへ行くのか?』、メイラーの小説の中では最も価値の低いものである」（vページ）と言っている。駄作は批判するよりも、むしろ黙殺すべきだということらしい。フレデリック・R・カールは、「わたしは、これがメイラーの小説の中で最良のものだと思うが、彼の作品群の中での位置づけはさておき、この作品は、アメリカの昔からの姿と過去から断絶した新しい姿の両方の表現がすばらしい」と、この作品を褒め称えている。（Frederick R. Karl, *American Fictions 1940-1980: A Comprehensive History and Critical Evaluation* [New York: Harper & Row, 1983] 14.）

（8）Robert Merrill, *Norman Mailer*（Boston: Twayne, 1978）82.

（9）Robert Ehrlich, *Norman Mailer: The Radical as Hipster*（Metuchen: The Scarecrow Press, 1978）110.

（10）Mailer, *Why Are We in Vietnam?*（1967; New York: Holt, Rinehart and Winston, 1982）37-38. 以下、引用は本文中にページ数のみ示す。

二

（1）Steven Weisenburger, "Contra Naturam?: Usury in William Gaddis's *JR*," *Genre* 13（Spring 1980）99–100.

（2）Steven Moore, *William Gaddis*（Boston: Twayne, 1989）96.

（3）William Gaddis, *JR*（New York: Alfred A. Knopf, 1975; paperback edition with corrections, New York: Penguin, 1985）658. 以下、引用は本文中にページ数のみ示す。

（4）JRが、"up yours"、"up mine" と聞き違えている箇所は、正しくは、"ach ja"（おお然り）、"ach nein"（おお否）と歌われている。

（5）Stephen H. Matanle, "Love and Strife in William Gaddis's *JR*," *In Recognition of William Gaddis*, eds. John Kuehl and Steven Moore（Syracuse: Syracuse UP, 1984）117.

（6）ここでは「雑音」を、聴覚的な刺激に限定せず、ひとつのことに対する集中を妨げうる無用のものという比喩的な意味で用いる。たとえば民放のテレビ番組は、コマーシャルという雑音によってコマ切れに断片化されている。

（7）Gregory Comnes, *The Ethics of Indeterminacy in the Novels of William Gaddis*（Gainesville: UP of Florida, 1994）116.

第三章

一

（1）各曲のヒットした年は以下の通り。「スイート・ドリームズ」——一九八三、「タイム・アフター・タイム」——一九八四、「青い影」——一九六七、「愛をもう一度」——一九八四、「ガールズ・ジャスト・ワナ・ハヴ・ファン」——一九八四、「ヒア・カムズ・ザ・サン」——一九七一（ヒットしたのはリッチー・ヘイヴンズのヴァージョン。ビートルズのアルバム中の一曲として発表されたのは一九六九年）、「ヴィーナス」——一九五九、「ザ・ロング・アンド・ワインディング・ロード」——一九七〇、「オブラディ・オブラダ」——一九七六（アルバム中の一曲として発表されたのは一九六八年）、「アイ・ラヴ・ユー・トゥルーリー」——一九一二、「ユー・アー・マイ・サンシャイン」——一九四一（ビング・クロスビー、ウェイン・キング、ジーン・オートリーの三つのヴァージョンがいずれも同年にヒット）、「モッキンバード」——一九七四。なおバーブラ・ストライザンドの「ハッピー・デイズ」（正しくは「ハッピー・デイズ・アー・ヒア・アゲン」というタイトルの曲と考えられる）と「可愛いアイシャ」は、ヒット曲ではない。「ハッピー・デイズ・アー・ヒア・アゲン」は一九六二年発表のアルバムに、「可愛いアイシャ」は一九七六年発表のアルバムに、おさめられている。また、名前の挙がったアーティストのなかで、一九八四年にヒット・チャートをにぎわしていたのは、マイケル・

ジャクソン、ロッド・スチュワート、ユーリズミックス、カルチャー・クラブ、ブルース・スプリングスティーン、ヴァン・ヘイレン、シンディ・ローパー、デュラン・デュラン、マール・ハガード、チャーリー・プライド、クリスタル・ゲイル、ピーボ・ブライソン、マドンナ、ドリー・パートン、スティーヴィー・ワンダー。

（2）Jaye Berman Montresor, "This Was in 1992, in Iowa City: Talking with Ann Beattie," *The Critical Response to Ann Beattie*, ed. Jaye Berman Montresor（Westport: Greenwood Press, 1993）249.

（3）杉原志啓・上野シゲル『全米TOPヒッツ熱中本'55-'63』（学陽書房、一九九七年）、一〇。

（4）Ann Beattie, *Love Always*（1985; New York: Vintage, 1986）25. 以下、引用は本文中にページ数のみ示す。

二

（1）真保孝、バック・オウェンズとバッカルーズ『バック・オウェンズ・イン・ジャパン』（東芝 CP-8169、一九六七年）のジャケット裏のライナーノート。

（2）Tom Roland, *The Billboard Book of Number One Country Hits*（New York: Billboard Books, 1991）70.

（3）上岡伸雄「リアリズム感覚の電脳小説」、『ユリイカ』（青土社、一九九七年一月）、二三三。

（4）久間十義「消費されるサイバー・パンク」、『文学界』（文藝春秋、一九九七年一二月）、三一九。

（5）William Gibson, *Idoru*（1996; London: Penguin, 1997）44. 以下、引用は本文中にページ数のみ示す。

（6）金井覚「〈終わらない夏休み〉にも終わりがあるのだろうか?」、『アイドルという人生』、（メディアワークス、一九九八年）、一二六。

（7）『あいどる』の作中人物のひとりヤマザキは、ナノテクビルが、映画『エイリアン』のデザインで知られるスイス人の画家H・R・ギーガーの描いたニューヨークの絵のようだと言っている（八一）。それを受けて、ダニ・キャバラーロは、このカフカのテーマ・バーの描写も、ギーガーの作り出した生物を思い出させると述べている。（Dani Cavallaro, *Cyberpunk and Cyberculture* [London: The Athlone Press, 2000] 89.）

（8）巽孝之『日本変流文学』、（新潮社、一九九八年）、二五四。

第四章

一

（1）John Huntington, "Philip K. Dick: Authenticity and Insincerity," *Science-Fiction Studies* 15. 2（1988）, reprinted in *Contemporary Literary Criticism*, vol. 72, ed. Thomas Votteler（Detroit: Gale Research, 1992）117.

（2）畑中佳樹「シミュラクラの中で」（サンリオSF文庫・フィリップ・K・ディック『シミュラクラ』解説［一九八六年］再録）、『PKD博覧会』（アトリエサード、一九九六年）、八一。

（3）Philip K. Dick, *The Man in the High Castle*（1962; New York: Vintage, 1992）73. 以下、引用は本文中にページ数のみ示す。

二

（1）Fredric Jameson, "World-Reduction in Le Guin: The Emergence of Utopian Narrative," *Ursula K. Le Guin*, ed. Harold Bloom（New York: Chelsea House, 1986）60.

（2）Carol McGuirk, "Optimism and the Limits of Subversion in *The Dispossessed* and *The Left Hand of Darkness*," *Ursula K. Le Guin*, ed. Harold Bloom, 248.

（3）Barbara Brown, "*The Left Hand of Darkness*: Androgyny, Future, Present, and Past," *Extrapolation* 21. 3（1980）, reprinted in *Ursula K. Le Guin*, ed. Harold Bloom, 226–27.

（4）小谷真理『女性状無意識〈テクノガイネーシス〉——女性SF論序説——』、（勁草書房、一九九四年）、一三四。

（5）Barbara J. Bucknall, *Ursula K. Le Guin*（New York: Ungar, 1981）65.

（6）Jameson, 68–70.

（7）Elizabeth Cummins, *Understanding Ursula K. Le Guin*（Columbia: U of South Carolina P, 1990）78.

（8）Ursula K. Le Guin, *The Left Hand of Darkness*（New York: Ace, 1969）94-95. 以下、引用は本文中にページ数のみ示す。

（9）Dena C. Bain, "The *Tao Te Ching* as Background to the Novels of Ursula K. Le Guin," *Extrapolation* 21. 3（1980）, reprinted in *Ursula K. Le Guin*, ed. Harold Bloom, 217–20.

第五章

一

(1) Jim Haskins, *Voodoo & Hoodoo*, (New York: Original Publications, 1978) 66–67.

(2) Haskins, 87.

(3) エッセイ集 *Shrovetide in Old New Orleans* (1978; New York: Atheneum, 1989) に収められたルポルタージュ「先生、ごもっとも」("I Hear You, Doc") のなかで、米国に帰国する直前のリードは、次のような述懐をしている。

> わたしの頭の中では、誰もが「魔法の島」と呼んだハイチについての無数のイメージと考えが鼓動していた。ハイチは、ゾンビとか歯軋りするまじない師がいるハリウッド的な「ヴードゥーの」島を超えるものだと分かった。ただしゾンビが存在する形跡はあった。ゾラ・ニール・ハーストンは、彼女が本当はどんな人であるかほとんど分かっていない連中によって、黒人文学の力を誇示するため、その名が引き合いに出されているのだが、そのハーストンは、ハイチの写真を一枚撮っており、それが彼女の著作『ハイチにおけるヴードゥーの神々』に出ている。
>
> 　わたしはホテルでは少し不安だった。翌日帰国するのが本当にうれしかった。ホテルのせいではない。職員も客もわたしに親切だった。わたしは帰りたかったのだ。マイアミのヘラルド紙を見てうれしくなるなんて考えもしなかった。一ドル五十セントも払わなければならなかったにもかかわらず。(二八四)

(4) Reginald Martin, "An Interview with Ishmael Reed," *The Review of Contemporary Fiction* 4. 2, (1984), 186.

(5) Ishmael Reed, *The Free-Lance Pallbearers* (1967; New York: Atheneum, 1988) 154.

(6) Reed, "The Writer as Seer," *Black World* 23. 8, (1974), 24–25.

(7) Reed, *Yellow Back Radio Broke-Down* (1969; New York: Atheneum, 1988), 80–81.

(8) Robert Elliot Fox, "Blacking the Zero: Towards a Semiotic of Neo-Hoodoo," *Black American Literary Forum* 18. 3, (1984), 95–99.

(9) W. C. Bamberger, "The Waxing and Waning of Cab Calloway," *The Review of Contemporary Fiction* 4. 2, (1984), 203.

(10) Reed, *Yellow Back Radio Broke-Down*, 47.

(11) *Ibid*., 139.

⑿ Keith E. Byerman, *Fingering the Jagged Grain: Tradition and Form in Recent Black Fiction.* (Athens: U of Georgia P, 1985) 224.
⒀ Jack Hicks, *In the Singer's Temple.* (Chapel Hill: U of North Carolina P, 1981) 87-88.

二

(1) Ishmael Reed, *Reckless Eyeballing* (1986; New York: Atheneum, 1988) 131. 以下、引用は本文中にページ数のみ示す。
(2) Michiko Kakutani, "Gallery of the Repellent," *New York Times* (April 5, 1986), reprinted in *The Critical Response to Ishmael Reed*, ed. Bruce Allen Dick (Westport: Greenwood Press, 1999) 164-66.
(3) Michele Wallace, "Female Troubles: Ishmael Reed's Tunnel Vision," *The Village Voice Literary Supplement* 51 (1986), reprinted in *The Critical Response to Ishmael Reed,* 187
(4) Robert Elliot Fox, *Conscientious Sorcerers: The Black Postmodernist Fiction of LeRoi Jones/ Amiri Baraka, Ishmael Reed, and Samuel R. Delany* (New York: Greenwood Press, 1987) 82.
(5) Patrick McGee, *Ishmael Reed and the Ends of Race* (Houndmills: Macmillan, 1997) 54-58.
(6) Daniel Punday, "Ishmael Reed's Rhetorical Turn: Uses of 'Signifying' in *Reckless Eyeballing,*" *College English* 54. 4 (1992), reprinted in *The Critical Response to Ishmael Reed,* 166-83.
(7) David L. Smith, in a review of "*Reckless Eyeballing,*" *The Black Scholar* 18.3 (1987) 37-38.

三

(1) Bernard W. Bell, "Introduction: Clarence Major's Transgressive Voice and Double Consciousness as an African American Postmodernist Artist," *Clarence Major and His Art: Portrait of an African American Postmodernist,* ed. Bernard W. Bell (Chapel Hill: U of North Carolina P, 2001) 2.
(2) Larry McCaffery and Jerzy Kutnik, "'I Follow My Eyes': An Interview with Clarence Major," *African American Review* 28. 1 (1994), reprinted in *Clarence Major and His Art: Portrait of an African American Postmodernist,* 77-78.
(3) Clarence Major, *All-Night Visitors* (1969; New York: Olympia Press, 1970) 43. 以下、引用は本文中にページ数のみ示す。

（4） James W. Coleman, "Clarence Major's *All-Night Visitors:* Calibanic Discourse and Black Male Expression," *African American Review* 28. 1 （1994）, reprinted in *Clarence Major and His Art: Portrait of an African American Postmodernist,* 191.

（5） Coleman, 193.

（6） Keith E. Byerman, *Fingering the Jagged Grain: Tradition and Form in Recent Black Fiction* （Athens: U of Georgia P, 1985） 259.

（7） Byermar., 258–59.

あとがき

現代アメリカ小説の中の、第二次大戦後、二十世紀末までに発表されたものに限定しても、枚挙にいとまがないほど優れた作品に思い当たる。また、その多様性は圧倒的である。作品名を列挙するだけの年表を作ってみた。全体的に個人の好みが反映していることは間違いないだろう。ＳＦも文学的価値が高いと判断されるものは選んでいる。ハル・クレメントの『重力の使命』やデイヴィッド・ブリンの『スタータイド・ライジング』のような優れたハードＳＦにも愛着があるが、文学研究者の関心の対象にはまだまだなっていないようなので、割愛した。しかし年表の中には、ＳＦではないが、評判になったけれども文学的価値があるかどうか疑問視されそうなものが、いくつか入っている。好みというより、それらが流行した時代を懐かしむ気持ちから選んでみた。いわゆるノンフィクション小説も小説と認めて、『死刑執行人の歌』と『冷血』も含めた。

このように取捨選択しながら年表を作成するのは楽しい作業である。これまで、アメリカ小説に限定されない、世界文学史の年表をいくつか見てきたし、読書案内として参考にすることも少なくなかった。最も早い時期に目にしたのが、高校時代に参考書として使っていた『注解日本文学史　七訂新版』（中央図書、一九七七年）に載せられていたものである。巻末に日本文学史年表が付されており、その表の最も下に外国文学の欄があった。いわば日本文学史のおまけの欄なので、大きな期待ができるはずもないが、特に戦後の部分はかなり偏っている。二十世紀の外国文学作品は、小説、詩、戯曲に評論やノンフィクションまで含めて六十九点挙がっており、そのうち十七点がアメリカのものである。ここにそれらを、そのままの表記で引いておくことにしよう。

アメリカの悲劇（ドライザー）、陽はまた昇る（ヘミングウェイ）、武器よさらば（ヘミングウェイ）、大地（パール・バック）、風と共に去りぬ（ミッチェル）、怒りの葡萄（スタインベック）、誰がために鐘が鳴る（ヘミングウェイ）、裸者と死者（メーラー）、老人と海（ヘミングウェイ）、エデンの東（スタインベック）、町（フォークナー）、さよなら、コロンブス（ロス）、愚者の船（ポーター）、ヴァージニア・ウルフなんかこわくない（オールビー）、感謝祭のお客さん（カポーティ）、月にともる火（メイラ）、私がすごした場所（サローヤン）

前半は、フォークナーやフィッツジェラルドの作品が欠けているとはいえ、よく知られた小説が並んでおり、違和感はない。それに対して後半は、いったいどのような基準で選んだのか不思議に思えるほど、個性的なセレクションになっている。特に最後の三点が選ばれた理由がよく分からない。しかしそれはいまになって感じられることで、多読濫読の意欲が旺盛だった大学に入りたての頃には、右も左も分からないまま、ここにリストアップされている作品をすべて読もうとしたのであった。そして大半は翻訳に頼ったのだが、訳本が見つからなかった『感謝祭のお客さん』と『私がすごした場所』をのぞいて、すべて読了した。読まなくてもよいものを読んで時間の無駄だったとは思っていない。むしろ、メイラーの存在を知らせてくれたことで、このリストには感謝したいぐらいである。

メイラーの著作が二冊入っているのだが、『裸者と死者』より『月にともる火』のほうが短かったので、こちらを先に読んだ。そしてメイラーが何を言いたいのか細かいところまではよく分からなかったが、特異な熱のこもりかたに魅力を感じ、この作家をよりよく理解したいという気持ちに駆られて、彼の著作を手当たり次第に読んでいった。

わけの分からないものに魅力を感じる気質は、のちにポストモダン小説への関心に結びつく。ピンチョン、バースに魅了され、さらにはホークス、ギャディス、リード、メイジャーなど、比較的知名度の低い作家たちの作品を愛好するようになっていった。ＳＦへの関心は、ピンチョンとヴォネガットを経由してのものだが、八〇年代のディックやギブスンのブームからも影響を受けた。筒井康隆と小松左京の存在も大きかった。

職に就き、学生時代ほどの時間と体力を読書に費やすことが難しくなってくると、読書の傾向がいささか変化し、それまで長く重厚なものを好んで読んでいたのだが、軽妙洒脱なものにも目を向け始めた。ビーティを愛読するようになったのはこの頃である。

最近は、さまざまな文学史年表や推薦書リストに挙がっている未読の作品をすべて読んでやろうという気炎はおろか、相当の目利きが書評で絶賛している新作をすぐに読もうとする素直ささえも失われつつあるが、読むべき小説はぜひ読んでおきたいものである。再読したい作品も数限りなく、時間との勝負である。

最後に、本書の出版を快く引き受けてくださった大学教育出版の佐藤守氏に対して、心からの御礼を申し上げたい。

二〇一一年二月

竹本　憲昭

初出一覧

第一章　ジョン・ホークスの初期作品群

一　『ライム・トゥイッグ』と『もうひとつの肌』……Hawkes の死臭（『岡山大学教養部紀要』、第二十五号、一九八九年）

二　「シャーリバーリ」……「シャーリバーリ」における自由（『外国文学研究』〔奈良女子大学文学部外国文学研究会〕、第二十四号、二〇〇五年）

三　『人食い』……*The Cannibal* における弱肉強食（『外国文学研究』、第二十一号、二〇〇二年）

四　『甲虫の脚』……『甲虫の脚』論（『外国文学研究』、第二十五号、二〇〇六年）

第二章　DJとJR——資本主義社会における青少年

一　ノーマン・メイラー『なぜぼくらはヴェトナムへ行くのか?』……悪魔的人間の堕落　——*Why Are We in Vietnam?* について——（『岡山大学教養部紀要』、第二十六号、一九九〇年）

二　ウィリアム・ギャディス『JR』……雑音と断片　—ウイリアム・ギャディスの『JR』について（『奈良女子大学文学部研究年報』、第四十二号、一九九九年）

第三章　小説の中のポップカルチャー

一　アン・ビーティとポピュラー・ミュージック——『ラブ・オールウェイズ』について……アン・ビーティーとポピュラー・ミュージック　——*Love Always* について（『外国文学研究』、第十八号、一九九九年）

二　ウィリアム・ギブスン『あいどる』とオタク……『あいどる』とオタク（『外国文学研究』、第二十六号、二〇〇七年）

第四章　SFの名作を読む

一　フィリップ・K・ディック『高い城の男』……フィリップ・K・ディックと差異　——*The Man in the High Castle* について（『LITTERA』〔岡山大学「LITTERA」刊行会〕、第四号〔最終号〕、二〇〇〇年）

二　アーシュラ・K・ル＝グィン『闇の左手』……『闇の左手』におけるジェンダー（『外国文学研究』、第二十二号、二〇〇三年）

第五章　実験的黒人作家——リードとメイジャー

一　イシュメール・リード『黄表紙ラジオ崩壊』……イシュメール・リードとシンクレティズム（『岡山大学文学部紀要』、第二十四

号、一九九五年）

二　『向こう見ずな凝視』……『向こう見ずな凝視』とフェミニズム（『外国文学研究』、第二十三号、二〇〇四年）

三　クラレンス・メイジャー『夜の訪問者たち』……『夜の訪問者たち』論（『外国文学研究』、第二十八号、二〇〇九年）

現代アメリカ小説年表（一九四六－二〇〇〇）

一九四六	ウォーレン『すべて王の臣』
一九四七	ベロー『犠牲者』
一九四八	メイラー『裸者と死者』、カポーティ『遠い声　遠い部屋』、フォークナー『墓地への侵入者』
一九四九	ホークス『人食い』、H・ミラー『セクサス』、ボウルズ『シェルタリング・スカイ』
一九五〇	ブラッドベリ『火星年代記』
一九五一	ホークス『甲虫の脚』、メイラー『バーバリの岸辺』、サリンジャー『ライ麦畑でつかまえて』、マッカラーズ『悲しき酒場の唄』、ジョーンズ『地上より永遠に』、フォークナー『尼僧への鎮魂歌』
一九五二	エリスン『見えない人間』、オコナー『賢い血』、ヘミングウェイ『老人と海』
一九五三	ベロー『オーギー・マーチの冒険』、スタージョン『人間以上』
一九五四	フォークナー『寓話』
一九五五	メイラー『鹿の園』、ギャディス『認識』、ナボコフ『ロリータ』
一九五六	モリス『視界』、ベスター『虎よ、虎よ！』
一九五七	ケルアック『路上』、マラマッド『アシスタント』、フォークナー『町』
一九五八	ケルアック『禅ヒッピー』
一九五九	ロス『さようならコロンバス』、バロウズ『裸のランチ』、ジャクスン『山荘綺談』、パーディ『マルコムの遍歴』、フォークナー『館』
一九六〇	バース『酔いどれ草の仲買人』、アップダイク『走れウサギ』、オコナー『烈しく攻むる者はこれを奪う』
一九六一	ホークス『ライム・トゥイッグ』、ヘラー『キャッチ＝22』、マッカラーズ『針のない時計』
一九六二	ディック『高い城の男』、ブラッドベリ『何かが道をやってくる』、フォークナー『自動車泥棒』、キージー『カッコーの巣の上で』、ボールドウィン『もう一つの国』、ポーター『愚者の船』
一九六三	ピンチョン『V.』、ヴォネガット『猫のゆりかご』、サリンジャー『大工よ、屋根の梁を高く上げよ・シーモア――序章』、マッカーシー『グループ』、プラス『ベル・ジャー』
一九六四	ホークス『もうひとつの肌』、ベロー『ハーツォグ』、セルビー『ブルックリン最終出口』
一九六五	メイラー『アメリカの夢』
一九六六	ピンチョン『競売ナンバー49の叫び』、バース『やぎ少年ジャイルズ』、カポーティ『冷血』、ディレーニイ『バベル－17』

一九六七	メイラー『なぜぼくらはヴェトナムへ行くのか?』、リード『フリーの棺衣持ち』、ブローティガン『アメリカの鱒釣り』
一九六八	ディック『アンドロイドは電気羊の夢を見るか?』、バーセルミ『口に出せない習慣、奇妙な行為』、クーヴァー『ユニヴァーサル野球協会』、コジンスキー『異境』、ママディ『夜明けの家』
一九六九	ディック『ユービック』、ル＝グィン『闇の左手』、リード『黄表紙ラジオ崩壊』、メイジャー『夜の訪問者たち』、オーツ『かれら』、ヴォネガット『スローターハウス5』
一九七〇	モリスン『青い眼がほしい』、バック『かもめのジョナサン』
一九七一	マッケルロイ『大昔の話』
一九七二	リード『マンボ・ジャンボ』、ロス『乳房になった男』
一九七三	ピンチョン『重力の虹』、ロス『素晴らしいアメリカ野球』、ジョング『飛ぶのが怖い』
一九七四	ル＝グィン『所有せざる人々』、ストーン『ドッグ・ソルジャーズ』
一九七五	ギャディス『JR』、メイジャー『反射と骨組み』、バーセルミ『死父』、ラス『フィーメール・マン』
一九七六	リード『カナダへの脱出』、キングストン『チャイナタウンの女武者』ビーティ『冬の寒い風景』、フェダマン『嫌ならやめとけ』
一九七七	モリスン『ソロモンの歌』、シルコウ『儀式』
一九七八	オブライエン『カチアートを追跡して』、アーヴィング『ガープの世界』
一九七九	メイラー『死刑執行人の歌』、ソレンティーノ『マリガン・シチュー』
一九八〇	ロビンズ『キツツキとの静かな生活』、ホーバン『リドリー・ウォーカー』
一九八一	A・セルー『ダーコンヴィルの猫』、P・セルー『モスキート・コースト』
一九八二	ウォーカー『カラーパープル』
一九八三	カーヴァー『大聖堂』
一九八四	ギブスン『ニューロマンサー』、ピンチョン『スロー・ラーナー』、マキナニー『ブライト・ライツ、ビッグ・シティ』
一九八五	ギャディス『カーペンターズ・ゴシック』、ビーティ『ラブ・オールウェイズ』、デリーロ『ホワイト・ノイズ』、メイソン『イン・カントリー』、エリクソン『彷徨う日々』
一九八六	リード『向こう見ずな凝視』
一九八七	モリスン『ビラヴド』、ヴォルマン『きみたち輝ける復活天使たち』、ウォレス『ヴィトゲンシュタインの箒』、オースター『ニューヨーク三部作』、マッケルロイ『女たちと男たち』

一九八八	パワーズ『囚人のジレンマ』
一九八九	タン『ジョイ・ラック・クラブ』
一九九〇	ビーティ『ウィルの肖像』、ピンチョン『ヴァインランド』、ジョンソン『中間航路』
一九九一	パワーズ『黄金虫変奏曲』、デリーロ『マオ2』
一九九二	モリスン『ジャズ』
一九九三	プルー『シッピング・ニュース』
一九九四	ギャディス『彼自身の戯れ』
一九九五	パワーズ『ガラテイア2.2』
一九九六	ギブスン『あいどる』、クーヴァー『ジョンの妻』、ウォレス『無限の冗談』、ミルハウザー『マーティン・ドレスラーの夢』
一九九七	ピンチョン『メイスン&ディクスン』、デリーロ『アンダーワールド』、ロス『アメリカン・パストラル』
一九九八	パワーズ『ゲイン』
一九九九	ギブスン『フューチャーマチック』
二〇〇〇	ロス『ヒューマン・ステイン』

■著者紹介

竹本　憲昭（たけもと　のりあき）

奈良女子大学文学部准教授

東京大学大学院修士課程修了

文学修士

主著

『読み直すアメリカ文学』（共著、研究社出版、1996 年）

『冷戦とアメリカ文学——21 世紀からの再検証』（共著、世界思想社、2001 年）

『交差するメディア——アメリカ文学・映像・音楽』（共著、大阪教育図書、2003 年）

現代アメリカ小説研究

2011 年 4 月 10 日　初版第 1 刷発行

■著　　者——竹本憲昭
■発 行 者——佐藤　守
■発 行 所——株式会社 **大学教育出版**
〒 700-0953　岡山市南区西市 855-4
電話（086）244-1268　FAX（086）246-0294
■印刷製本——モリモト印刷 ㈱

ISBN978 - 4 - 86429 - 054 - 8